戴来 DAI LAI

1972年10月生，苏州人。

近年在《人民文学》、《收获》、《钟山》等刊发表长、中、短篇小说二百多万字，部分被译成英、法、德、日、俄等文字介绍到国外，中短篇小说入选多种选刊选本，出版有长篇小说《对面有人》、《练习生活练习爱》、《甲乙丙丁》、《粉碎·缝隙》、《鱼说》等7部，小说集《要么进来，要么出去》、《别敲我的门，我不在》、《亮了一下》、《把门关上》、《闪了一下腰》等6部，随笔集《我们都是有病的人》、《将日子折腾到底》。

2002年获首届春天文学奖。2003年获《人民文学》年度短篇奖。2008年获第十一届庄重文文学奖。

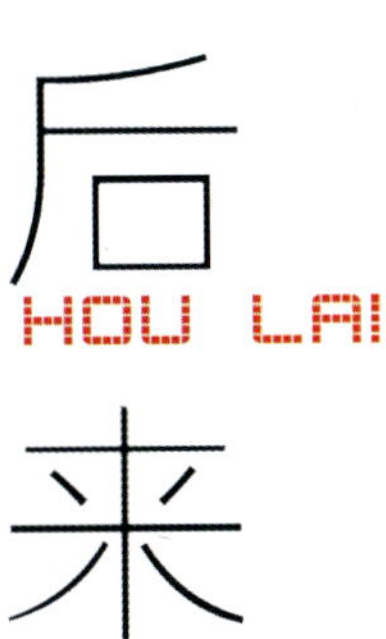

后 来

HOU LAI

戴来作品

山東文藝出版社

图书在版编目（CIP）数据

后来／戴来著.—济南：山东文艺出版社，2009.4
（红小说）
ISBN 978-7-5329-3004-3

Ⅰ.后… Ⅱ.戴… Ⅲ.①中篇小说－作品集－中国－当代②短篇小说－作品集－中国－当代 Ⅳ.I247.7

中国版本图书馆 CIP 数据核字（2009）第 050526 号

主管部门 山东出版集团
集团网址 www.sdpress.com.cn
出版发行 山东文艺出版社
电子邮箱 sdwy@sdpress.com.cn
地　　址 济南经九路胜利大街 39 号
印　　刷 山东新华印刷厂临沂厂
版　　次 2009 年 4 月第 1 版
2009 年 4 月第 1 次印刷
规　　格 开本／150 × 230 毫米　16 开
印张／16.5　插页／4　千字／207
定　　价 25.00 元

Contents 目录

在床上

老张不无厌恶地推了推身边那个体积庞大的朱秀美，后者此刻正仰面而躺，打着震天响的鼾，一点反应也没有。老张手脚并用，在他的手推脚蹬中，鼾声戛然而止。打鼾是朱秀美十年前添的毛病，四十五岁以后，她突然发起福来，而且一发不可收拾。让老张想不通的是，说胖就胖，连一点过渡也没有，他感觉好像有一天醒过来，猛然就发现自己娇小的老婆已经变成了一个庞然大物。老张觉得“一口吃成个胖子”这句话说的就是朱秀美。

与此同时，老张却在令人担忧地瘦下去，瘦下去。他的睡眠一直不好，长期靠安眠药入睡，最多的时候，他得服三片，而且在入睡之前和入睡初期，周围还不能有一点声音，否则等于没服。只是近年来，朱秀美的鼾声让安眠药失去了药效，服得再多也没有用，反正只有等朱秀美睡醒起床了，老张的这一觉才能真正开始。有时候，似乎是睡着了，但其实只是半梦半醒地悬浮在朱秀美的呼噜声上。对老张来说，睡觉是件特别辛苦的事，噪音、废气和没头没脑的胡思乱想充斥着他的睡眠。

什么办法都用过了，每天老时间老地点，呼噜声依旧回荡在这套建筑面积为69.8平方米的两室一厅里，粗鲁地撕扯着老张可怜的睡眠。一度，朱秀美接受儿子的建议，打算去做手术，但在决定去做手术的前两天，她的眼皮跳得厉害。这辈子，除了生孩子和探视病人，她和医院基本不打交道，有个头疼脑热的，扛一扛也就过去了。她从来不认为自己是个病人。朱秀美忧心忡忡地生活了两天。那两天她奇迹般地没打呼噜，似乎一个做手术的念头就把毛病治愈了。可那两天朱秀美是怎么过的呢？白天蔫蔫地坐着打盹，猛然就会很惊悚地睁开眼，紧张地看看四周，确认不是在医院，她才重又闭上眼。晚上则几乎不睡，想到就要去医院了，躺在手术台上，旁边站着一身白、只露出两只眼睛的医生，手里拿着血淋淋的手术刀，朱秀美浑身就是一激灵。弄不好自己这条命就留在那儿了，朱秀美越想越害怕，恍惚中，仿佛这会儿已经躺在手术台上了。

老张实在看不过去了，违心地说了一句，要不就算了吧。没想到，心惊肉跳的朱秀美就此打消了做手术的念头。这样，当天夜里，心宽体胖的朱秀美又打起了鼾。

如果再多一间房就好了。三年前，备受呼噜声折磨的老张第一次发出这样的感叹时，朱秀美伤心地流下了眼泪。结婚二十六年，在一张床上睡了二十六年，现在要分房间睡，朱秀美难过极了。家里是两室一厅，那时候儿子还没结婚，正在废寝忘食地谈恋爱，老张要睡只能睡在客厅。可是在安眠药的帮助下好不容易才有睡意的老张，一声马桶抽水的声音就把那三片安眠药轻易地冲进了下水道。老张硬着头皮在客厅的沙发上躺了三个晚上，第四天他又回到了床上。

关于对付失眠，老张能说出一大串办法，久病成医啊。可是放在他身上，没有一样是长期管用的。失眠最厉害的那阵，老张每天晚上所做的就是试验那些方法，是先喝牛奶好呢还是先服药好，是左侧睡好呢还是右侧睡更易入睡，他试图为他认为可能有效的办法找到一种最理想的排列的次序。比较来比较去，老张总结出这样一个顺序，先长距离地疾步走上一个小时，回到家用热水泡二十分钟脚，边泡边用喝药的心情喝下一杯牛奶，最后服两片安眠药。只要老张上了床，全家的一举一动都会下意识地放轻放慢，家里也即刻有了一种鬼鬼祟祟的气氛。

然而经常是这样，家里人都已经睡了一觉了，老张还在辗转反侧着，痛苦啊。

如果说在老张退休前，失眠作为一个问题还显得不是那么突出的话，那么退休后，这个问题就变得突出而尖锐起来。他首先要面对的就是这个问题。晚上睡不好，白天一整天就脑袋昏沉沉的，似睡非睡地躺在床上，没有胃口吃饭，没有气力也提不起兴致做别的事，而在床上躺了一个白天，晚上就更睡不着，似乎退休回家就是为了在床上躺着的，似乎在床上躺着就是老张退休后的生活。

躺在床上睡不着的时候，老张时常会想到王芳，一个年龄不小但声音依旧年轻的出纳员。她和会计老张一个办公室，而且面对面办公长达十五年。老张看着那张脸一点一点老下去，老下去，失去了水分，失去了光泽，有了色素沉淀，有了皱纹，他很伤感，真的很伤感。尤其是看到他们那个一直想从王芳身上捞点什么的科长现在对王芳熟视无睹的样子，他就更伤感了。他想那家伙肯定已经从王芳身上捞到了他想捞的，而且捞到的还不是一点半点，所以现在没兴趣了。

然而老张却什么也没捞到，十五年了，除了心情好时给他一个笑脸，王芳平常和他话都不是太多。其实他们是有共同语言的，别的不说，失眠就是他们一个都感兴趣的话题。一个偶然的机会，老张从王芳和别人的交谈中得知王芳多年来一直饱受着失眠的痛苦。他记得当时自己正在做当月的工资表，手一抖，点错了一个小数点，给一个刚进单位的小青年的工资翻了十倍。

当然王芳的失眠没有老张严重，不过想到同样的夜晚，这个白天坐在自己对面的女人晚上也和自己一样在为睡不着觉苦恼着，老张立即感觉到俩人之间有了某种隐秘的关系。说不清，但和睡觉有关的关系怎么也算是一种不同寻常的关系吧。老张曾经想，如果王芳是他老婆就好了，睡不着觉的时候，至少可以聊聊天，有兴趣的话，还能干点什么。

老张第一次见到王芳，后者才二十一岁，那叫水灵，嘴也甜，一口一个师傅，心花怒放的不止老张一个，科室里的男人们都蠢蠢欲动了起来。当大家还在动脑筋怎么以工作的名义介入她生活的时候，那个满口黄牙的科长抢先一步把王芳叫到他的办公室，用他满是眼屎的小眼睛上下打量了片刻这个一脸清纯的姑娘，异常亲切又不无暧昧地说道：跟着我好好干吧，年轻人。

等大家反应过来的时候，这个小姑娘看他们科长的眼神已经不对了。大家都明白有些事在他们的眼皮底下发生了。然而有什么办法呢？老张是这么安慰自己的，比你有钱的，比你有势的，比你会说的，比你长得像样的人有的是，所以像你这样什么也没有的能饱饱眼福也就不错了。

王芳在老张对面坐了十五年，期间，俩人都有可能离开这间办公室，王芳曾经被抽调去区里搞过一阵团的工作，干得不错，正当区团委有意把她调去的时候，她和科长的事被抖了出来。而老张有那么一年，差一点被提为副科长，当了副科长就不在这里办公了。就在节骨眼上，他不合时宜地摔断了一条腿，结果因为该走动的没走动到，他也没走成。就这样，他们俩面对面坐了十五年。十五年哪！老张认为王芳已经把她人生最美好的一段给了他，至少白天是这样的。

至于这十五年来，王芳把她的夜晚给了谁，老张不很确切地知道个大概。首先当然是她的丈夫了，六年前她离了婚，于是他们的科长又凑了上去，劳资科的胖大海凑了上去，就连传达室一头白发的老孙头都有了想法。一个女人离了婚，似乎就有了某种公共性，就像是街心公园里的石凳，她周围的男人谁都可以上去坐一坐。老张也想上去坐一坐，可直到上个月他退休，也没坐过一回。

朱秀美的鼾声只停了不到半分钟，重又响起。老张幅度很大地翻了个身，背对着朱秀美，并且用胳膊挡住耳朵。

有段时间，老张逢人就问，你睡觉打呼噜吗？被问者大都承认，打。再问，你老婆打吗？被问者就不悦了，妈的，我老婆打不打呼噜和你有什么关系。调查表明，在老张认识的人中间，大约有四分之三的人有打呼噜的习惯，其中又有五分之一的人每天都打。老张对另两项数据十分好奇，那就是这些呼噜的最高分贝和平均分贝，但说实话，考据起来难度太大了。需要说明的是，被调查者仅限于男性。老张无数次地想象过王芳睡觉时的样子，他想无论如何，一个睡不着觉的人是不可能打呼噜的。

这会儿的王芳睡着了吗？还是和我一样在为睡不着烦恼，此刻她的床上有男人吗？想到王芳，老张感觉心脏类似于痉挛地收缩了一下，继而剧烈地跳动起来。一个女人在你对面坐了十五年，你看她比看老婆的时间多得多，而你跟她看来看去看了十五年，关系始终停留在看来看去上，现在你没有机会看了，现在坐在这个女人对面的那个人可能根本就没兴趣看，看在眼里跟没看见一样。老张有些伤感，而伤感的情绪是无助于睡眠的，于是他起身下床，摸黑进了厨房。

老张倒了一杯水，从橱柜里拿出一瓶安定，拧开盖，往瓶盖里倒了两粒，想想，又放回去一粒。临睡前，他已经服过一粒了。水有些烫，药片吞下去后，口腔里残留着一股古怪的苦味，老张悉心体会着一股热流从咽喉进入食管，慢慢流进胃里，然后它们就要发生效用了。尽管老张已经不像前几年那么信赖它了，但是他习惯了和它共度夜晚，不出意外的话，他们会一直相处下去。

如果朱秀美是安眠药就好了。老张自言自语道，说出来后他有些紧张，下意识地朝儿子儿媳的房间看了一眼。门关着，小两口早就睡了。老张在黑暗里又站了会儿，在确信没任何动静之后，他蹑手蹑脚走到客厅，在茶几上摸到烟和打火机。

老张先就着打火机的火光看了一眼客厅墙上的钟，十一点二十，按照惯常的经验，老张与失眠作斗争的夜晚才刚开始。接着他点了根烟，在沙发里坐下。抽了两口，老张又看了看钟，这会儿的王芳睡着了吗？老张猛抽了几口，转过脸来，眼睛紧张而热切地盯着桌上的电话，一个突然冒出的念头灵光般在老张的头顶在这个黑糊糊的客厅里一闪而过。

当一声“喂”传过来的时候，老张慌忙挂断了电话。打这个电话，他是有心理准备的，可王芳那边的反应实在太快了，感觉中，他刚拨完号，电话就接通了，似乎王芳的手一直就搭在话筒上。那一声“喂”在这个漆黑狭小的卫生间里仿佛被放大了般地响和脆。老张贴着门听了听外面的动静，听到的是自己的心跳。

卫生间的门早就该修一修了，每次开关都会发出哼哼唧唧的声音，而且你越小心它还越响。老张只开了一半的门，侧身走出来，把电话放回原处。

走进卧室，老张没有马上上床，他在朱秀美那一侧的床边站着。一个熟睡中的人的脸其实是挺可怕的，当这个人无声无息睡着的时候，你盯着他的脸看久了，会有恐惧感，太像死人了。可是老张的切身体会是，躺在你身边的哪怕是个死人都比一个打鼾的人来得好。早两年，老张就希望自己能把这呼噜声当成夜晚的一部分来看待，就像蛙声是夏天的一部分，鸟鸣是春天的一部分那么自然。遗憾的是，至今这声音依然无法融入到老张的夜晚里来。

儿媳初来乍到这个家也曾经很不适应晚上从隔壁房间飘过来的呼噜声，她吃饭的时候老是会不由自主地去看婆婆的嘴和鼻子。那次儿子建议做手术根治，儿媳十分天真地问了一句，打鼾和裁判吹的哨子的发音原理是不是一样的。但是她不失眠，所以很快她就习惯了家里这只一到晚上就会吹响的哨子。

老张绕到床的另一侧，在他的那一边躺下。有一次，老张服了一片安定，熬到凌晨快四点了，还是没睡着，于是又爬起来加服了一片。烦躁郁闷的他故意弄出很大的动静，试图把朱秀美吵醒，陪他说会儿话，至少别再打鼾了。可朱秀美却连动都没动一下。看着床上的这个胖女人，老张恶从胆边生，瞬间竟然产生了扑上去一把掐死她的念头。

老张期望刚才服下去的那片安定能尽快产生作用，但是谈何容易。他想到刚才王芳那么快地接电话，肯定是在等谁的电话，要么就是旁边有人在睡觉，怕电话铃声吵着那人。可那人会是谁呢?

没完没了的呼噜声，没完没了，真是没完没了。老张凝神屏气，仿佛是想要在鼾声中聚集起足够多的怨怒和爆发的勇气。

二十分钟后，老张翻身下床，再一次拿着电话进了卫生间。

卫生间不到四个平方米，浴缸、马桶、洗衣机，承担着一家四口人身体内外的清洁的任务，拥挤而局促。老张在马桶上坐下，重新酝酿着勇气。他对自己说，可以肯定的是，王芳还没有睡着，我这个电话至少没有打扰她睡觉。

老张摁重拨键。这一次王芳的电话接得慢得要命，铃声响了要有七八下，老张总觉得下一秒钟就会接的，可就是没人接。难道她出门了？她刚才是在等那个邀她出门的电话？出门去干什么？那还用说。老张已经打算挂了，王芳的声音传了过来。

“是王芳吧？”老张压低着声音，“我是老张。”

“哦，张师傅，你好！”王芳显得很意外，“真没想到会是你。”

"是，我也没想到会在这个时候给你打电话。本来我已经睡下了，睡不着，起来抽了根烟，想到离开单位有一阵了，不知你们怎么样，想起来就打个电话问问，当然，时间是晚了点，但我知道你也有失眠的毛病，估计不该这么早就睡了，所以打个电话，没别的事。"老张有些语无伦次。

"我也没想到你会给我打电话。真的没想到。"

"你睡了？"

"上床了，躺着。"王芳的呼吸有些急促。

"我没打扰你吧，我知道你也有失眠的毛病。"

王芳含含糊糊地说了一句什么，老张没听清楚。

"最近单位里都好吧？"

"都挺好的。"

王芳大概是翻了个身，老张听见一阵窸窸窣窣的声音。

"你怎么样，也好吧？"

"我挺好的。"

"你是不是感冒了？"老张听到很重的鼻息声，似乎透不过气来。

"没有，没有。"王芳清了下嗓子，"可能是线路问题，我听你的声音就特别轻。"

"家里人都睡了，所以说话的声音比较低，能听得见吧？"

"可以。"

卫生间没有窗，不开灯的话，里面一点光亮也没有。老张的胳膊肘撑在马桶旁的洗衣机上，睁大眼睛，竭力捕捉着电话那头的声息。王芳好像又翻了个身，她好像一直没找到一个舒服的姿势。

"张师傅，你有事吗？"

"没有，没有，只是随便聊聊。咱们俩在一个科室工作了十五年，从来都没好好说过话，聊一聊，现在我退休了，就更没机会了。哎，想想时间过得那真叫快，一转眼，我都退休了。”

“是呀。”

“我还记得你刚来时的模样，长头发，老扎一个马尾，你怎么了，声音不对嘛，是不是身体不舒服？”

电话那头突然传来一声极力压抑的低吼，几乎与此同时，王芳就像被谁掐住了喉咙似的发出了一声短促的呜咽，然后电话就被挂断了。

老张记得自己早已经在床上躺下了，怎么此刻会坐在马桶上，握着电话，耳边回响着奇怪的声音？那种声音还在持续着，老张把电话贴在耳边，电话确实已经挂断了。难道是我的幻觉？他闭着眼又坐了片刻。忽然，他意识到声音是从儿子房间里发出来的。

老张冲了一下马桶，然后快速走回自己的房间，关上了门。过了一会儿，他听见儿子的房门打开了，听脚步声，走出来的应该是儿媳，卫生间的门刺耳地呻吟了一下，开灯的声音，锁卫生间门的声音，马桶冲水的声音，开卫生间门的声音。儿媳回房间后，儿子也去了一躺卫生间。

老张靠在床头抽了一根烟，努力克制着来自下体的冲动。朱秀美的呼噜声好像轻了一些。老张用手挥赶着面前的烟雾，似乎想借此挥走耳边还在不绝回响着的那种可疑的声响。抽完手中的烟，老张使劲咽了口口水，然后将手伸向了朱秀美的腰部。

在卫生间

从农村来到城市的那一年，老叶十九岁。他几乎是瞪大眼睛过了大半年才习惯城市的生活。地是硬的，也是平的，可踩上去却硌得慌，屋子外车多，人多，房子多，扯着嗓门说话会遭人白眼，憋着嗓子才是文明。

最让老叶别扭的是从小他就在野地里听着鸟叫看着虫飞大小便的，到城里以后，这项活动被安排到了一个叫公共厕所的地方。虽然是男女分开，可和陌生男人紧挨着蹲在同一个屋檐下，老叶还是感到极不自在。他认为这件事和过夫妻生活一样是不能示人的。可公共厕所的特性决定了这是一个川流不息的地方，尤其是胡同里的厕所，每天见到的都是熟面孔，即使没说过话，也点过头，哪怕没点过头，也在小胡同里打过照面。因为人来人往，老叶的一次活动经常被分解成若干个部分，耗时颇长。如果碰巧整个过程没人打扰他，对老叶来说，相当于意外地获得了一次畅快淋漓的性生活。

1986年，经过频繁的走动和激烈的明争暗斗，老叶从单位里分到了一套单元房。不过地段不理想，远在东郊，交通很不方便。而且那个地方挨着火葬场，站在阳台上首先看到的风景是焚尸间那根冒烟的大烟囱，刮东南风的时候，那烟往居民区这边飘过来，飘过来。老叶的老婆王鹃去现场勘察后表示实在不能接受将和死人相邻为伴的生活前景。老叶苦口婆心地劝了一个晚上，直到王鹃睡着，也没说通。老叶愣愣地在床边坐了许久，他想到进城以后工作、娶妻、生子的种种不易，一个接一个的麻烦，当然最让他烦心的还是每天早起的那一泡家里没处安置的东西。为了避开熟人，他曾经跑几条街去别的胡同，然而天长日久，当地的住户对他这个外来者占用他们的坑位表现出了不满和敌意。为了能有一个相对清静的方便环境，老叶也试过早起，趁天还不亮就把问题解决掉，然后回家再睡个回笼觉。可王鹃对此提出了强烈的抗议，她的睡眠本就不好，他这一早起，她也跟着醒，醒来就再也睡不着了。总之，这几十年过的都是看人脸色的生活，在单位看领导的，回家看老婆的，现在儿子大了，那张脸竟然慢慢地越拉越长越来越像他妈的驴脸了，想不看都不行。想着想着，老叶不由得在房间里快步走动了起来，他感觉到自己的身体发热脑子发热，这二十多年生活的艰辛和不如意似乎全集中到了那个每天都绕不过去的点上了。他只剩下一个念头：把王鹃说服。

“不管你怎么想，这房子我要定了。”还没等王鹃完全睁开眼，老叶就情绪激烈地说了起来。做了这么多年的夫妻，老叶始终是让着王鹃的。他的岳母曾经婉转地告诫过他，待她的女儿好一点，因为她女儿的神经多少有点问题，是遗传的，她的老伴也有相同的问题，她自己就是这样过来的。

王鹃吃惊地看着平日里木讷得有点窝囊的丈夫站在床边手舞足蹈、双眼发红、唾沫四溅地说道：“好不容易分到了房子，你轻飘飘一句不要就不要了，挨着火葬场又怎么样？你知道这些年我过的是什么日子吗？”她被迫问了一句：“什么日子？”老叶突然悲从中来，声泪俱下：“什么日子，猪狗不如的日子！”在王鹃眼里，老叶已经疯了。反正是这样，一个人疯了，另一个人就只能正常了。

此刻老叶蹲在抽水马桶上，回忆起当年劝王鹃搬家时的情景，对自己来势汹涌的伤心也有点不能理解。记忆中，那是老叶脾气最大的一次，有点像习惯把脑袋缩在壳里的乌龟，碰到危急情况，迅速地伸了一下脑袋随即又缩回去了。

“你在里面干吗？”

“在卫生间还能干吗？”老叶小声嘀咕着。他听见王鹃的脚步声在卫生间停了下来，她肯定把耳朵贴在门上在听。

“一点声音也没有，你到底在里面干吗？”

“你想听到什么声音？真是的。”老叶的嗓门提高了一点，但也就一点。

疑神疑鬼已经成了王鹃身上最让老叶头疼的毛病。近些年她忽然就变得不自信起来，老叶出门没按王鹃预计的时间回来，她就心慌了；老叶出门前照一下镜子或整一下衣服，她就心慌了；老叶刚一开口说要出门，她就心慌了。当然，她也曾经让老叶心慌过，也就是要搬家的前一年，她和隔壁新搬来的邻居神情暧昧了起来。那是一个瘦高个的小白脸，在中学教历史，说起话来眼珠子骨碌骨碌的，总让人觉得他话里有话。老叶不知他们是怎么对上眼的，反正他是胡同里最后一个知道的。还是拐弯抹角绕了好多弯由一个忍了又忍最后还是没忍住的邻居告诉他的。老叶努力想装出一副自己早已知晓了的样子，但是邻居却拍着他的肩膀安慰他，这样的事，做老公的总是最后一个知道，没什么的。

震惊之余，老叶迫切想知道的是这两人的关系到了什么程度，事情搞到这个地步，他们上没上过床成了老叶把握未来生活方向的一个关键。然而没人能告诉他，老叶鼓了几次勇气还是开不了这个口。邻居们显然都知道老叶知道了，所以老叶进进出出总感觉大家用一种期待的目光在看着他。期待什么？当然是一场好戏啦。老叶知道自己得做出点什么反应来，否则无论是对邻居还是他自己都交代不过去。他觉得得发点脾气。可老叶是个没脾气的人。

那天老叶起得很早，毫无便意地蹲在胡同拐角公厕的坑位上，对生活的无能为力、对老婆的无能为力、对眼下自己头上戴着的这顶绿帽子的无能为力让他感到心里憋屈。就在这时，小白脸走了进来，腋下夹着一张卷成卷的报纸，还摇头晃脑地哼着小曲。小白脸显然没想到这么早就有人蹲在这里，更没想到蹲在这里的会是老叶。在门口他愣了一下，但也就短暂的一下，随即就若无其事地走了进来，并颇富挑战性地站在了挨着老叶右边的那个坑位。多年后，老叶搭一老乡的车回老家，途中堵车，一辆旅游大巴停在他乘坐的小车旁，那种气势庞大的压迫感让他想到当年在公厕他蹲着小白脸站着的那个早晨。

小白脸解皮带扣的动静好像他穿的不是一条化纤长裤而是盔甲，他的动作有意无意地夸张着，把衬衣从裤腰里拉出来的时候衣角甚至扫到了老叶的脸。蹲下后，小白脸开始翻看那张报纸。准确地说，他没有看，只是不停地扯动着报纸，使其发出哗哗的声音，同时说不清是从胸腔还是鼻腔里一次次发出那种很用劲的声音。而在翻报纸和用劲的间隙，他还呸呸呸地吐着喉咙里存在或不存在的痰，就像老叶这个人根本不存在一样。

老叶突然就提着裤子站了起来，压迫感在瞬间转换了。他快速地扣上了皮带。他的动作实在过于迅速了，让蹲着的那位有些不安。小白脸看了老叶一眼。这一眼是个转折，老叶愣生生地在这一眼里看出了不屑、嘲笑和挑衅。

“这么久还不出来，蹲也该蹲累了吧？”

老叶慢慢抬起头冲着卫生间的门的方向叹了口气。对于王鹃的唠叨，老叶依然尽量遵从着三十多年前对丈母娘的承诺，凡事让着王鹃点，不要和她发生语言冲突。只是现在王鹃越来越絮叨，有时候她说了半天，老叶发现其实她是在现场解说她的心理活动。这一发现让老叶吃惊不小。王鹃的父亲就是一个精神矍铄的自言自语者，每天除了吃饭和睡觉，嘴巴一刻不停地说着，从对周围的人和事的看法一直说到对中东地区的民族争端与国际形势的担忧，说话间还夹杂着手势。如今他老人家已经进入了一个新的境界，不管有没有人听，也不管有没有回应，他都会情绪饱满地说下去，颇有点这世界唯我独在的味道。

“哎，跟你说话呢。”

“说。”

“这么久还不出来，蹲也该蹲累了吧？”

搬家没多久，有一天老叶进卫生间时没锁门，以为里面没人的王鹃走了进来，结果吃惊地看见自己的丈夫竟然像鸟一样蹲在马桶上。你在干什么？在马桶上还能干什么，你出去。老叶实在有些恼怒，可又不能发作，谁让他不锁门的。老叶从小他就习惯用这个姿势解决问题，他已经蹲了四十多年了，和他的家乡口音一样已经改不了了。但从此以后，只要家里有人，老叶走进卫生间时都会觉得背后有异样的眼光。而他的这个特别的习惯也经常遭到王鹃和两个孩子的取笑，甚至电视里说到伦敦这个地名时，他们都会放声大笑。

腿的确有点酸，老叶小心翼翼地轮换动了动左右腿。要在也就四公分宽而且是陶瓷质地的马桶边沿上站稳，是一件技术活。在最初的半年里，老叶也出过几次小事故，最糟糕的一次一只脚滑到了马桶里。不过再惨也惨不过小白脸当年一身臭粪地穿过半条胡同，那狼狈样让胡同里的人整整闲谈猜测了一个月。即使小白脸悄无声息地搬走之后，有时候大家在厕所遇见，还会兴致勃勃地就小白脸究竟是失脚滑落还是被人推下去的争论上几句。尽管演绎出很多版本，但就是没人想到会是老叶亲手把那家伙摁到粪坑里的。他们断定老叶这个出了名的“温吞水”加“妻管炎”，就是别的男人当着他的面睡他老婆，他顶多也就是走开而已。

一晃，近二十年过去了，变化是真大啊！别的不说，搬家时还在读中

学的一双儿女如今都有了自己的家庭。相比之下，儿子的变化更大一些，光婚就离了两次，听说最近又谈了一个，不出意外的话，下半年又该吃这小子的喜酒了。

“哎，跟你说话呢，蹲了这么久累了吧？”王鹃说着又敲了两下门。

“你贴在门上听了这么久也累了吧？”这句话老叶早就酝酿好并且已经在唇齿间转了好几个圈了，可他回应得太快了，听外面的动静，王鹃大概被噎住了。

老叶正揉着发麻的双腿想要尽可能步履正常地从卫生间走出来的时候，儿子来了。真不是时候，何况他还把女朋友带来了。王鹃一边招呼女孩坐下，一边埋怨着儿子不事先打个电话。儿子问：“我爸呢？”王鹃故作轻描淡写地说道：“哦，你爸啊，去伦敦了，都去了半个小时了。”老叶能想象得出王鹃脸上掩饰不了的幸灾乐祸的表情。儿子走到卫生间门口，隔着门喊了一声“爸”。老叶用轻得只有他自己听得见的声音应了一声。他想趁着儿子这一声“爸”走出去，可这样和未来的儿媳妇见面，老叶觉得多少有些尴尬。他干脆在浴缸边坐了下来。

王鹃开始回忆儿子小时候的那些顽皮事了，这一说没个二十分钟下不来。老叶手握拳头，下意识地一下一下捶着大腿。卫生间也就不到四个平方，放了一台洗衣机后显得十分拥挤。但这是自己家的卫生间，对于一个有着痛苦的公厕经历的人来说，这不是简单意义上的新生活的开始。老叶还记得第一次在自己家的马桶上方便时他排泄的不是肠胃里的食物残渣，而是眼泪。感慨万千哪！

由于经年累月地踩踏，马桶边沿有了明显的磨损。王鹃每次清洗都要数落上老叶半天，她说她长了耳朵还没听说过谁是蹲在抽水马桶上方便的。她说你就是给狗一只抽水马桶，时间长了，它也会坐下来拉。她说像老叶这样与众不同的习惯真应该去申请吉尼斯世界纪录，弄不好还真就上榜了呢。按照老叶已经去世的丈母娘和一个精神病人共同生活了四十八年的经验，这种时候就得有人在一边听着，这种语言宣泄是有益于病人身心健康的。因此只要心情尚可，老叶就尽量在旁边听两句，不听王鹛还不依，会追着你说，光听还不行，还得时不时地应上两声。老叶对自己说，就只当在陪护一个精神有问题的病人。

退休了以后，尤其是两个孩子都另立门户了以后，老叶有时会去外面闲逛逛，看看这个城市的变化。看多了，他最大的感触是现在的公厕比以前干净多了，也亮堂多了，有的地方搞得比家还好。别处不说，光是他们小区菜场里的那个厕所为了跟上时代的步伐已经建、拆了好几次。每天老叶都会若干次经过那个公厕，每次他都会不由自主地看上它一眼，有时候是两眼。另一眼是看门口收费的那个女人。她就坐在一张像课桌一样的桌子后面，低头打着毛衣，桌上放着一个纸盒，里面是手纸，有人给两毛钱，她就随手给张纸，并不抬头，然后接着打毛衣，似乎她坐在公厕门口的工作就是打毛衣。老叶刻意观察过，那女人极少抬头，即使抬头也是快速地看一眼就低下，也没见她和谁长时间地说过话。老叶以前一直觉得女人天生话多，王鹛是个例子，虽然有点极端。可他女儿也这样，数落起她丈夫来那张嘴巴就像打机关枪。由此，老叶认为女人的快乐、自信和成就感就来自于数落男人。可这是个奇怪的女人，不爱说话，爱打毛衣。

“哎，里面的同志，四十分钟了啊，差不多了。”正说着儿子的事呢，王鹛突然提高嗓门，话题一转指向了老叶。短暂的停顿。王鹛在等待老叶的反应。儿子和他女朋友也在等待着他的反应。果然没有反应，王鹛接着说：“你永远不出来了？吃住在里面啦？”

到这会儿，老叶觉得更没法出去了。王鹛似乎打定了主意要出他的洋相，反正他难受了，她就快乐了。她现在就很快乐。有时候，老叶会想婚姻

真是一个奇怪的东西，男女两人在一起过了几十年，有一天，你却发现你身边躺着的这个人不是你当初娶回家的那个女人，身体和容貌的巨大变化还在其次，关键是性格脾气完全像换了一个人。反正老叶也打定主意了，任凭王鹃怎么损他，糟践他，在儿子的女朋友离开之前他都不出去。浴缸小是小了点，但将就着可以躺下，王鹃的唠叨声最适合催眠了，他已经听了几十年了，早就做到听了和没听见一样。老叶撕了些手纸团成团，塞在耳朵里。好了，就这么定了，不烦了。

有那么一会儿，老叶觉得自己就快要睡着了，他感觉自己的身体越来越轻，轻得仿佛要悬浮起来了。他的双手使劲抓着浴缸的边沿，他享受又害怕着这种悬浮的不踏实的感觉。卫生间外王鹃的声音时高时低，老叶不想听王鹃说了些什么，都听了三十多年了，翻来覆去就那么几句车轱辘话。但他关心王鹃说话的音量，那是王鹃的情绪指数。一味地高或者低，老叶都不怕，最叫他担心的是忽高忽低，那说明王鹃的情绪不稳定。

低下去了，又低下去了，低得让老叶心惊肉跳。老叶吃力地从浴缸里爬出来，他还从来没这样穿戴整齐地从浴缸里出来过。老叶揉着枕得生疼的后脑勺走到镜子前，自言自语道："没办法，没办法啊。"

自己上一辈子肯定是欠了王鹃的，老叶想，所以要用这一辈子来偿还。不对，不对，话可不能这么讲，说起来，王鹃跟了他也没过过什么好日子，为房子愁，为工作愁，为钱愁，也就是这五六年，孩子大了，家里才有了改善。而且，有件事一直让老叶心怀内疚，那就是王鹃和小白脸的事。小白脸搬家后，心里老拧着一个疙瘩的老叶花了两个休息日辗转找到了他。见到老叶，小白脸的脸涨得通红，不过，毕竟是有文化的人，说话办事就是有水平。小白脸转身叫来了他漂亮的未婚妻。他们正忙着装修房子。他们马上就要结婚了。他们拉着手站在老叶面前，别的还用多说吗？老叶又找了几个老邻居，试图找到流言的源头，可这种事哪找得到什么始作俑者？你得原谅邻居们，他们无聊啊，他们空虚啊，他们想搞又搞不上啊，于是就把他们认为有可能性或者说性可能的男女用闲言碎语说到一块儿，说出暧昧来，说出故事来，直至说到床上。

恍惚中，老叶好像已经睡着了，但是一个激灵他又醒了过来。就这么躺着，歇着，可别睡着了，老叶叮嘱自己，这是浴缸，不是床，会睡出病来的。

又高起来了，高起来了，高得足以让耳朵里塞着纸团的老叶听得清清楚楚。老叶吃力地从浴缸里爬出来，他还从来没这样穿戴整齐地从浴缸里出来过。老叶揉着枕得生疼的后脑勺走到镜子前，自言自语道："没办法，没办法啊。"

其实这会儿还是应该走出去，老叶想，在大家的眼光之下走到卧室里，床头柜上搁着王鹃常服的安定，倒上一杯水，然后哄王鹃服一粒。说到底，她是一个病人，她控制不住自己的情绪。自己既然已经忍让了她三十多年了，就继续忍让下去吧，没什么大不了的。眼看着儿女都有了各自的事业和生活，他也帮不上什么忙，唯一能做的就是和王鹃把日子过好，不给孩子们添麻烦，这样孩子们才能安心地干自己的工作过自己的生活。

此刻打开卫生间的门还真需要点勇气，老叶的手搭在门锁上，酝酿了一下情绪，他想再对自己说点什么，可一下子还真不知道说什么。

一阵剧烈的敲门声惊得老叶一下子从浴缸里坐了起来。

"你在里面干吗？这么长时间。"王鹃似乎吃准了老叶在卫生间内做着某件和卫生间无关的隐秘的事。她的火气很大，老叶听出来了，她是在用脚踹门。

老叶吃力地从浴缸里爬出来，他还从来没这样穿戴整齐地从浴缸里出来过。

“爸，”儿子也走到了门跟前，“爸，你没事吧？”

老叶揉着枕得生疼的后脑勺走到镜子前，自言自语道：“能有什么事，能有什么事呢？”

“有事，他当然有事，你爸忙着呢！”王鹃很短地冷笑了一声，“你又不是不知道，这个家他最愿意待的地方就是卫生间了，进那里，门一关，谁都看不到他在做什么，又不看报也不抽烟的，怎么就待得下去？哼，我长了耳朵没听说过有人没事爱在卫生间待着的，我看他是有病，喜欢卫生间的味。”

门外一阵凌乱的来来去去的脚步声，大概是儿子在劝阻王鹃。老叶头抵着镜子，手撑着脸池，紧闭双眼，他觉得已经忍无可忍了，但他还得忍着。

“哎，我说，你到底在里面干么？”

“你觉得我在干么我就在干么。”

“好，好，有本事你就永远不要出来。”最后“不要出来”那几个字，王鹃是用一种近乎歇斯底里的声音喊出来的。

“你让我不要出来我就不出来了？”说话间，老叶的手已经搭在了门锁上，这样的冲动是老叶久违了的，他过了大半辈子唯唯诺诺的生活，不出意外的话，他还会那样地过下去。

老叶没和那个已经站起来的姑娘打招呼，径直就走到了大门口，换了鞋，走了出去。

“爸。”儿子跟了出来。

“别管我，我出去走走。”

疾步走出一段后，老叶转身看，儿子并没有跟上来。他继续向前走，他也不知道要去哪儿，走动起来，离开王鹃的唠叨，离开让他尴尬的场景是他此刻唯一的想法。

走到公厕门口，老叶停了下来。他还没从刚才的速度里回过神来。看公厕的那个女人这时刚好抬起头来，看见愣愣地站在那儿的老叶，旋即又低了下去。她的脸红了，并且越来越红。老叶的手伸向口袋，他在想是不是花两毛钱进去待上一会儿。

在澡堂

小安很讨厌在厕所遇见熟人，尤其是在那种高级的感觉应该在里面吃喝而不是拉撒的厕所遇见那种既不熟悉又不能不打招呼的人。再有一种情况也令他很不舒服，那就是在澡堂遇见熟人。特别是从外面进到澡堂，刚脱光衣服，对自己精光的身子处于一个陌生的环境还没完全适应，一个熟人突然就那样站在你面前，可能还会伸出手来握上一把，他穿着整齐，而你一丝不挂。

因此在水玲珑洗浴中心看到老徐探头探脑往里张望时，小安关了水龙头，返身进了桑拿房。他想这个招呼怎么也得等对方和自己一样脱得赤条条时再打。

桑拿房里有两个精瘦的年轻人就像在比赛似的不停地往石头上泼着水，同时嘴里快活地叫着：“我操，爽啊！”角落里，三个操外地口音的男人在谈论着什么，声音很大，语速极快，像是广东那边的口音，给人感觉那个角落里其实不止三个人。

十来分钟后，小安有些喘不上气来，连吸进鼻孔的气都是烫的。他估摸着现在大概两点多一点。他和老徐约好三点在这里见面。老徐是小安女朋友的父亲。虽然仅见过一面，但小安认定那是个奇怪的人。老徐坚持要在这个礼拜五和小安见面，并且把见面地点安排在浴室。

说实话，接到老徐的电话已经让小安非常吃惊了，他和其女儿只是在谈恋爱，离谈婚论嫁还早着呢。而且据小安判断，这个小徐姑娘和自己一样并不怎么看好俩人的前景。所以虽然他们偶尔也畅想一下婚姻生活，不过那更像是一种游戏，一种调节恋爱兴奋度的手段。

听老徐在电话那头说要在浴室和自己见面，小安诧异地不知该如何作答。老徐解释自己每个礼拜五都会去澡堂泡一个澡，睡一觉，把小安约到那儿是出于泡澡、睡觉、谈话三不误的考虑。小安一时找不到合适的借口回绝，但同时他很清楚自己是不会去赴那个荒唐的约会的。

小徐很快就知道了这个澡堂之约，她的反应既平静又激烈。说平静是她在听到这个消息后仅仅淡淡地应了一句："是吗？"似乎这是她意料之中的事。小安暗忖，她的前几任男友大概都曾接到过此类邀请。然而当小安半开玩笑地说想去赴约后，小徐斜眼看了他足有五秒钟，突然用那种质问的口气呛了小安一句："你疯了吗？"

第二天一早，小徐姑娘就打来电话询问。她几乎能肯定小安是不会去的，可又不完全肯定。不过当小安在电话这头再一次半开玩笑地说自己打算去的时候，她火了，是真的恼火，恨恨地丢下一句"要去我俩就完蛋"，话音未落就挂了电话。

小安来得早了一些，是打算透透地蒸一蒸。他感冒一个来月了，老不见好，有那么几次依稀要好起来了，可一顿酒下去感冒症状随即又加剧了。有时候小安觉得自己其实并不想真正痊愈，生活在病中让他有一种来路蹊跷的成就感，矫情而自恋。不过这次感冒时间拖得太长了，与鼻涕咳嗽相伴的生活，他实在是厌倦了。

另外，小安需要花一点时间来适应这儿的环境。水玲珑洗浴中心他第一次来。这是一家经营不下去的宾馆改建的，房子像是上世纪九十年代初期的建筑，底下一、二层是美食中心，三楼是洗浴中心，四楼是康乐中心，五楼是K歌中心，一幢楼就把一部分人酒足饭饱后的生活给解决了。小安觉得这幢离市中心稍稍有些偏的楼房应该叫中心大楼。

这两天，小安一直在揣摩老徐约见自己的真正目的，是想和自己谈与他女儿的未来生活，还是想实地考察一番他的身体。前者叫他恐惧，后者让他害羞。但是后来小安说服了自己，谈未来生活本身就是一件虚幻的事，况且还是光着身子谈的，穿上衣服后就是两码事了。而说到身体，该难为情的应该是他老徐，一个六十多岁的身体再好看又能好看到哪儿去呢？而且小安按捺不住好奇，老徐把他约到澡堂本身已经够奇怪的了，小徐那头的反应则更是让他不解。

脱衣服之前，老徐去大池那儿张了张，没见着那个姓安的小伙子。老徐提前了一个小时出门。他早点来是想看看这个小伙子是掐着点儿来，还是提早到，这多少能说明其对这次见面的重视程度，说到底是对女儿的在乎程度。

这个水玲珑洗浴中心是老徐家附近比较上档次同时价位也是他能接受的一家浴室。女儿带回家的历任男友都被他约到这儿来过。那几个小伙子从这个浴室走出去就没再在他家出现过。老徐认为归根结底是因为还不够爱他女儿。所以他也愈发认为自己的这一招是有用的。

老徐进更衣间后并没有急着脱衣服，他径直走向墙角的体重秤，站了上去。指针瞬时划过了“80”，颤抖了几下后停在了“86”上。老徐的神情蓦然严峻了起来，在变换着角度看了又看之后，他叫来了服务员。

“你们的秤有问题吧？”

“刚校过的，应该没问题的。”

“绝对有问题，我前几天才称过，是八十三公斤。这些年，我的体重基本没超过过八十三公斤，顶多顶多也就八十四，你看，”老徐又站到了秤上，“你看，是八十六吧。可是我上个礼拜五称才八十三，还不到一点呢。”

服务员是个二十出头的小青年，双手背在后面，欠身凑过去张了一眼，然后轻描淡写地说了一句：“差个几斤是很正常的事。”

“几斤？这是几斤？三公斤，那可是六斤啊。”老徐眉毛一挑，有些急眼了，他的口气好像是他买东西时别人少给了六斤。“六斤，小伙子，你知道六斤是多大一坨肉吗？”

小伙子为难地看着这个老同志，实在无法就这多出来的三公斤给出一个满意的答案。

“小伙子，你别撇嘴，我年轻的时候也瘦着呢。我像你这么大的时候才六十多公斤，浑身上下没一点肥肉。”

老徐开始脱衣服，嘴里嘟嘟囔囔着：“真是的，澡票卖这么贵，秤还不准，不准了就换一个嘛，光校正有什么用，东西用旧了就应该换嘛。”

脱完衣服，老徐又称了一次。这一次显然有了变化，老徐大声招呼已经走开了的服务员，要他过来看。

一个肩上搭着一条毛巾的胖男人寻寻觅觅地往大池这边过来。小安认出来者是老徐，但并不太确定。脸还是那张脸，这没错，然而搁在一个赤条条的身体上怎么看都觉得怪异。

池里也就七八个人，老徐腆着肚子站在池边，一个一个看过来。他的目光扫过小安的脸。小安把手伸出水面，刚想打招呼，老徐的目光已经转向了下一个。小安的手在头顶处停留了一下后落在后脑勺上，挠了挠，然后眼看着老徐朝旁边的中药池走去。

中药池的人更少，就四个，其中两人在喝茶。池中弥漫出的中药味道让老徐觉得他们喝的是中药。老徐闻不得这味道。老伴过世前有两年时间，家里整个就像个大药罐，连走廊里都是这股味道。对门邻居不无抱怨地说，每天回家走到楼道里感觉像是进了中医院。

连淋浴间和两个桑拿房也都巡视过后，老徐重来到大池。他又挨个看了一遍。这次他的目光在小安脸上驻留的时间要稍长一些，但也不超过两秒。小安还是没和老徐记忆中的小安对上号。最后，老徐的目光若有所思地停在一个背靠池壁正闭目养神的男人脸上。小安忽然意识到那人的头发和自己很像，乱七八糟的蓬蓬松松一大堆，而此刻自己的头发因为湿透了耷拉在脑袋上没了形状。

这会儿一动不动站在池边的老徐像个迷路的肥胖儿童，他正在努力回想着记忆中的小安的模样。按说就是上个礼拜的事，时间并不长，就是见得有些匆忙。那天老徐正在街上埋头走着路，一抬头，恰好看见从商店里出来的女儿和一个陌生男人。俩人拉着手，脸上荡漾着笑意，像恩爱的小两口。要躲已经来不及了。女儿也看见他了。她慌乱地抽回自己的手，对身边的人低声说了句什么，那个男人随即也慌乱起来。撞上女儿和男人这么亲密，老徐似乎比当事人还要尴尬，上前佯装责怪说："上班时间，你怎么会在这儿？"女儿说和朋友出来谈点事。她既不介绍父亲也不介绍身边的男人，好像和她有关系的这两个人之间的关系就是没有关系。还是那个小伙子懂事，递了张名片给他。

说实话，小伙子长什么样，老徐还真想不起来了，只记得挺白净的，还有就是那头鸡窝似的乱发了。没错，应该就是这个睡着了的年轻人。

老徐走到那人跟前，准确地说是走到那颗脑袋跟前，刚弯下腰，就闻到一股酒味。他厌嫌地别过脸去，清了两下嗓子。那小子头枕池沿，面色酡红，微张着嘴，还打着鼾，一点反应也没有。老徐颇为迟疑地伸出手去，快碰到那人的头时又缩了回来。

老徐神经兮兮的样子引起了池中浴客的好奇。他也感觉到了大家的好奇，立刻局促不安起来。反正还不到约定的点儿，要不到时间再说吧，老徐去了淋浴间，挑了个中间的龙头，从这个位置刚好可以看到大池那边的动静。

小安犹豫着是不是去淋浴间主动和老徐打招呼，瞧这架势，老徐是认错人了。他望了一眼墙上的钟，两点四十五，离约定的时间还有一刻钟。小安披着浴巾来到外面的休息大厅，打算先抽根烟。

有个年轻人出了大池，老徐的目光不无羡慕地追随着那人的背影。那身材真叫棒啊，要个有个，要块有块。想想十年前，自己的身体也还是可以的，一天工作下来，还有精力陪整天嚷嚷着减肥的女儿打会儿羽毛球。身体的衰老是从退休后开始的，不用上班了，时间这根弦一下子松懈下来，除了一日三餐，其他事都是可做可不做的。儿子结婚后很少回家，女儿虽然在家住，也就一早一晚打个照面。自从老伴过世后，这个家就完全没了生气。女儿老是怪他把电视音量调得太大，她哪知道老父亲的寂寞啊。

老徐一直希望女儿能给他招个上门女婿。女儿还小的时候，他就是这样想的。这一儿一女，他早就计划好了，儿子结婚出去单过，女儿留在身边。

这个女儿，真是老徐一把屎一把尿带大的，伺候女儿让他感到快乐。街坊邻居们都认为他过于宠惯女儿了。意见最大的是儿子，一度认定自己不是老徐亲生的。对儿子，老徐也觉得内疚。好在孩子他妈偏袒儿子，久而久之，家里形成了两派，同时也达成了一种平衡。

女儿小的时候，老徐盼着她长大，真长大了，又怕她离开自己。老婆走后，老徐难过归难过，忍忍也就过来了，没有女儿在身边的日子，他想都不敢往下想。老伴去世不久，有一天他突然意识到，如此一来，把女儿留在身边一起生活反倒合乎情理了，不过随即他又自责起来，老伴尸骨未寒，自己这么想真是太过分了。

老伴卧病在床那两年，唠叨得最多的就是他耽误了女儿的婚姻大事。反正没有他看得上眼的小伙子，就算看得上眼，老徐也不放心把女儿交给他。男人是个什么东西，他最清楚了。同时，他也知道，女儿不可能一辈子不结婚。就这样，一拖再拖，过完年，女儿就该三十了。尽管她嘴上不说什么，老徐心里明白，孩子肯定是怪怨他的。

今天约见的这个小伙子，要是放在五年前，老徐根本看不上。和女儿比，不但工作无优势可言，外表就让他瞧不上，一个三十岁的大男人竟然留着一个鸡窝似的头，像什么样。然而，女儿能在大街上和他那副样子，说明关系不一般。两年前老伴去世后，女儿再也没有带过男朋友回来，也闭口不谈这方面的事。她好像打定主意就这样和父亲过一辈子了。

女儿二十来岁的时候谈过一场轰轰烈烈的恋爱，寻死觅活地要和对方结婚。那是个什么男人啊，只看了一眼，就被老徐否定掉了。现在想想，当年也有各方面条件不错的，可他愣是看不顺眼。

这一回，老徐想通了，不能再拖了，否则真的是害了女儿。这个姓安的小伙子虽然条件不突出，但和女儿还算般配。条件再好，对女儿不好又有什么用呢，关键还得考察他的人品。当然，这一关得由人生经历丰富阅人无数的他来把。当然，他首先得摸清小伙子是怎么想的。

那颗靠在浴池边沿的鸡窝头动了动。时间差不多了。老徐快速冲掉身上的浴液，关上水龙头，朝大池过去。

由于长时间没有抽烟了，这一根烟抽下去，小安觉得甚是享受。烟可能是他这一辈子最离不开的朋友了，相伴近十年，彼此信任，感情稳固深厚。除此之外，再没有他认为值得也愿意去信任的了。他没有交心的朋友。交心这种事是要互相的，他捂着自己的心不肯交出去，别人当然也就无从和他换了。对待感情，他谨慎而又谨慎，始终小心翼翼地勒紧着感情这根缰绳。在骨子里，他把男女之爱看做是一件高投入、高风险的事，开始爱了，也就意味着要受伤害了。

小安五岁的时候，母亲撇下他和父亲奔自己的爱情而去了。小安长大后，父亲在跟他描述母亲的离开时用了“义无反顾”这个词。父亲是中学语文教师。母亲离开他不久后，他又找了个老婆，是他的同事，一个瘦高瘦高的老处女。这第二次婚姻维持了不到一年就结束了。小安认为可以在父亲再婚和再离婚这两个举动前加上一个前缀：迅雷不及掩耳。

这是父亲和小安的不同之处，虽然经历了两次不成功的婚姻，父亲依然对女人和婚姻怀揣着热情和梦想。这之后的二十多年，父亲一直跃跃欲试地想要再婚，就是没能如愿。而小安却一而再，再而三地绕开婚姻这口不知深浅的井。看到一个女人，他首先急于去判断的是这个女人是否友善，是否具有攻击性，自己在这个女人身上受到伤害的概率。在和女人的交往中，就算是关系到了一定程度，就算是说了一些动情的话，他仍旧是清醒的，言行举止均蒙着一层冷静的理性的色彩。换句话说，只有能把握的、收放自如的、四平八稳的感情他才愿意接受和付出。

偶尔，小安也会头脑发热，抱着侥幸的心理鼓起勇气想要冒险试试。不过也就想想而已。通常，在头脑还没足够发热之前，他就泄气了。这是他对自己不满意的地方，也是最放心的地方。

凭良心说，小徐是个不错的女人，善良、直率、任性，没有心计，还有点偏执。她的优点也是她的缺点。这大半年来，他们相处愉快，关系在平稳中有了缓慢上升的趋势。眼瞅着就要到下一个路口了：向左，谈婚论嫁；向右，分道扬镳。单身女人到了这个年龄，不会谈无方向的恋爱的。

第二根烟是什么时候点着的，小安不知道。他留意到钟面上的分针已经指向“12”了。猛抽两口掐灭后，他从沙发床上起来，紧了紧围在腰间的浴巾。此刻，他突发奇想，打算迎着老徐而去，不管对方问什么，提什么要求，他都坦诚面对。试一次，就一次，哪怕到头来撞个头破血流，往后的日子他也没啥好遗憾的了。由此他也觉得自己像是一个将要粉墨登场的演员。这样的角色对他来说是新鲜的，有挑战性的，也许正因为这样，他才愿意去尝试一下。

走出休息大厅，小安听到有吵闹声，然后就看见大池那边，十几个身子半光或全光的男人围站在那儿。一个服务员拦腰抱住一个挥舞着胳膊在叫嚣的男人，另一个服务员扶着老徐。在一堆光着身子的浴客中间，这两个穿衣服的人多少显得有些怪异。

走近后，小安发现那个指着老徐嘴里不干不净地骂着的男人正是刚才靠着池沿睡觉的年轻人。老徐惊慌失措地摆着手，肚皮上的赘肉也跟着晃荡着，脸涨成猪肝色，嘴里一个劲地说着："搞错了，搞错了。"因为老徐的这副模样，那个年轻人更为嚣张了，梗着脖子，瞪着布满血丝的眼睛，几次试图挣脱开服务员的胳膊，一副不依不饶的样子。这时，一旁一个长了满口龅牙的浴客劝了一句："我看算了，人家老同志又没有恶意。"没想到那个年轻人立即掉转枪口，冲着他骂了起来。

服务员乘机把老徐往外面扶，后者摆脱开搀扶，气鼓鼓地进了斜对面的桑拿房。

现在跟着老徐进桑拿房，显然不是时候，还在气头上的老爷子需要一点时间来调节。被一个年轻人指着鼻子骂真是一件让人窝火的事。小安忽然觉得其实自己可以就此离开了，他已经赴过约了，老徐也已经见过小安了，尽管不愉快，尽管搞错了。这么快就否定了刚才的想法，小安因此对自己不满起来，同时也更放心自己了。

小安来到更衣室。开锁的时候遇到了点小麻烦，马上有服务员过来帮着给打开了。小安穿得很快，好像是怕自己又改主意了。穿戴整齐，他才拿出口袋里已反复响了好几遍的电话。他知道是谁的电话。

“为什么不接电话？你在哪儿？”果不其然，是小徐。在小安认识的人中，只有她会这样打电话，拨不通就一直拨，一直拨，往死里拨，直到耗尽电池为止。

“哦，才听见，我在澡堂，刚洗完。”

“这么说你真的去了？”

“什么意思，我不能来澡堂洗澡吗？”

“你知道我的意思，我说的是不能洗澡吗？”

短暂的停顿之后，小徐口气阴郁地问道：“你是不是为了不再和我见面才去见我爸的？”

“这话从何说起？是你说的我要是去见你爸就不和我好了。”

“是啊，所以你去了。”小徐的声音陡然提了起来，“是不是早就寻思着和我分手了？这下遂你心愿了吧，你这狗娘养的。”

小安把手机拿离耳朵一些，一屁股在长条椅上坐了下来，点了一根烟，任由电话那头的小徐用喊的音量骂着。一个平日里温文尔雅的女人骂起人来毫不含糊，有意思。她和别的男人交往也是这样的吗？

大约十分钟后，电话里小徐声音正常了，但还有点气喘吁吁。骂人也是件体力活。她问：“我爸爸和你说了吧？你是怎么想的？”

“说什么？”

“你少装蒜了。我最讨厌你这样了。算了，不说了。”

“等等，等等，他和我说了许多事，我不知道你是指哪一件？”

“就是——，就是一起生活的事，和我爸爸。”

老徐不喜欢蒸桑拿，蒸汽腾腾的桑拿房老让他想到儿时农村过年杀猪褪猪毛的情景。而且他有高血压，对头晕、心慌、气短的身体反应特别小心。不过此刻他想找个相对清净的地方待会儿。他的脸火辣辣地发烫，在众目睽睽之下被一个小青年骂，对老徐来说，生平还是头一回。

先是听到有说话声，扶着门框站了片刻后，老徐看见角落里头坐着三个人，头挨得很近地在说着什么。意识到有人在看他们，三颗脑袋分开了，并且齐刷刷地瞥了他一眼。尽管老徐眼睛近视加老花，他还是看出了他们眼神中的敌意，好像他私闯了他们的领地，打扰了他们。其中一个人从身旁的木桶里舀了一勺水往石头上泼去，蒸汽随即漫腾开来，刚要散开，又是刺啦一声。

老徐看出来了，这几个人是不想让他待在这里，他们是看他老了，欺负他待不住。狗日的，老徐在心里骂道，我偏不走。你们不就是仗着年轻吗？你们能年轻一辈子吗？你们也会老的，很快的。

先是热浪扑面，很快汗就下来了，它们从毛孔里钻出来，和蒸汽混合在一起流下来，老徐在木台阶上垫了块毛巾，坐下。

现在的年轻人怎么这样啊，竟然敢用训孙子的口气和长辈说话。这世道真是让他看不懂。如果女儿给他找回这么一个女婿，自己这条老命早晚得送在他手里。所以他得给女儿把关啊。女儿肯定是知道他约了小安，这几天一直板着个脸。她不劝老徐是知道劝了也白劝。

汗流得更急了，老徐张着嘴，不时伸手抹一把脸。他感觉到蒸汽直接顺着打开的汗毛孔钻进了体内，身体里面的温度似乎比外面的蒸汽还烫。

那几个人的声音低了下去，老徐完全听不懂他们在说什么，就是觉得语气严肃，气氛莫名地紧张。这时，他突然发现流不出汗来了，或者说流出来的只是钻进身体里的那些蒸汽。他想要起身去外面透一下气，刚抬起屁股，人没站稳，一头就栽了下去。

拿起电吹风准备吹头发时，小安发现头发差不多已经干了。这个电话接得真是够长的。他挤了点啫喱膏在手心，搓开，抹在头发上，镜中刚才还蔫不拉叽的头发立刻有了精神。

不晓得谁喊了一嗓子，有人晕堂了，接着是一阵噼噼啪啪的拖鞋声。小安已经在往外走了，迟疑了一下，又折返回来。不知为什么，他想到了老徐。他返身回来只是为了确认一下不是老徐。

淋浴间里，几乎所有的浴客都聚集在了那儿。只见老徐像一座小山似的躺在地板上，眼睛紧闭，表情痛苦，一个服务员拿毛巾使劲地在给他扇风。有人提议把这座山挪到通风的休息大厅去，立即遭到了反对，万一老人是脑溢血，那么此时的搬动将是致命的，当务之急是赶紧打120叫急救车。

正当大家七嘴八舌地商量该怎么办时，老徐的嘴动了一下。有细心者发现他的眼睛也在动，“醒过来啦，看，快看他的眼珠子在动，醒过来了。”老徐十分费劲地睁开眼，很快又合上了。服务员凑在他耳边叫了一声“老伯伯”，像是怕他就此不醒了。

老徐再次睁开眼睛，当然一时半会儿还睁不大。他长长地吁了一口气，就像是去了一个很远的地方，经过了千辛万苦好不容易才回到这里。他用迷离而不聚光的眼神望着眼前众多陌生的面孔，有气无力地问道：“我这是怎么啦？这是哪儿？”

顺便吃顿饭

安天的同事早就吵着要见一见安天的新婚妻子了。他们眼中做事一向神秘兮兮也神经兮兮的安天这一次竟然连招呼也不打一声就做了新郎，他们认为其中一定大有文章。安天说，我已经派过喜烟和喜糖了。大家一听就叫了起来，这不作数的，这种事怎么能就这么糊弄过去呢。其中叫得最响的当然是余铃，她倒要看看一向拜倒在自己石榴裙下的安天究竟娶了个何等角色。

离下班还有半个多小时，安天就将桌上的东西一股脑儿收进了抽屉，只剩下一双苍白瘦长青筋毕露的大手茫然无措地搁在桌沿。右手的食指和中指的上端黄黄的，说明主人是个烟鬼，左手靠近手腕处有道白晃晃的刀疤，那是安天十一岁时在一次真刀假枪的游戏中自己误伤的。余下，就没什么特别的了。不过，怎么看都不像是一双劳动人民的手。安天越来越仔细地几乎带着研究倾向地看着桌上那双手，而脸上却分明是一副越来越看不懂的表情。这是我的手吗？

不知道谁咳嗽了一声，安天下意识地将手藏到了桌下，紧张地四下看了看。刚才好像还在朝他这边看的几个同事，这会儿都佯装低下头忙着手中的事。没什么可忙的，安天知道，特别是到了这会儿，大家无非都在等着下班。安天从口袋里摸出烟，抽出一支，叼在嘴上，然后疾步走出了办公室，疾步走到了走廊尽头的厕所，就这样在坑位上蹲了下去。

结婚之前，安天总是一下班就直接回家。在已经过去了的那些年里，他似乎什么也没干成，只是闭着眼空想了三十一年，时间就这么过来了。一想到这儿，安天就觉得自己没有理由再浪费现有的、随时随地在流逝并肯定一去不复返的时间了。他真的得赶紧做点什么了。这两年，随着工作的调动，安天有了相对多一些的业余时间，可以干一些他认为有意义的、大概可以称之为理想的事。安天相信自己总有一天会有所成就的，虽然这种自信并不常产生。最近，他猛然醒悟过来，自己不但没有成为自己想成为的那种人，也从来没让父母稍稍满意过。所以，到目前为止，他是一个在所有方面都算得上失败的人。大约四个月前，安天回了趟家，尽义务地听听老爸老妈的唠叨，并顺便吃了顿饭。喝汤的时候，安天的母亲试探性地提起了个姑娘，一个与安天同岁的老姑娘。出乎意料的是，她那对传宗接代毫无热情和责任心的儿子这一次居然表现出了浓厚的兴趣。

应该说，尚未把对方迎进门，安天就后悔了。在他的记忆中，患得患失这种情绪一直苦苦地纠缠着他，几乎没有哪件事能在事后让他对自己感到满意的。对父母而言，就更是如此了。因此，他决定这次无论如何不再改变主意了。他相信婚姻生活也许并不比他目前的生活好，但也不至于坏到哪儿去。好歹，这回算是让父母满意了。而且，在安天的认识当中，婚姻生活的内容大致相同，换句话说，和谁过都是那么一回事，关键是两人能否在对婚姻生活的本质认识上达成共识。

安天的父母当然不这么认为。老爷子用一副过来人的口气对安天说："一日夫妻百日恩，结了婚，特别是有了孩子，感情自然就有了，老早的婚姻都是这样的。我和你妈就是先结婚再恋爱的。"言下之意，只要两人能睡到一块儿，并睡出个小把戏，婚姻基础就有了。安天这一次没有反驳老爷子。他已经和老爷子唱了三十一年对台戏，结果就是落得个用后者的话来概括：一事无成。他愿意尊重老爷子的老经验，至少，这一次就听他的。

事实上，婚后没几天，安天就不得不沮丧地承认，自己犯了一个愚蠢至极的错误。连着几个晚上，他在他的新婚妻子——市六中高一年级一位令人尊敬的政治老师兼班主任——陌生的呼吸声和同样陌生的体味中翻来覆去，怎么也睡不着。当然，这不是他对婚姻生活失望的主要原因。只要足够的累和困，他相信自己还是能睡着的。

问题的关键是，和他同岁的妻子从一开始就带着酝酿了过久的、已散发着腐烂味道的对婚姻生活的满腔热情，以主人翁的姿态一头扎进了安天的生活。安天只觉得眼前晃了几晃，一切都和过去不一样了。她首先卷起了衣袖，搜搜刮刮地把她认为没用的一些破烂清理了出去，按自己的审美眼光布置了房间。接下来，她开始打扫安天的精神世界，恋爱史、性交史、手淫史统统不准隐瞒，从实给我招来。她说："我知道的，一个三十出头还没结婚的青年，肯定不会是一张白纸，绝对复杂着呢。我知道的。所以，大家应该坦诚相待，有什么说什么，只有这样，才能开始共同描绘我们的蓝图。"没错，她是这么说的。

安天从未想过自己的婚姻生活是从交代过去开始的。这么独特的体验，安天想，妈的，为什么偏偏落在了我的头上？现在下班后，安天反倒像一个没有家庭的单身汉一样，东逛逛西看看，然后再回家。他知道家里有什么在等着自己，那就是一个等他回去汇报思想工作的可敬的班主任老婆。事情竟然是这样的。

骑到人民路中段的时候，安天下了车，推着向前。他一时还不知道要去哪儿。正是下班放学的时间，不断有人从后面超过他，超过他，大家都急匆匆地赶着回同一个地方——家。他们真的像他们此刻所表现出来的那样归心似箭吗？安天认为值得怀疑。只不过是到点了。在某一段时间某一个时刻，人是有个基本固定的去向的，就像家禽们定时会回到它们的窝棚里去。因为它们知道，回到那里可以填饱肚子。就是这样的。想清楚这点，安天觉得有助于自己继续在车流中保持让大家奇怪的蜗牛般的行进速度。

走完人民路，安天敦促自己必须做出一个决定了。他的家就在前面不远的劳动新村，是就此回家呢，还是再溜达上一段时间？等待绿灯亮起的那一会儿，安天感觉到自己又一次站在了三十岁这个路口。只给你四十秒钟做抉择，就四十秒钟。交警站在指挥岗上，戴着白手套朝安天这边做了个停止前行的手势，又急速地做着手势让两边的车辆赶紧通过。

安天目光呆滞地盯着红绿灯下面的读秒器，嘴里念念有词：三十七、三十六、三十五……念着念着，他居然念出了一点味道，什么也不用去多想，照着上面不停闪烁变化的数字念下去就行了。日子竟然也有这么省心的过法？再往下念，安天就感觉自己的眼开始花了，紧接着胡子头发白了，牙脱落了，底气也不足了，所以，他不得不在发声部加了两层力，二十九、二十八、二十七……

周围的人开始涌动起来，安天仍顾自认真地念着。一个坐在妈妈自行车后车架上的小男孩用他尖尖的童音跟着念道：二十一、二十、十九……最后，所有等待变灯的人都齐声念了起来：十五、十四、十三……如果人这一辈子读读数字就一天一天翻过去了，那该多好啊。安天突然意识到，时间已经不多了。当然，时间也从来没有多过。

绿灯亮起的时候，安天车把一拐，上了右边的南海路。这个黄昏，似乎谁也不愿意被超过，都你追我赶地摆出一副和时间赛跑的架势。安天脚下猛踩了一阵，车技娴熟地在车流中左躲右闪，他试图为自己找到那种归心似箭的感觉，就和他身前身后的那些人一样。他努力找了，可惜的是，没有。

安天不无沮丧地放慢了速度，不无沮丧地让身后的人一个一个超过，最后，他干脆停了下来，右脚支在人行道上，给自己点了一支烟。

“你怎么来了？”余铃满脸惊讶地站在门口。门仅开了一小半，刚够露出她的脸和二分之一个身体。

“正好路过，上来，坐坐。”安天说着装作不经意地往里瞄了一眼。什么也没看到，但安天知道里面肯定有人。不出意外的话，是个男人。

“噢——”余铃一副恍然大悟的样子。她仍然站在门口，看样子并不打算请安天进去。她的门对安天来说，从来都不是那么好进的。她老是很忙，不断有客人在家，如果不事先约好，一般会撞车。不过，只要进了这扇门，总能实实在在地在那里面做上点什么。安天想，这大概也是这屋子总是宾客盈门的主要原因。

然而，安天今天真的只是想在这儿坐坐，和余铃说说话。哪怕什么也不说，只是坐一会儿，他觉得自己就能心平气和地回家去了。在大多数时候，余铃都应该算得上是个善解人意的女人。尤其在离婚后，她并没有像有些离异的女人那样从此摆出一副看透天下男人的架势，而是从自身出发，做了深入全面彻底的自我检查。她认识到，自己第一次婚姻失败的根源在于对丈夫照顾有加，理解不够。男人其实就是一个半大的孩子，这是余铃通过第一次婚姻获得的新认识。你既要在生活上体贴照顾他，还要时不时地关心关心他精神上的需要。离婚以后，她真就是那样做的，而安天就是她众多孩子中的一个。

下得楼来，安天又不知道要去哪儿了。他站在楼前，点了一支烟。吸了两口后，他唯一能告诉自己的就是：天已经黑了，很多窗口都有了灯光。安天喃喃自语道：“他们的夜生活已经开始了。”他抬头看了看余铃家的窗口，灯也亮了，她的夜晚也拉开了序幕。开车锁的时候，安天发现自己车旁停了一辆有点眼熟的半新的凤凰牌自行车，他盯着看了一会儿，又觉得它只是成千上万辆凤凰牌自行车中的一辆。

安天一手推着车，一手夹着半支烟，走出书院新村。他执意要让自己推着车走，是希望在相对平和的行进中尽快想出一个去处。而一跨上车，混在那些匆忙但目的明确的骑车者中间，安天就会觉得自己愈发糊涂和去向不明。

走过解放路，走过胜利路，走到灯火通明的临顿路的时候，安天真切地感觉到自己累了。另外，路边油烟四起的小排档也在提醒他，该吃晚饭了。安天停下来，屏气凝神地站在那儿，他在专心致志地体会自己胃部的感受。他还没有把握自己是否真的需要一点食物。他希望自己的身体这一次能真实地、毫不隐瞒地告诉他实情，而不是一时冲动就坐下，吞下一碗自己也许并不需要的就像是他的婚姻一样难以消化的食物。

恍惚之中，安天的车被人接管了过去，而他被领到一张小方凳上安顿下来。一位满脸堆笑的少妇将一把铜钥匙递了过来。安天愣了一下，接过来放进口袋。现在好了，不管他需不需要，都肯定得吃点什么了。

摊主看起来像一对夫妻。两人脸上都堆着一模一样但还不够职业的笑容，殷勤地看着安天，后者劝自己，那就吃点吧，顺便歇上一歇。

一杯啤酒下肚，安天意外地发现自己有了胃口。大概是那杯一口而干的啤酒从食管下去，以汹涌之势冲开了胃的大门。就像他两年前第一次被余铃邀请去她家，进门后，尚未喘口气，即被余铃来势凶猛的眼神、话语和香水味等等混合体攻克了下来。事后，余铃分析说，其实你对我早有企图，只是没有机会点破罢了。确实，从此以后，安天对那具肉体有了不一般的胃口。按照他班主任妻子一再重申的坦白原则，这应该也在俩人坦诚相待的范围之内。安天实在不明白，她那些以好好开始生活为名义的荒唐要求，从她嘴里说出来，竟然像教科书上的那些名词解释一样不容置疑。

此刻，安天再一次感到了他这一场没人逼他妥协的妥协婚姻的不可信性。他想这两个月来也许自己只是被谁捉弄了一下，他根本没有结婚，也没有一个像审特务一样审丈夫的妻子，一切都只是个玩笑。当然，玩笑是开得长了点，过分了点，但他完全可以做到不介意不追究，吃完这顿饭，他又会像往常那样，回到他独居的小屋里，拿本书，安安静静地读上一段，然后进入梦乡。他需要的就是这种简单的生活。从来就是这样的。

凭着以上的热情，安天又喝了一瓶啤酒。相对于他平常的酒量，已经足够多了，但他不愿意就此放弃好不容易找到的那种一个人喝酒、一个人过日子、一个人就是一个家的感觉，他又要了一瓶。

这时，来了一对学生情侣模样的少年。他们穿着同一款式同一颜色的T恤，脸上挂着甜蜜得快滴下来的笑容。两人四下看了看，走到安天的对面。女孩刚要落座，被男孩拦住了。他从口袋里掏出一包纸巾，抽出一张，弯腰仔细地擦了一遍，又用嘴吹了吹，然后才做了个夸张的“请”的手势。女孩显然很喜欢男孩这副在安天眼里装模作样的可笑的绅士腔，满意地坐下后又扭过头去看在一边点菜的男友。其实没什么好挑的，安天知道，这种小排档一共就那么七八种家常得不能再家常的小菜。不过，对这对小恋人来说，好歹也算是在外面就了一餐。男孩看完菜，回来小声地向女孩汇报并征求她的意见。女孩低头含笑听着，然后只说了两个字：“随便。”“不，由你做主，”男孩认真地强调道，“你说吃什么就吃什么。”安天知道，女孩这会儿心里肯定受用得厉害。他还知道，这顿饭吃什么都不重要，只要是和她的小男友一起吃这就足够了。

安天现在注意到，女孩的牙很白，唇红红的，一头乌黑发亮的短发，看起来水灵灵的。她坐在那儿仰脸看着她小男友的神态特别孩子气。而那个男孩，虽然嘴唇上有了一层毛茸茸的胡须，但怎么看都像是画上去的。他拿腔作势的做派后面是与他年龄相符的稚气。说到底，他们还是两个孩子。

最后这一瓶啤酒，安天几乎是就着那对小恋人的谈话喝下去的。同时，安天留意到，眼下已空闲下来的摊主夫妇也饶有兴趣地看着他们这一边，不时互相挤挤眼睛。

“你昨晚想我了吗？”男孩轻声然而极其认真地问。

女孩羞涩地咬着下嘴唇，笑而不答。

“想了吗？”

女孩把用牙签挑出来的螺蛳肉放在男孩面前的小碟子里，还是笑而不答。

“想了没有？”男孩用左肩碰了碰女孩的右肩，“想了没有？说嘛。”他几乎是在撒娇了。

“不知道，我忘了。”

“那就是想了。”

“哎，你暑假作业都做完了吗？”男孩问。

“还没呢，不过也不差多少了。他们都说我们班主任这一阵谈恋爱谈得人晕晕乎乎的，什么时候看见他脸都是红彤彤的，大概顾不上我们了。”女孩说着捂嘴笑了笑，随即扭过头来问男孩，“你呢？你的做完了吗？你们那个‘老处女’可是够厉害的。”

“她现在已经不能叫‘老处女’了，人家结婚了。可是，据我们班男生观察，她好像并没有——”他迅速地瞥了对面的安天一眼，然后将嘴凑到女孩的耳朵边，说了一句什么。

“胡说八道。”女孩的脸一下子就红了，她也迅速地瞥了安天一眼，小声道，“你们班的男生真下流。”

“什么呀，你不知道，她结婚以后并没有什么变化，还是整天精力过剩地窜来窜去，说不定什么时候就像幽灵一样出现在教室窗口了。别的任课老师对她这一点都很反感，连我们都替她难受，可她一点感觉也没有，依旧像她老批评我们的一句话那样，我行我素。还有，对男女关系，我看她比结婚前还敏感，一看见男同学和女同学在一起，眼都直了。她和我们开班会，从来不称‘同学们’，而是‘男同学们、女同学们’。”

女孩捂着嘴咯咯咯地笑了起来。

“我们班的刘军说，她以前不知道男女关系究竟是怎么回事，所以她很恐惧。现在她知道了，亲身体验了，心想：乖乖，原来滋味这么美妙！所以她更怕男同学和女同学会因此而耽误学习了。”

女孩笑得放下了筷子，用两只手去捂她的嘴巴。安天真想对她说，你的牙很好看，不用掩盖。你的一切都是那么年轻，你的皮肤，你的笑容，你的身体，你的思想，天哪，这有多好。而有些人，你就会觉得他似乎从来没有年轻过。比如他的妻子，安天真难以想象她年轻时是副什么模样，肯定是那种收到男生的纸条后大惊失色，认为自己的贞操已经受到了侵犯，并且动不动就跑办公室向老师打小报告的角色。另外，安天怎么忽然觉得这对小恋人正在谈论的“老处女”有点像他的妻子。

“对了，你知不知道吴大胖子曾经追求过我们的‘老处女’。”

“真的？教体育的那个吴大胖子？”

“不知道吧。不过那都是五六年前的事了，我是听我家隔壁的大龙说的。那时候‘老处女’是他的班主任。他说那会儿的吴大胖子可没现在这么胖，喜欢穿一条印有‘江苏省体院’字样的田径短裤在‘老处女’面前晃来晃去，他主要是想展示他腿上的肌肉和黑糊糊的汗毛。‘老处女’算是怕了他了，只要老远看见他，就赶紧找个地方避开来，于是‘老处女’就有了个‘兔子’的绰号。”

“兔子？嘻嘻。”

“对，兔子。”

“吴大胖子其实蛮好的，对学生从来都是笑眯眯的。”

“他是看见女生，特别是漂亮的女生就笑。不过，亏得他和‘老处女’没成，成了可够他受的。”

“恐怕就不会像现在这样胖了。嘻嘻。”

“我发现吴大胖子如今有事没事还是会去‘老处女’办公室转转，大概是想瞅准机会捞点便宜。”

“我不爱听你这么说话。”女孩皱着眉头撇了撇嘴。

“嘿嘿！”男孩赔着笑将脸对着女孩，“应该说是：意犹未尽，意犹未尽。”

“反正，”过了一会儿女孩说，“那个娶了你们‘老处女’的男人可真够不幸的。”

安天的步子有点踉跄，自行车这会儿可帮了他的大忙，他们互相扶持着向前。安天很想看看现在几点了，可每次刚一抬左手，车和人随即失去了平衡，他不得不用双手重新扶好车把。前面大约一百米处，那对小恋人在安天的视线里走得歪歪扭扭而且有些飘忽。他们手牵手，走走停停，不时地蹲下来看看路边地摊上的小玩意。在一次较长的停顿中，安天终于停稳了车，并顺利地看了一眼时间，九点二十五分。他的妻子肯定在家等急了。但我管不了那么多了，安天对自己说，今天到现在为止，我才第一次找到了确切的方向——那对小恋人的方向也就是我这个夜晚的方向。天哪，这有多么不容易啊！

有那么一会儿，安天感觉自己已经睡着了。就睡在那张虽然常年乱糟糟但足够宽大足够舒适的席梦思上。一阵刺耳的喇叭声将安天惊醒的时候，他发现自己正和自行车并排躺在路边。他估计自己是刚躺下去的，因为周围还没聚集起好奇的人们。这会儿的路上可有的是吃饱了饭闲着没事瞎逛的路人。安天抑制住笼罩在整个头顶的那种眩晕的感觉，定了定神，爬起来，又费了些劲扶起自行车。一个从安天身边经过的女孩边走边厌恶地看着摇摇晃晃的前者。安天不无歉意地冲她苦笑了一下，她则更为厌恶地扭过脸去，快速走开了。

还好，安天的方向尚未失去。尽管他们已远得快要失去踪影了，安天还是捕捉到了那两件一模一样的黄T恤。他试着想骑到车上去，当然没有成功，所以他干脆推着车小跑了起来。

这一跑，那种眩晕的感觉居然意外地消失了，脑子一点一点开始清晰起来，安天甚至想到了要问一问自己“你这是要去干吗？”这样深刻的问题。同时，胃里开始翻腾开了。又坚持着跑出一小段后，安天不得不停了下来，弯腰把刚喝下去的三瓶啤酒和一些小菜吐在了路边。一阵夜风吹过来，安天觉得脑子更加清楚了一些，同时也更糊涂了，因为他根本回答不了自己的问题，他只知道前面那两个人的方向就是他今晚的方向。假如他们手牵手地跳进河里，他也会毫不犹豫地跟着跳下去。事情只能是这样。

如果安天没有看错的话，他已跟着那两个小家伙走了临顿路、新民路和友谊路，现在又上了公园路。看样子他们接下来的目的地是公园路上的大公园。那儿可真够黑的，安天知道。大概十年以前，安天和他那一帮都差不多大的哥们儿是那儿的常客。大公园晚上不用买门票，一般十点钟闭园，夏季则更晚一些。安天对那里面的山山水水一草一木都了如指掌，哪儿最黑，哪儿人最多。安天曾先后约过五个女孩去大公园，经过一番曲曲折折颇费耐心的散步，最后，毫无例外地他会把对方领到那块预谋已久的被几棵雪松包围着的黑草地。他希望能在那儿干出点什么。而结果是，无一例外地均以失败告终。确实有人在那儿做成了，安天就亲眼见过，也无数次听和他一样壮志未酬的哥们儿感同身受地说过。有人甚至能在联防队员出现频率比较高的地方见缝插针地干上一把。对此，安天那会儿可真是羡慕极了。

果不出所料，他们进了大公园。安天在公园门口锁完车后，点了一支烟。一晃，十来年过去了，大公园的大门还是原来的模样，因此，它白天的游客已寥若晨星。然而，到了晚上，它还是颇具吸引力的。尤其是那些苦于没有地方的男女，大公园成了他们夜生活的首选之地。据说，联防队员在里面当场捉住过不少正在名正言顺过夫妻生活的男女。人家有结婚证，随身带着呢，不属于无证驾驶。但他们没有地方，亦即没有驾车的场地，所以他们只能把夫妻生活安排在公园里。碰到这种情况，联防队员也只能婉言相劝几句，然后挥手让走人。

走过门口那一段相对明亮的小径之后，男孩伸手搂住了女孩的腰，并吻了一下她的脸颊，接着又吻了一下。两人停住了脚步，好像还对视了一下，然后就紧紧地抱在了一起。安天站在一棵雪松后面，朝一侧探出半个脸，他问自己："我这是在干什么？窥视？侦察？"

看见一对情侣正朝自己这边过来，安天急忙转过身，将背靠在树干上，头整个地垂在胸前，俨然一幅令人同情的失意者的形象。等脚步声远去之后，他才恢复了原来的姿势。天哪，那两个小家伙还没结束。女孩尽可能地踮脚双臂环绕着男孩的脖子，让安天想起了一个撒着娇要求大人抱的小孩。而且，她的身子还在扭动，这就更像了。

不知过了多长时间，反正安天觉得够长的。他的胃里又一次翻腾得厉害，好几次差一点吐出来。他不得不闭上眼，把头顶在树干上，努力克制着。他有过醉酒的经验，不过，这一次，他认为自己只是喝得不太舒服而已。这阵难受下去之后，安天睁开了眼。男孩不知什么时候离开了，只剩下女孩背着手站在那儿。安天想都没想就从树后走出来，朝她走了过去。

"他去哪儿了？"

“你想干什么？”女孩惊恐地向后退了两步，但显然马上认出了安天，可这似乎让她更为惊恐了。

“他去哪儿了？”

“他，他去方便了，一会儿就回来。你想干什么？”女孩边说边向后退着，她的手习惯性地捂在嘴上。安天觉得自己再向前走一步，女孩就会叫出声的，所以他停住了脚步。

“你别害怕，我只是想问你一个问题。”安天冲她摆着手，“你别害怕。”

“你到底想干什么？”女孩还在往后退，她已经退到了一排灌木丛边上，可她还在往后退。安天下意识地伸出手去拉她，女孩一躲。随着一声惊叫，两人同时倒在了灌木丛上，又滚到了草地上。安天慌里慌张地去捂女孩的嘴巴，“别叫，你别叫。”可是手却被女孩狠狠地咬了一口，咬完又尖叫了起来。安天急了，抡起胳臂就给了她一巴掌，“你他妈的别叫。”接着又是一巴掌。这下，她安静了。

没费什么劲，安天就在这块理论上联防队员出没频繁的草地上完成了十年前他梦寐以求的事。出乎意料的顺利使他在拉上裤子拉链的那一会儿有些茫然。他记得自己一开始走向女孩的目的只不过是想问问，她是不是六中的学生。就这么简单。

没人能对安天的解释感到满意。事实上，安天自己也很不满意。他坐在联防小屋里，面对着联防队员、掩面哭泣的女孩以及发现情况后撒腿跑去喊人的男孩满怀歉意。真的，他感到抱歉极了。他实在不能够就他的犯罪动机说出更多的理由。他从口袋里掏出烟，刚要点上，就被其中一个坐在桌子上说话结巴的联防队员一脚踢掉了，“你——他妈的，还——还想——事后一根烟，是——是吧？”说完，重重地拍了一下他屁股底下的桌子。这样，他本来显得可笑的训斥多少有了几分威严。

安天看着自己突然空空如也的双手，第一次意识到，这个夜晚是荒唐的。在本该上床睡觉的时间，他却坐在这间陌生的小屋里，接受着一群怒气冲冲的家伙的审问。他刚才其实可以拍拍屁股走掉的，可他竟然站在惊魂未定的女孩身边抽了半支烟，打算等女孩放松下来，解释上几句再离开。不出意外的话，今天他就在这间小屋里过了。明天，后天，包括以后的若干天里，他都回不了家。大后天，也就是星期六，他已经答应了同事们去他家参观他新婚的妻子和新房，顺便吃一顿饭。现在看起来是不可能了。

另外，安天忽然想起余铃楼下那辆自行车的主人来了，他就是他们的前任结巴科长。这个家伙虽然说话不太顺溜，但办起事来毫不结巴。在安天调到这家机械设备公司不长的三年里，他已经爬到了副总经理的位置上，有了自己的专车和司机以及迅速崛起的将军肚。最近，听说他犯了严重的经济错误，一头栽了下来，所以又骑上了他的私家车，一辆半新的凤凰牌自行车。安天猜想，今天这家伙大概是去余铃那儿寻求理解和抚慰的，如果真是那样的话，他可算是找对人了。

之　间

一

樊朴想，一定是源于自己不健康的好奇心，所以才会武断地认为刘好和钱小铃之间有着某种隐秘的关系。虽然不敢肯定，但他的确一直是在用那种眼光打量这两个女人的。

起初，樊朴只是对其中的一个女人有好感。她算不上漂亮，小家碧玉型的，身材娇小，说话轻声细语的，看起来像是那种就算不让你上手也不至于让你难堪的善解人意的女人。她让樊朴动心的是她身上的女人味。看看我们周围的女人吧，一个个精神抖擞，一副随时准备和这个世界过招打拼的样子，哪还有什么女人样啊。

刘好已婚，但丈夫在外地工作，这甚合樊朴的口味。这两年樊朴谈了几次恋爱，最后都在对方的指责声中分道扬镳。交往稍一深入，她们就摆出一副受害者的架势要樊朴对她们的将来负责。谁对谁负责啊，樊朴连自己的责都负不了。

另外，见刘好的第一面，樊朴就嗅到了她身上有股悲剧性的味道。这没道理可讲，因为它是感性的。樊朴这个人，对一切带有悲剧性元素的东西有着近乎偏执的嗜好,尤其是碰到这样的女人,他很容易就会生出张开双臂替她遮风挡雨冲锋陷阵的冲动。这也没道理可讲,因为它同样也是感性的。

但是,以上这些都不是根本原因,樊朴心里清楚得很,她,这个叫刘妤的女人,让他想起了另一个女人。倒不是她们长得像,而是神态,安静中略带忧伤,以及爱皱眉头咬嘴唇的习惯。

樊朴几乎是不假思索地对刘妤展开了进攻。他几乎可以肯定,刘妤是那种男人朝她进一步,她就退两步的女人。与其说樊朴是喜欢她,还不如说是为了证实自己对刘妤的种种判断,她是我以为的那种女人吗?她因何而忧伤?再有,她与钱小玲果真是我认为的那种关系吗?

刘妤应约和樊朴一起吃了一顿饭,喝了一次茶,交谈虽不深入,还算愉快。她矜持地回应着樊朴的热情。看得出来她不讨厌樊朴,甚至多少有点喜欢他。可第二个礼拜樊朴再约她,她态度有变,一味推说近段时间比较忙。于是樊朴就给她发短信,每天都发。她也回,频率大概是樊朴发五六个,她回一个,简短,礼貌,刻意回避着带有感情色彩的字眼。

这一来二去快一个月了,樊朴有些吃不准了。如果没有前两次的见面,他可能就知趣地抽身了,然而那两次聊得不错啊,她态度的转变让樊朴摸不着头脑。这一天,樊朴干脆候在刘妤单位门口,打算单刀直入地问个究竟。

下午六点,陆续有人从广电大厦里出来。这些人大都很年轻,工作了一天,看起来还有的是精力。樊朴在人流中寻找着刘妤那张瓜子脸。他需要刘妤给出一个答复,就在今天。为什么对我不冷不热的?为什么?为什么?樊朴仿佛已经看到了刘妤咬着嘴唇皱着眉头一步一步往后退,再退,直到无路可退。樊朴发现自己有点喜欢上她了。

快七点的时候,刘妤和钱小玲一起从大厦出来。后者是刘妤的同事,也是她所在的那个部门的副主任。樊朴是在一个多月前同时认识她们的,聊起来后才知道钱小玲刚卸任的男友竟然是樊朴的朋友钟良飞。见到她,樊朴立

即明白她的男友为什么总是藏着掖着不让朋友们见她了。他要有这么一个风情万种的女朋友，也不敢带出来，跟别人搞也就罢了，搞到自己熟人头上，这绿帽子可就戴大了。

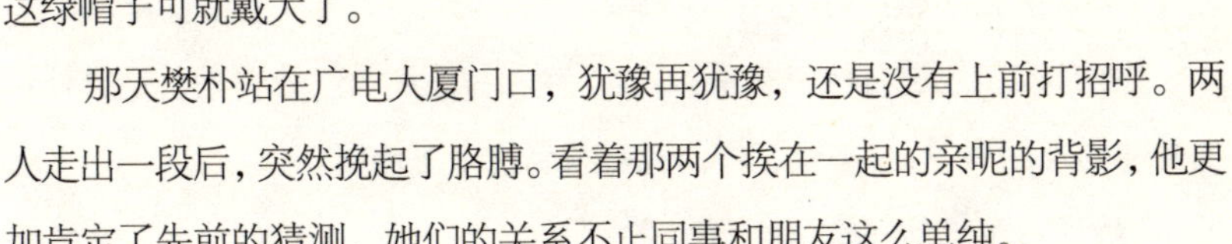

那天樊朴站在广电大厦门口，犹豫再犹豫，还是没有上前打招呼。两人走出一段后，突然挽起了胳膊。看着那两个挨在一起的亲昵的背影，他更加肯定了先前的猜测，她们的关系不止同事和朋友这么单纯。

二

此刻钱小玲就坐在樊朴面前。她，河南三门峡人氏，三十岁整。她的打扮显然更愿意让别人相信自己只有二十五岁。

和上次的搔首弄姿相比，这一次她要稳重许多，所以也让樊朴觉得她要比上次顺眼一点。但也就一点。他非常清楚，这女人是自己厌烦的那类人，跟长相无关，跟出身无关，跟职业无关，是气息不相投，就是觉得与这样的人隔着一层。她貌似随意的话语和表情，老让你下意识地去揣摩后面可能隐藏着的动机。这是个不安分的女人，是个有野心和欲望的女人，是个清楚自己有几分姿色并且因此自我感觉好得不得了的女人。她还是个内心强大的有力量的女人，是个能激起男人斗志同时也能让男人瞬间萎掉的女人。

是钱小玲主动约的樊朴，说要和他谈谈钟良飞。樊朴说，你们不是已经分手了吗？她说分手了是没错，不过还有些遗留问题没解决。她说这话的口气好像是在说一个重大的而且还相当棘手的国际问题。

钟良飞在和钱小玲谈了半年恋爱后，只是口头通知了一下钱小铃分手吧就没了踪影。后者一再强调两人分手并没有具体的矛盾，因而分得如此干脆彻底让她耿耿于怀。更让她不能接受的是，那个男人居然在分手后把两人和在一个账号上炒的股票清仓卷款了。钱倒不多，可性质恶劣。

“据我所知，他不缺钱，没必要这么做。”

“不是钱的问题，你不知道，这不是钱的问题。”

“那是什么问题？”

“你真的和他没有一点联系？”钱小铃的神情和语气分明是断定樊朴知道她前男友的下落，“不管怎样，我得找到这个王八蛋。”

“最近我没见他，也没联系过。”

“以前他可经常在我面前提起你，说你们是一块儿玩大的，关系不一般，不可能没联系吧？”

“我没必要骗你，”樊朴不乐意了，“另外，我也没义务向你汇报他的行踪。”

“那好，你要是见到他，就替我带个话，让他别躲了，那不是解决问题的办法。还有，让他小心着点。”

随后的气氛有些僵，樊朴确切地感到钱小玲甚是不悦。他更确切地感到自己不喜欢这个女人。

有那么四五分钟，谁都不说话，樊朴在等待着她发作，或者拂袖而去。小女人们的脾气，他领教过。就算是个男人，出于自尊，应该也会坐不下去的。

然而钱小玲没有，所以樊朴更认定了自己对她的厌烦是正确的。她忽然换了一副笑模样，是不是真在笑，樊朴吃不准，反正看起来像是在笑。

“哎，”她好像突然想起来似的问道，“你觉得那个谁怎么样？”

樊朴面无表情地看着她，问道：“谁啊？”

“别装啦，你知道我说的是谁，就是上个月和你在风月堂喝茶的那个刘好。”

樊朴心里一惊，没想到刘好会把和自己见面的事告诉她，而且连时间、地点都说了。

“说说吧，感觉怎么样？”

“没感觉。”

“没感觉？你们男人会主动和没有感觉的女人联系？”说着她左右晃了晃身子，好像很为自己这句既是提问又是结论的话而得意。

“那，”樊朴用她的口吻反问道，“一个女人主动和男人联系，这又说明了什么呢？”说完，他就后悔了。自己怎么能由着性子对她说这样的话呢？这个女人，你不撩她，她还满身臊气呢。

“那么——”她就像是京剧舞台上的念白似的一字一顿地反问道，“你认为，这说明了什么呢？”

钱小铃两眼放光地逼视着樊朴的眼睛，让后者觉得自己是她射程内的一只猎物。樊朴浑身不自在，首先败下阵来，顾左右而言他，你是想劝我离她远点吗？

“我只是想问你，你了解她吗？你知道她是个什么样的女人吗？她喜欢什么样的男人？她丈夫是干什么的？你知道吗？你连她最基本的情况都不了解。唉，我发现你其实是个蛮单纯的人，见女人，连情况都不问就往上冲，哪有你这样的，跟个傻小子似的。”

尽管钱小铃说得不无道理，可就此被她教育一通，樊朴心里来气，这些话他咽不下去，就算咽下去了，也消化不了。樊朴说刘妤是什么样的女人不重要，只要不是喜欢女人的女人就行。

“你倒是不挑剔。”

“挑剔，我现在就不会和你坐在一起了。”

钱小玲脸色都变了，陡然提高了声音：“你这是什么意思？我发现你这个人很变态，说话阴阳怪气的，受过刺激吧？恐怕是经常被女人甩吧，所以脑子甩出毛病了。”

气氛再一次变得尴尬起来。樊朴的眼睛盯着那两片频率很快地在一张一合的嘴唇，它们色彩鲜艳，形状也还说得过去，期间，鲜红的舌尖还不时探一下头，上下一舔，又迅速缩回去，像是在给它们帮阵助威。

樊朴忽然觉得自己很享受这样的时刻，眼看着一个刚才还自我感觉良好的女人变得气急败坏。有意思。樊朴承认，自己的心态是有问题。

没想到的是，对方的声音渐渐低了下来，最后那两片嘴唇抿了抿，合上了，并且不再有声音发出来。樊朴把目光从那儿移开，调整焦距。这时，他发现钱小玲正用一种凝重的带有研究倾向的表情看着他，上上下下，左左右右。过了一会儿，她顾自点起了头，似乎终于想通了，似乎认为不应该和他这样脑子有毛病的人计较。

“有一点，我想刘好大概没告诉你，她丈夫在外地没错，但不是工作，是在外地的监狱里——，”钱小玲的眼光始终没有离开樊朴的脸，她观察着樊朴的反应，“——服刑。”

“是刘好让你来跟我说这些的？”

“不是。她不知道我约你。”

钱小铃没有看到期待中的惊讶，有些失望。她不甘心，继续道：“你还真以为刘好会和你好？我可提醒你，别的不说，人家可是有老公的，所以，我送给你三个字：悠着点。”

等等，等等，她为什么要告诉我这些？是因为嫉妒吗？樊朴问自己，这个女人究竟想要干什么？她和刘好真是我以为的那种关系吗？如果是，那么她是两者中的哪个角色呢？

三

在樊朴上高中之前，由于父母工作的关系，他被寄养在大伯父家。

大伯父和大婶婶没有生育。基于大伯父在樊家的特殊地位（父亲早逝、排行老大、学历最高、混得最好），没人敢正面向他打听，而他和婶婶也从不做任何说明。因而在很长一段时间内，究竟是不想生还是生不了成了流行在这个大家庭里的一道百猜不厌的谜语。

大伯父和大婶婶是一对在其专业领域颇有建树的知识分子，为人谦逊，做事严谨，家里来得最多的客人是他们各自的学生。樊朴的大伯父总是说，学生就是我们的孩子。

相比较于对学生的和颜悦色，大伯父对樊朴这个侄子却要严厉得多。站得有站相，坐要有坐姿，吃饭不能发出声音，大人讲话不准插嘴。樊朴的大伯父总是说，我们是把你当亲生儿子养的。

在周围人眼里，大伯父两口子相敬如宾，又有各自的事业，除了没有亲生的孩子，在别的方面都堪称完美。在这个受人尊敬的家庭里，樊朴生活到了十四岁。

坦率地说，樊朴更喜欢回到父母身边后的生活。尽管免不了被大人呵斥甚至体罚，却感觉轻松、自由。在回到父母身边后，樊朴在大伯父家养成的生活习惯大部分都失效了。小孩子开心的时候尽可以欢呼蹦跳，吃饭的时间也是一家人聊天的时间，同时电视的音量也开得很大，大家在饭桌上用吵架的嗓门聊天，父母间常有争吵，可吵过后又是亲亲热热的。

现在想来，当年大伯父家的气氛是沉闷的、压抑的。大伯父和婶婶小心翼翼地对待着对方，对待着他们的婚姻，他们之间的客气谦让，让樊朴这个身处其中的旁观者有着一种莫名的别扭。

因此，若干年后，当得知大伯父被烧死在自己床上，樊朴并不如家里其他人那么震惊。虽然婶婶因为在外地开会，幸免于难，樊朴仍然隐隐觉得她与这场大火是有关系的。或者说，她对这场大火是有预知的。当时樊朴他们地理课上正在讲火山的成因和爆发，由此他想到，这场大火像是大伯父和婶婶的婚姻火山积聚了几十年能量后的一次爆发。

大伯父去世之后，婶婶的身体大不如前了，不过，她没有大家想象中的那么悲伤，反过来还劝大家不要太难过了。也就是在那时候，樊朴忽然对大伯父和婶婶貌似和谐平静的夫妻关系产生了质疑。共同生活了那么多年的伴侣走了，她不该这么平静。何况这次火灾本身有着太多自相矛盾的东西，一个腿脚正常的人怎么会被活活烧死在床上。是的，大伯父是爱抽烟，并且几乎烟不离手，可就算烟头点燃了周围物品，他为什么不报警？电话机就在他床头。他才五十来岁，平日里身体健康，怎么会被烧死在自己床上呢？

那么，婶婶和大伯父以及这场火灾之间到底是种什么关系？

四

有一阵子，樊朴的注意力完全放在了大伯父的死因上。他曾经和钟良飞聊过自己的诸多猜测，钟良飞也帮着做过若干推理，最大胆的一个是：樊朴的婶婶在外面有人，所以和情夫密谋放了这把火。

那是樊朴不能接受的一种假设，至少情感上不能接受，为此，他差点儿和钟良飞翻脸。钟良飞当然不能理解他如此激烈的反应。事实上，樊朴自己也不理解。自己就没做过此类假设吗？只是它们都在樊朴心里。日复一日，在他心里。

钟良飞和樊朴同岁，自小，钟良飞的一切都比后者优越，长得讨人喜欢，高鼻梁，凹眼窝，皮肤白皙，头发微卷，颇有异域风情，大人们都喊他小外国人或洋娃娃，而小朋友们更愿意叫他“杂种”，虽然不情愿，他也只能接受，还有什么比这更恰当的绰号呢？另外，樊朴大伯父所在的大学东门外的那条丁香巷，据说在解放前整个都是钟良飞他外公家的。从小，樊朴就知道，钟良飞家是有钱人家，还不是一般的有钱。尽管那些钱暂时由国家给保管着，但总有一天会回到他们手里的。樊朴做学生期间，他父母教育他时常说，你不要跟钟良飞比，人家是少爷命，读不好书照样有饭吃有钱花，你要是读不好书，以后只能去收破烂。

八十年代中期，国家陆续发还了钟良飞家一些曾经被没收的家产，逐渐恢复元气的钟家开始涉足商界。那个时期，不管你干什么行当，只要你脑子足够活络，肯下工夫，并且有足够的钱砸进去，就能挣到钱。就在钟家越来越有钱的同时，钟良飞也众望所归地成了一个纨绔子弟。

这哥们儿高中毕业后没考大学。没考是因为知道考也考不上。事实上，他父母早就准备好了要送他出国的。高三毕业后的那个暑假，一帮儿时玩伴三天两头以给钟良飞送行的名义聚在一起吃喝。确实有些依依不舍。然后樊朴就去外地上大学了，钟良飞去了加拿大。等樊朴大一结束回来过暑假，这家伙也回来了，并且宣布不走了。钟良飞说那鬼地方简直不是人待的地方，语言不通不说，人烟稀少，野猫都不愿去那儿拉屎，能把好好的一个人闷出病来。

近十年来，钟良飞没干过正经事。依樊朴看，除了给钟家传宗接代，也没什么适合那小子干的。可据钟良飞自己说，他一直在赚钱（股票、基金，涨了，跌了，涨了）。他说这个世界的钱就是给有钱人赚的。反正樊朴所了解的钟良飞的日常生活就是以谈恋爱为主，顺便炒炒股票玩玩基金，否则还能干吗呢？

五

现在的问题是，这个杂种跑哪儿去了。

樊朴细一想，还真有好一段时间没见着他了，也没接到他的电话。这家伙往日里动不动就呼朋唤友闹一大桌凑一块儿喝酒。

跟钱小玲见完面，樊朴给钟良飞打了个电话，没料到大白天的，居然关机。晚上他又打了两次，还是关机，家里的电话也没人接，最后，他在钟良飞的电话上留了言：你这杂种到底跑哪儿去了？不管是欠了情债还是赌债，躲得了初一，躲不了十五。有什么为难的事和哥们儿说一声嘛，赌债我不能替你还，要是欠的是情债，或许我还是能帮上忙的，当然也是有前提的。末了，樊朴用正经一点的声音说道：那个三门峡人在找你，知道吧？听到留言给我回电话。

之后的十多天，樊朴突然忙碌起来。一开始是他希望自己能忙碌起来，没想到胡乱打了几个电话，真的拉到了一单生意。干他们白酒销售代理这一行的，闲的时候闲死，忙的时候忙死。樊朴跑了一躺河南，那里有着广阔的白酒市场。河南地区每年白酒的消费量说出来能让你倒吸一口冷气，六十万千升，倒出来，可以注满二百四十个标准游泳池。

去之前，樊朴就做好了酒精中毒的准备。樊朴的同行告诫他，想要进入河南市场，除了过硬的关系，你还要做好把自己喝废了的打算，你若是没有酒量再没有酒胆，这生意绝对是做不成的。

他们说得没错，樊朴第一天到郑州，就当场喝趴下了。樊朴知道这是不够的，这仅仅算是在河南人民面前亮了个相。可要他第二天接着再喝显然是不行了，他干脆飞回来调整。你不知道，那真叫惨啊，飞机飞了一个半小时，樊朴在周围人的白眼中凑着纸袋吐了一个半小时。樊朴愿意把这理解为生意的成本。

回来修身养息的那几天，樊朴又给钟良飞打电话，还是关机。你这杂种，到底死哪儿去？就算是离家出走，也打个招呼嘛。要还活着，就打个电话，至少发个短信。挂了电话，樊朴萌生出不祥的感觉，这杂种该不会是出事了吧？

一个礼拜后，樊朴又去了郑州。看见上一次躺着出去的人又来了，当地人对他这个南方人有了进一步的认同，开始称樊朴为兄弟。

樊朴想，是兄弟事情就变得简单许多。没啥好说的，来，兄弟，喝。他们是这么跟樊朴说的。他们真热情。这一次，樊朴醉得更彻底，以至于不得不在医院躺上两天。

就在樊朴酝酿着第三次去河南一醉方休之际，意外地接到了刘妤的一个短信，问他最近过得怎么样。樊朴没想到她会主动跟他联系，片刻窃喜之后，端着架子给她回了一条："很好，就是较忙。"发出去后樊朴就后悔了，觉得自己端得太高了，搞不好就此堵死了一种可能性。

更没想到的是刘妤很快回了一条："闲下来方便时给我打电话吧。"樊朴的心动了一下，记起了她咬着下嘴唇微皱眉头的样子，这是她习惯性的神情，哀怨，忧伤。

六

"我老公回来了。"

"是吗？"樊朴想，她这是来通知我以后不方便见面了，也算是一种委婉的拒绝吧。

"你可能并不了解他的情况。"

"知道一点，听说在外地服刑。"樊朴尽量说得轻描淡写。

"是钱小铃告诉你的吧？"

"对。"

"我知道她来找过你，她都和你说什么了？"

"她警告我离你远点。"

"她这是什么意思？"

"你这个女朋友，很关心你啊。"樊朴在"关心"这两个字上加重了语气。

“其实不是你以为的那样的。”

那是哪样的呢？樊朴想问，又觉得不合适。

“对了，你说你丈夫回来了，是刑满释放了？”

“是提前释放的。”

樊朴言不由衷地说：“回来就好，回来就好。”短暂的沉默之后，樊朴主动问起了她丈夫的事，他感觉电话那头的刘好似乎有些心神不宁，她说得断断续续的，樊朴大致还是听明白了。

刘好的丈夫是因为挪用公款的事进去的。两人刚确定恋爱关系他就出事了。他进去没多久，原本还对两人的未来犹豫不决的刘好决定要和他结婚。当时她身边所有的人都反对，甚至连男方的家里人也不赞成。可那傻姑娘根本听不进别人的劝，她就是觉得那个男人进去和她有关系，她不能就这样把他一个人扔在里面。

“既然回来了，就好好过日子吧。”

“可是，可是现在他整个人都变了。可能是在里面待久了，变得——，怎么说呢，暴躁、多疑，反正心态非常不好，看什么都不顺眼，动不动就发火，他话里话外老让我觉得是我让他进去的，我欠了他的。从他回来后，我们每天都在吵架，想不吵都不行，这样的日子，让人感觉绝望。”

“那干脆离了算了。”

“他不会同意的，我知道。他说自己现在是破罐子，什么也不怕，什么也不在乎了。”

又是沉默。樊朴似乎看到电话那头的刘好眼帘低垂咬着下嘴唇的样子，他刚想说两句安慰的话，刘好又提起了钱小玲，一再问，钱小玲还跟你说了什么没有。樊朴被问急了，冒出一句：“你们之间是不是有什么秘密？”刘好矢口否认，说：“我和她之间能有什么秘密？”她显得有些慌乱，她的反应让樊朴相信她们之间确有秘密。

刘好曲曲弯弯地说了一大通来解释她和钱小玲的关系，大致的意思是说以前俩人关系是很好，而且非常好，钱小玲在各方面都很照顾她，可是最近有一件事让她心里不舒服。钱小玲知道刘好的父亲在省广电厅当领导，跟刘好说了很多次想去拜访她父亲。刘好因为结婚的事跟家里搞得不愉快，不想跟父亲开这个口，钱小玲就认为她不愿帮这个忙。而且钱小铃老是催刘好，让刘好觉得她和自己要好好像就是因为她父亲的这层关系。

樊朴立刻提醒刘好别给钱小铃搭这个桥。这样的人，最好对她敬而远之。樊朴毫不避讳地谈了自己对钱小玲的看法，刘好若有所悟地应着，然后轻声地更像是在自言自语，也许她并没有你以为的那么不好。樊朴正说得来劲，又顺便讥讽了钟良飞两句，说起来这小子也算是阅女人无数的高手，也不知道是哪根筋搭错了，和这么糟糕的女人谈恋爱。

末了，樊朴说，也许是这杂种想换换口味。刘好立即说你误会了，从头至尾都是钱小玲在缠着钟良飞，钟良飞根本就不喜欢她，只是没来得及拒绝。她的语气顶真而较劲，樊朴随口回了句："你怎么这么了解钟良飞啊，你和他是什么关系？"她顿时急了，"什么什么关系，我和他能有什么关系，真是的。"

七

挂了电话，樊朴不由得去想象刘好可能和钟良飞已经有了或深或浅的关系。钟良飞对女人的吸引力，樊朴从不怀疑。另一方面，这个家伙和女人交往的能力，也是毋庸置疑的。做这样的想象，能让人发疯。后来，樊朴不得不安慰自己，就算他们有关系，你也说不出什么，说到底，钟良飞认识刘好在先。

好在这时，河南那边有了下文，一个樊朴已经下过血本的关系让他尽快过去一趟。按那个老兄的说法，他已经把路基本铺好了，就等樊朴去再夯实一番。

这下可以暂时把女人和哥们儿往一边放放了，这两样东西从来没像现在这样成为一对捆绑在一起的矛盾。对樊朴来说，这是新鲜的经验。

河南人民还是那样好客。河南人民喝起酒来还是那样不讲道理。在南方，对客人表示尊敬，主人一般先干为敬。而在河南，他们是先让你喝上三杯，然后才和你碰一杯。而这还只是个开始，一桌的当地人车轮战似的围着你敬，一圈又一圈。把客人喝倒竟然是对其最大的尊敬。真够特别的。

由于前两次领教过了河南人的热情，樊朴怕第二天会在医院度过，提议先把正事办了再喝酒。他的建议立即招来了大家的嗤笑，在我们这儿，哪有不喝酒就办事的。没错，他们是这么说的，在我们这儿，哪有不喝酒就办事的。可是喝完就办不成事了，樊朴为难地看着大家。这次没人回答他，因为他们都已经举起了酒杯，

结果樊朴当然是不可避免地倒下了。这回醉得异常厉害，以至于从河南回来的第三天，他还觉得胃里时不时地会汹涌澎湃一下，平躺下来一闭眼就眩晕，恶心，想吐。

当晚，樊朴硬撑着去了医院，请求急诊值班医生给自己输点液体，把体内的酒精再稀释稀释。值班医生是个满脸黄褐斑年龄介于中年和老年的妇女，樊朴还没陈述完症状，她就一脸厌嫌地打断道，现在输液已经没用了，酒精早进入肝脏了。樊朴可怜巴巴地看着她说:“可是我现在很难受。”她更不耐烦了，说:“你实在要输，也行，可是我可以明确地告诉你，没用。”

她说话的语气让樊朴极不舒服。他使劲瞪着她，难听话在嘴里转了两转，正打算咽下去，没想到她毫不示弱地回瞪了樊朴一眼，嘴角挂着冷笑扭过脸去，鼻子里好像还发出了一个轻蔑的“哼”声，一副不屑于搭理他的样子。樊朴被激怒了，忍不住低声骂了一句粗话。

“你说什么？”

樊朴梗着脖子又重复了一遍。

“我警告你，”她抬手用一根食指指着樊朴的脸，“你嘴里最好放干净一点。”

“干净话我会说，但像你这样的人不配听干净话。”

这时，一个身材瘦小、脸色苍白、戴眼镜的年轻医生救火般冲了进来。冲进来后，他首先扶了扶鼻梁上的眼镜。他需要借助它才能把形势判断清楚。

“你这个流氓。”她的手指抖动了一下，停留在距樊朴鼻尖十公分处。

“我是流氓，可你看看你那副德行吧，你他妈的对病人是什么态度。”

年轻医生冲两边看了看，又看了看，还是没能判断出谁是谁非，干脆上来挡在俩人中间。

“什么态度，你说是什么态度？”她身子前倾，这下那根咄咄逼人的手指离樊朴的鼻尖更近了。

年轻医生张开双臂想要拦住女医生往前探的身子，大概感觉不妥，所以转身拦腰抱住了樊朴，接着就听见他“哎哟”了一声。他的后脑勺被女医生的那根一指禅点到了。他的个子也就到樊朴的耳根处，可力气不小，抱着樊朴就要往外走，嘴里一个劲地劝着：“算了，算了，吵着病人了，你先出来，听我说，先出来。”

不知什么时候，急诊室外围拢起了一个饶有兴趣的观众圈，大家探头探脑地朝里面张望着，晚到的打听着里面到底发生了什么。樊朴觉得无趣，半推半就地随着年轻医生出了急诊室。年轻医生安慰性地拍着樊朴的后背，解释说那个什么孟医生最近出了什么问题，让他多担待着点，别跟她计较。他还想做进一步的解释，樊朴撇下他，头也不回地走了。

医院门口停了一溜儿等生意的出租车。排在首位的那辆出租车的司机从驾驶室出来，绕过车尾，挺有把握地打开了后座的车门。樊朴看了他一眼，然后沿着霞光路向东疾步走去。

樊朴整个人还停留在刚才那种激烈的情绪里，所以他任由自己顺着那股情绪骂骂咧咧着，同时心里模拟着对方可能会做出的反应。

夜已经深了，偶有行人从樊朴对面走来，远远地就让到一边，快步从他身边过去后，还不安地回头张望。

骂到后来，樊朴觉得自己已经差不多原谅了那个出了问题的女人。他对自己说，你看，她一脸的斑，一把的年纪，半夜三更的，还得上班，丈夫留在家里，指不定有多不放心。像她这个年龄，孩子差不多该上高中了，那是个问题成堆的年龄。对了，搞不好她还得和公婆住在一起，婆媳关系可不好处理啊，再加上评职称、涨工资、同事关系、邻里关系这些乱七八糟的事，够她烦的。

走到十字路口，樊朴停下来，这才发现这不是回家的方向。我这是怎么啦？他禁不住问自己，我这是要去哪里？

不过这时，樊朴意外地发现除了脑袋还有些晕，身体其他部位的难受劲儿消失了。他揉了揉胃部，悉心体会了片刻，的确已无任何不适。他甚至感觉到有点饿了。

前面不远处有一家二十四小时营业的茶餐厅，走了两步，樊朴想起来钟良飞家离这儿已经不远了。他突发奇想，或许这些天那杂种压根儿就在家里。

八

樊朴在楼下按钟良飞家的对讲，没人应，于是直接按小区物业的呼叫中心。物业询问得很详细，住户名，电话号码，手机号码，最后还问樊朴和户主的关系。樊朴急了，说你这是查户口吗？对方倒是挺有耐心，说这是为业主负责。樊朴说业主这会儿可能出事了，所以他这个业主的朋友需要立刻上去看看。最后物业答应让两个保安过来陪他一起上楼。

钟良飞家的门铃根本就不响。樊朴直接抡起拳头捶。两分钟后，先是钟良飞家对门的门开了，接着楼上和楼下的住户开始破口大骂。

越捶，樊朴心里越没底，他差不多已经相信了那杂种没在家。两个保安为难极了，一边劝樊朴别捶了，一边替他向那些被扰了睡眠的人解释，这里面的人可能出事了。樊朴来了灵感，冲着钟良飞家的防盗门大声喊道："你再不开门我要打110报警啦。"

樊朴面前的防盗门就像是听到了"芝麻开门"的魔咒似的竟然打开了，但只开了一条小缝。樊朴一把推开，保安跟着要往里进，被他挡在了外面。樊朴说："谢谢，没事了，你们忙去吧。"保安和邻居们都很失望，怎么能没事呢，大家还以为会有一场好戏看呢。

"嘘——，没有别人吧？把门关好。"

声音来自门后，当然是钟良飞那杂种。黑暗里，樊朴看不清他的样子，只是感觉他的人整个小了一号。

"妈的，我还以为是鬼呢。"

屋里没有开灯，只有茶几上一台打开着的笔记本电脑的屏幕发着亮光。樊朴随手打开了客厅的灯，钟良飞扑过来把灯关了。别开灯，我有这个。说着他走到茶几跟前，拿起一个什么东西插在笔记本上，一小束白光照在笔记本键盘上。樊朴凑过去一看，是一个USB接口的笔记本专用灯。看着那可能也就一瓦的光亮，樊朴半晌说不出话来。再抬起头，只见钟良飞正站在他面前咧着嘴冲他笑。

"别对我笑，我不是女人，不吃你那一套。"

"不就是没回你电话嘛，我也是事出有因。"

"因你个头啊，我还以为你出事了呢。你这屋里有一股怪味。"

“什么味道？”

“一股死人的味道。”樊朴嗅了嗅鼻子，是的，就是一股死人的味道。

钟良飞伸长脖子，使劲吸了吸鼻子说：“我怎么闻不到，顶多是有点闷气。”

“你是闻不到，因为这味道就是你身上发出来的。”

窗帘拉得严严密密的，樊朴想要把窗打开透透气，被拦住了。

“别开，不能开。”

樊朴格开钟良飞的手，坚持着把窗打开了，立即有风吹了进来，他从未觉得自己每天呼吸着的空气像此刻这么清新过。钟良飞怕冷似的抱着自己的膀子，焦躁不安地贴着客厅的电视背景墙来回走着。没一会儿，他快步走到窗前，关上窗，拉好窗帘，嘴里嘀咕着：“可以了，透透气就可以了。”做完这一切，他长长地出了一气。

“你他妈的到底在搞什么名堂？”

“没什么，没什么，最近不想见人，一个人，图个清静。”

“鬼才信呢。你这个杂种，我还不了解你，恨不能天天美女相伴，夜夜歌舞升平。是不是干了什么不要脸的事，所以没脸见人？是那个钱小铃吧，你到底把她怎么样了？”

“没怎么样她，我能怎么样她呢？”

“你们不是早就结束了吗，怎么现在还没扯清楚？难道你不愿意，她还非赖着你不成？我就不明白了，你不就是和她睡过觉嘛，又没睡出孩子来，她凭什么不依不饶的？”

“你不知道，跟这样的女人说不清楚，她想要得到的，不管用什么办法，她都会得到。”

“她想得到什么？”

“她想，”他的声音完全没必要地压得很低，“结婚。”

“是吗？既然你已经看到了最后的结果，那就别躲啦，和她结婚算啦，反正是早晚的事，大不了结完再离嘛。”

“别开我的玩笑了。那娘儿们在我电话上留言，说给我两条路：要么和她结婚，否则就要阉了我。”

“是吗？”樊朴一听，乐了，“那你如果不想和她结婚，那就亮家伙让她阉嘛，阉完就两清了。”

“你不了解她，乖乖，这女人不是人，是个精。”

樊朴一下子没能听清楚，问：“是什么？”

“是精，人精。”

“这不刚好合你的口味，普通的、正常的女人估计你也提不起兴趣了。哎，能不能用正常的声音和我说话，你这样说话我很难受。”

“这些天，我想了很多，碰到钱小铃这样的女人，是老天爷对我的惩罚，前些年我太随便了，所以他把钱小铃派到我生活里让我吃点苦头。”

“这可不像你说的话。”

钟良飞不接樊朴的茬，侧过脸去，过了一会儿，他说：“有时候我也觉得自己没必要这样谨慎，可更多的时候，我认为自己的担心是有道理的，这个女人不简单，不是人。”

“我很好奇，你怎么吃饭？”

“从网上订或打电话要外卖。一次订好几份，放在冰箱里，并且一个地方只订一回。”他的声音又低了下来，并且越来越低，而眼光中却闪烁着莫名的亢奋，“每次送外卖的来，我都在猫眼里先观察清楚，然后才开门，开了门也不能让他进来，就在门口，一手交钱一手交货。对了，开门前我先戴上帽子，把帽沿压下，不让他看清我的脸。”

“行啦，你醒醒吧，搞得像真的一样。”樊朴担忧地看着他的朋友，举止诡秘，胡子拉碴，嘴唇四周长了许多燎泡，卷曲的头发因为长长了，看起来乱糟糟地仿佛是顶着个鸟窝，身上的圆领T恤颜色不清，应该有好几天没换了。

“是真的，不信我让你听电话录音。”

“我不听，我看你是疯了。”

“不是我疯了，是钱小玲疯了。”

“我看是你们两个人都疯了。难道你打算像乌龟一样在家里缩一辈子？”

“眼下没有更好的办法，这几天我的右眼皮一直在跳，左眼跳财，右眼跳灾，搞不好真有坏事要发生，所以我不能轻举妄动。”

樊朴已经看不下去了。他认为钟良飞中邪了。这家伙一厢情愿地沉浸在被迫害的幻想里，并从中获得了乐趣。另外，樊朴还认为其实钟良飞并不需要他的帮助。他也帮不上什么。他的出现和劝说只会坏了钟良飞的兴致。你得承认，有些人的命就是这么好，可以肆意地活在自己的世界里。

樊朴真想立即把所有的灯都打开，把窗户打开，然后给钱小铃打个电话，告诉他钟良飞在这里，想杀想阉，今天做个了断。可是樊朴说出口的却是：“你去外地待一阵吧，透透气，海南，漠河，足够远，保证她钱小铃找不到，或者干脆找个说中国话的国家，新加坡、马来西亚，选择很多。”

“不行，我现在不能离开这儿。”

“为什么？”

钟良飞神秘兮兮地冲樊朴眨了眨眼，说：“我相信那句话，最危险的地方也是最安全的地方。”

九

樊朴的大伯父和婶婶常年分床而睡，因而小时候樊朴一直以为夫妻就应该是各睡各的。十四岁那年，樊朴回到自己家，看到父母睡在一张床上，他的脸竟然红了。

再大一点后，樊朴和钟良飞说起这事，后者非常肯定地说，那一定是你大伯父睡觉打呼噜。他父亲就有打呼噜的毛病，有时候他母亲不堪忍受就抱个枕头去别的屋睡。但是，我大伯父很少打呼噜。那就是，那就是等你睡着了他们又偷偷地睡到一张床上。

随着年龄的增长，樊朴越来越强烈地感觉到大伯父家有什么不对劲。反正只有当家里来客人时，才会有笑容和笑声，好像这些笑是专门用来招待客人的。

在这个家里，还有一个旁观者应该看得比樊朴更清楚，那就是家里的老保姆。她有时会悄悄问樊朴，昨晚听见女先生哭了没有？可怜哪，又是一个人哭了半宿。

与不苟言笑的大伯父比起来，樊朴跟婶婶的关系要亲近得多。婶婶对樊朴非常关照，只要有时间，她会带樊朴上街，去书店，或者公园。在外面，她时常会眼睛馋馋地盯着别人家的小孩看不够。她喜欢孩子，樊朴看出来了。他问婶婶为什么不自己生一个，她说那是她和伯父以前就商量好了的。樊朴不理解。

樊朴想让婶婶开心，可他又能为她做什么呢？生活在大伯父家的最后一年，樊朴对大伯父的一言一行生出了抵触，他认定是大伯父把这个家搞得闷气乏味的，是大伯父让婶婶一哭就是半宿，而且大伯父还不让喜欢小孩的婶婶生孩子。

婶婶察觉到了樊朴对大伯父的敌意，有一次，她特意把樊朴带去公园，趁他玩得开心的时候，和他谈起了大伯父，她说：你大伯父是个好人，你不了解他，以后，等你长大了，也许会理解他的。再有，虽然对你有些严格，他心里是疼你的。

如今，大伯父去世十多年了，每每想起他，樊朴脑海里就会浮现出这么一幅场景——书房门虚掩着，里面昏暗而且烟雾缭绕，大伯父坐在窗边一张藤椅上，脸对着拉得严严实实的窗帘，一根接一根地抽烟。那时樊朴认为，大伯父这辈子最爱的不是他的学问，不是他的学生，当然更不是他的妻子，而是香烟。他和香烟卿卿我我了一辈子，真的是那该死的烟头害了他吗？

面对大伯父的过世，婶婶的过于平静始终是萦绕在樊朴心头的一个疑问。有时候他觉得自己挖空心思地想要找到答案，就是为了否定掉钟良飞那个大胆的假设。

这几年，大伯父的书稿陆续被出版，其中有一部分是他身前修订后未及交付出版社的。这些书稿得以出版要归功于樊朴的婶婶。而这些手稿为什么没在那场火灾中付之一炬，是萦绕在樊朴心头的另一个疑问。这两个疑问搅和在一起让樊朴生出了更多的疑问。樊朴忽然想起，自己有很久没去看婶婶了。

十

婶婶自认为她这些年变化不大，就是腿脚不如以前利索了。樊朴说您的精神头比以前好，爱笑了。是吗？她既不承认也不否认，而是感叹，年纪大了，看的事情多了，再看不开的事情也看开了。

婶婶现在一个人住。家里原来的保姆三年前告老还乡后，婶婶老家的一个侄女来陪过她一年多，把婶婶搞得比一个人生活还忙活。也不知道是谁在照顾谁。

对于樊朴的到来，婶婶显得非常高兴。她正在整理书房，重点是那张有乒乓球台那么大的书桌，上面堆满了书和资料。

樊朴说好像我每次来，您都在整理这些书。她笑了，说，也不知道为什么，整理没两天，又乱了，所以老得整理。既然这样，就让它乱着嘛，或者让您的学生整理。对于改变习惯的建议，樊朴知道，婶婶是不会采纳的。樊朴想，这也是她能闷头待在那样的婚姻里那么多年的原因之一。

每次樊朴来这里，有一道程序必然会进行，那就是讨论樊朴的个人问题。早些年，婶婶的态度是随意的，轻松的，有一搭没一搭的，后来慢慢严肃起来，而且越往后越严肃，使樊朴不得不认为，到了三十岁这个年龄还没结婚是有问题的。好在，樊朴只是逢年过节才来看看她，从这里出去后，问题就自然淡化了。樊朴想，在男女交往方面，他大概给婶婶留下了比较笨拙的印象。

今天樊朴希望自己能够成功地绕开这个问题，因而一进门就东拉西扯的，努力想说出一些让她开心的话，同时心里盘算着如何进入下一个话题。他实在拿不准自己接下来想问的她是否愿意说。

婶婶忽然向樊朴抱怨起学校的安排，从这学年开始，他们减少了她带的研究生和博士生的数量。尽管学校是好意，可她说自己喜欢和年轻人打交道，喜欢看到那一张张青春的面孔。“年轻真好啊！”她探身把台灯从左边挪到右边，拿抹布擦了擦空出来的那一块桌面，再把台灯挪回去，接着说，“尤其是三十来岁的年轻人，步入了社会，各方面开始成熟，有了一定的社会经验。”樊朴意识到谈话的方向正在平缓但目的性很明确地向他驶来。

婶婶终于整理完了她的大书桌。她把手上的一摞资料跺齐，放在右首边，然后抬起头，不紧不慢地说道：“别的待会儿再说，我还得和你谈谈你的个人生活，最近怎么样？”

“还那样。”

“你是找不到，还是不想找？跟我说实话。”她摆出了要和樊朴好好谈谈的架势。

“倒也不是找不到。这种事没什么好急的，急也没有用。而且，怎么说呢——”

樊朴吞吞吐吐的样子让她皱起了眉头：“你是不是根本就不想结婚？”

“有时候吧，还真是这样想的。”

“这叫什么话，到了这个年纪，有些问题必须想清楚，不仅仅是为了自己，还有你的家人，你将来的伴侣。其实结不结婚不是最重要的，关键是你要知道自己真正想要的是什么。”

这时电话铃响了。樊朴走到窗前，一手撑着窗台边沿，另一只手下意识地从口袋里摸出了烟。摸出来后，他又放回去了。

窗外，一个头发理得短短的看不出男女的小孩举着两只小手在往前走。他看起来刚学会走路，并且还没怎么摔过，所以对这件事兴致勃勃的。孩子身后跟着一个不算老的老头，一路小碎步，做出追赶他的样子，这让他更为兴奋，咯咯咯地笑个不停。再后面，一辆红色的儿童摇摆车上坐着一个胖胖的老太太，她怀里抱着一只长毛绒玩具，嘴里一个劲地喊着“慢点，慢点”，与此同时，两只脚奋力在地上划着。樊朴知道，这样的场景是会刺激到婶婶的。而这也是樊朴的父母想要的老年生活，更是他给不了他们的。

烟不知道是什么时候点着的。樊朴首先意识到婶婶的通话停了下来，然后发现婶婶在看他，一脸错愕的表情。他快走几步，出了书房。

这套单元房是婶婶家着火后，学校重新分配给她的，两室一厅。樊朴原先熟悉的那些老家具都没有了。站在客厅里，樊朴只觉得陌生。事实上，樊朴曾经刻意观察过，这里几乎找不到一点和大伯父有关的痕迹。

厨房收拾得很整洁，全无烟火气。樊朴打开冰箱门，里面除了牛奶和鸡蛋，再无可吃的东西，他挨个把橱柜门一扇扇打开，又关上。

回到书房，婶婶的电话已经接完了。书房的窗户都打开了。

“您中午吃的是什么？”不等婶婶开口，樊朴抢先问道。

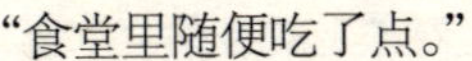

“食堂里随便吃了点。”

“那晚上呢？还是吃食堂？每天都是这样？”

“食堂里的伙食不错，很多单身老师都是这样的，一个人开伙没必要，太浪费了。”

“您，就没想过再找个老伴？”

“我？”她愣了一下，完全没想到樊朴会和她说这个，有些慌乱地用一种搪塞的口气说道，“我现在这样挺好，真的，挺好的，已经习惯了。”

“但还可以更好的。”

“我明白你的意思，可我不想折腾了，也没必要折腾了，都这个年纪了。而且，怎么说呢——”

“是不是和我大伯父的婚姻，让您对婚姻彻底失望了？”

她的头微微颤了一下。也许那微颤只是存在于樊朴的想象中。她没有马上回答樊朴，而是重又拿过那摞整理过的资料，在桌子上跺了跺，又跺了跺。

“和我说说我的大伯父，说说你们的事吧，”樊朴央求，“他究竟是个什么样的人？”

“都已经过去了，都是过去的事了，不说也罢。”婶婶咬着下嘴唇，目光停在手中的资料上。不知为什么，樊朴觉得婶婶虽然嘴上说“不说也罢”，但只要自己追着再问一遍，她就会说的。

十一

除了在出门前说了一句“到那里你就明白了”，一路上，婶婶几乎没再开口。出租车在市区里走走停停。如果说这些纵横交错的马路就是这个城市的脑神经的话，那么这个城市脆弱老化的神经正濒临梗塞。每刹一次车，司机师傅就叹一口气。也不知道是对这道路不满，还是对车上的这两个乘客不满。

樊朴和婶婶坐在后排。他身体前倾，双手把着驾驶座的后枕，那充满玄机的一句话，让他激动不已。他期望她顺着那句话能再说点什么，可她始终把脸对着她那一侧的车窗，眉头紧锁，好像打定主意不再开口了。

车驶出市区之后，车速快了起来。司机的心情随之愉快起来，不再叹气，不时从后视镜中打量着后排一言不发的两个人，一副很想聊上几句的样子，后来实在忍不住了，问："你们这是去凤凰山扫墓吧？"在得到了樊朴确定的回答之后，他又问："是南山的那个，还是北山的那个？"南山公墓与北山公墓之间隔着一条公路，前者的历史要长一点，两个墓地以及周围的一个森林公园都属于凤凰山公墓区。

"去南山。"樊朴说。

"不，是北山。"婶婶说。

"您记错了，应该是南山，今年清明我还来过。"

婶婶点了点头，眼睛仍然看着窗外，"我们现在去北山。"她说得十分肯定。

司机在后视镜中和樊朴交流了一下眼神。这位老兄看起来有些困惑。其实樊朴比他更困惑。樊朴知道此刻多问也没有用，婶婶说过，到那里你就明白了。可是，樊朴怎么觉得越来越糊涂了。

北山公墓，樊朴从未来过，在他看来，和马路对面的那片墓地没什么两样。他默不作声地跟在婶婶后面。左首是墓碑，右首也是墓碑，前面有着更多的一眼望不到头的墓碑。墓碑和墓碑之间也就有五十公分的间隔，种着冬青树。来到这里，你会惊讶地发现，原来这里的人们住得也十分拥挤。

婶婶走得很慢，遇到台阶，她就更吃力了。樊朴上前想伸手扶她一把，被她摆摆手拒绝了。越往里走，樊朴越觉得不安。他下意识地握紧了拳头，只觉得一阵阵凉意往后脊梁上蹿。他猛然回过头去，没有人。实际上，一路

走来，就没看见别的扫墓者，因此这里虽然墓碑林立，却给人空荡荡阴森森的感觉。

婶婶在一块墓碑前停下，用眼神招呼樊朴，就是这里了。和旁边的碑比起来，它显得很不起眼，没有任何装饰的花岗岩上写着："王永清、樊辉之墓。"没有铭文，没有立碑时间。樊朴愣在那儿，脑子一下子转不过弯来。他只知道樊辉是自己的大伯父。可是他的墓不是在南山吗？再有，这个王永清是谁？

"你还记得那个王伯伯吗？就是以前星期天老来我们家吃饭的那个伯伯，他就叫王永清。"

樊朴想起来了，就是那个鼻梁上长了一颗痣、口哨吹得很好的伯伯。他还记得，因为这个王伯伯老来蹭饭，自己还背地里给他起了个绰号：厚脸皮伯伯。

"当年，我们三个，你大伯父、我和王伯伯是一个学校的同学，毕业后我们又都留校当了老师。1996年，他查出了胃癌，查出来的时候已经是晚期了，没半年时间，就走了，他走了没几天，你大伯父也跟着走了。"婶婶的神态平静，就像是在说一件和自己没有关系的事。

"这是你大伯父生前就想好的，我现在所做的一切都是按照他的意愿，他痛苦了大辈子，我希望这以后他能安息。"

那天走出公墓的时候，婶婶说，她已经好久没来这里了，没来，是因为她知道葬在这里的人并不希望她来。说这话时，她微微皱起了眉头。樊朴又看到了他以前熟悉的那个婶婶，哀怨，忧伤。

十二

从凤凰山公墓回来，樊朴在家里待了两天。只要醒着，他的脑子就如上了弦般高速运转，停都停不下来。这两天他过得疲惫不堪。

期间钱小玲给樊朴打过一个电话，他没有接。樊朴猜她是要和自己说钟良飞的事。也不知道钟良飞的小弟弟是否还在原来的位置待着，不过暂时樊朴还顾不上那小子。樊朴不关手机，是因为担心错过河南那边的电话。

两天之后，樊朴觉得自己差不多已经想通了。有些事情原本没有自己想象得那么复杂，之所以觉得复杂，是因为真相被遮蔽了。但是，我现在听到的看到的就一定是真相吗？樊朴的脑子又飞转起来。他大声冲自己喊，停！他不想再在这所谓的真相上纠缠了，因为那是没有意义的。

樊朴翻看着手机上的未接来电，然后按照它们在自己心目中位置的排序依次打回去。一共有十个未接电话，其中有两个是重复的。

好了，樊朴对自己说，现在我有多余的精力来关心一下我的哥们以及他的小弟弟了。他给钱小玲把电话回拨过去，通了，没人接。他耐心地听了一遍《桃花朵朵开》的彩玲，直到一个女声跟他说“对不起，你所拨打的电话暂时无人接听，请稍后再拨”，他才挂电话。

樊朴下楼理了个发，顺便上银行把电费、水费和煤气费交了。排队交费的时候，他忽然感觉自己似乎是跟以前的生活在做结算，再往后的日子将是崭新的，有希望的。

做完这些，已经十二点多了，樊朴想在外面随便吃点再回家。走了两家饭馆，都得排号等位子，于是他决定还是回家泡方便面。

面泡好后，樊朴没有马上吃。他已经连着吃了六顿同一个牌子同一种味道的方便面，吃这第七碗，他需要酝酿一下情绪。面汤上飘着一层红红的辣油，热气腾腾的，还是那个味儿，他一阵反胃，心情瞬间低落了下去。樊朴清楚地意识到，自己其实只是了结了上个月的生活。生活还在继续。生活还在重复。

再次接到钱小玲的电话，樊朴语气极其生硬地说：“我没时间，更没兴趣和你说话。”对方没料到樊朴会是这样的态度，说：“你这个人怎么这样，有毛病吧？上午是你给我打的电话，我是看到了给你回一个。你以为我想给你打电话，你以为你是谁啊，就你长得那猪头样，想起来就反胃。”

半小时前，樊朴刚得到消息，他代理的白酒品牌在郑州市场的大门，被一个同行用卑鄙的却行之有效的办法抢先打开了。也就是说，先前樊朴的心血都白费了。樊朴这头正窝火着呢，钱小铃送上门来找骂。他们在电话里吵了起来，俩人都扯着嗓门，极尽讽刺挖苦之能事。吵到后来，樊朴已经想不起来是为什么吵的。他四仰八叉地躺在床上，只觉得痛快，只觉得耳边的电话发烫，只觉得筋疲力尽但意犹未尽，这时他想起来还没问钱小铃前两天为什么打电话。

钱小铃大概也吵累了，言简意赅道：“刘好在和钟良飞谈恋爱。”她一句话就把樊朴说懵了。他还嘴硬，说：“是吗？这跟我有什么关系，跟你的关系好像也不大。”

“算了吧，你这头猪，晚上七点，还是上次那地方，来不来随你。”说完钱小铃就挂了电话。

樊朴是准点到的，钱小玲晚了十多分钟。这个回合，无形中他落了下风。樊朴并不生气，这下他们算是扯平了。活这么大，他还没被哪个女人这样骂过，当然也没如此恶劣地骂过女人。来之前，樊朴已经语重心长地劝告过自己，既然去了，就先把对她的成见放在一边。

不知道是灯光的缘故，还是下午那场嘴仗，钱小玲看起来神采飞扬的。

“真是有意思，每次见到你，都会从你嘴里听到一些奇怪的信息，好像你是专门来告诉我这类消息的人。”

“那只能说明你笨，不开眼。这些事就发生在你身边，你身上，你傻呵呵地还得等别人来告诉你。”

“这么说，你早就知道他们两人好上了？”

“可恨的是，钟良飞明明在和我谈恋爱的时候就和刘好暗地里好上了，就是死不承认，刘好那头也不承认。你还真以为刘好对你有意思，告诉你吧，她和你交往是为了迷惑我，她是在制造假象，是为了掩饰她和钟良飞的关系，怕我找她和钟良飞那王八蛋的麻烦。”

樊朴当然不承认自己和刘好在交往。他强调只是一起吃饭喝茶而已。但他心里的失落可想而知。樊朴觉得没意思，没意思透了。

“你和她好，我没有意见，知道吗，我没意见，我生气的是她刘好怎么能抢我的人呢。”

樊朴忍不住叫了起来：“我没和她好，就是一起吃个饭喝个茶，一个人也得吃饭喝茶，不是吗？”

“真是的，喜欢就喜欢嘛，为什么不敢承认？对了，你是怕刘好的老公把你阉了吧？”

“他阉我？他为什么要阉我？”

“那男人一出狱就放出话来，谁要敢动她老婆的心思，他就把谁阉了，钟良飞听说后就再也没敢露过面。”

“不是说你要阉了他吗？”

“我说的是气话，刘好她老公可是来真的。”

“这跟我没关系，我再说一遍，我跟刘好只是吃过饭喝过茶而已，谈不上喜欢。”

“哎哟，还挺在意的嘛。”

“我更在意的是你叫我猪，为什么叫我猪？”

“像你这么蠢的，只配叫猪。猪要是知道了把你这样的人比作它们，它们都觉得丢脸。”

“你为什么要告诉我这些？”

“不为什么，我只是认为你有知情权，你不应该被蒙在鼓里。既然她刘好不仁，那我也没必要替她遮着盖着。你这个人真是好玩，老是‘为什么，为什么’的，回头我送你一本《十万个为什么》。”

现在坐在这里的是两个失落的人。不知道你熟悉不熟悉这么一类人，失败和挫折会激发出他们的斗志，而另一类人，就是樊朴这样的，面对同样的情况，本能的反应却是，逃避。

樊朴劝自己站在钱小玲的立场上替她想想。他这么做是为了让自己尽快从失落的情绪中摆脱出来。她应该比我更失落的，不是吗？可她为什么看起来神采飞扬的？她是在强装欢颜吗？樊朴目不转睛地看着她，希望能透过现象看到本质。

“喂，发什么呆呢，我脸上长花啦。”她佯装愠怒道。

这是装的，我看出来了，接着看，接着看，然后就能发现本质的东西了。樊朴出神地望着那张明明化了妆却像没化过妆的脸，但是，最后他不得不沮丧地认识到，没有了，再看不出什么了。

“看什么呢？我有那么好看吗？”钱小玲用手中的筷子敲了敲樊朴面前的盘子。

“是挺好看的。”

“去你的。”

她脸上竟然出现了一抹红晕，这是难得一见的表情。这个女人一贯表现得对一切了然于胸。樊朴就像是担心她这副表情突然间又转回原来的样子似的，继续说道：“以前真是没仔细看过你，不是不想看，而是不敢看。你说得很对，我真的像猪一样笨，居然一直没有意识到自己对你的感情，等意识到了又不敢正视，还找这样那样的借口和你闹不愉快，你不知道，闹完后我有多后悔。现在我必须向你坦白，我约刘好出来是假，其实想见的是你。因为知道你们俩要好，心想也许她会把你一起带出来。你根本想象不到，我这几个月来有多痛苦。”

钱小铃愣住了。这一次不是装的，樊朴敢断定。因为他也被自己的话吓着了。“你难道没看出来我一直在逃避你吗？因为我知道你是我朋友的女人，我生怕自己做出对不起朋友的事。现在既然他和刘妤好上了，我也就没什么顾忌了。”

“你再这样，我要当真啦。”

“我是认真的。”话出口，樊朴的头皮一阵发麻。

钱小铃手中的筷子一下一下地戳着盘中的一片牛肉，似乎这片肉就是樊朴嘴里正说着的话，她要把它戳烂，然后吃到嘴里，咽到肚里，让樊朴想赖也赖不掉。

“你要是骗我……”

樊朴抢先说道：“我要是骗你，你阉了我。”

爱 人

一

小芸打来电话，抱怨她至今还没找到一个可以让她去爱的男人。她的意思是让她心甘情愿放开手脚去爱的男人。她有满腔的爱，这我知道，她已经等待了那么多年也酝酿了那么多年，她的爱在等待中散发出酒酿的味道来。

小芸在电话那头说，如果今年春节前还找不到这样一个男人，她将从此退出欢爱江湖。她的声音有些歇斯底里，真让我担心，同时也窃喜。挂电话前，她还顺口骂了一句粗话，因为是随口说的，听起来像是表达了她此时的心情，也像是一个没有实际意义的语气助词，反正听来倒蛮悦耳的。

我一直认为独特的人总会吸引更多的目光。小芸的职业是橱窗设计师，业余担任几家大型商厦的时尚谍报员，这应该算是个有点特别的职业吧。另外，她能把粗话说得跟吹口哨一样好听，当然是个与众不同的女孩。我曾经怀着好奇和读连载小说的心情把若干个还算优秀的男人带到她的面前，结果真让人伤心，事后他们用不同的音频给予了她基本相同的评价，简而言之，那就是：狗屎，一堆自以为是的狗屎。

我还曾打算以我这位朋友为原型写一篇小说，送给她作为生日礼物。

后来小说写出来了，我却送了一只泥塑鬼脸给她的二十五岁生日。我怕她看到这些和她有关的文字，我怕她会像吹口哨似的吹出一大串粗话，我怕看到她脸上那种很无所谓、甚至有点不屑的表情。

现在，我突然发现，其实很久以来我都有些怕她，这种怕并不具体，但因为不具体，因而每次和她坐在一起超过十分钟，我就开始不自信起来。并且，我突然想起，小时候，她是我们女孩堆里的女大王。这么多年过去了，大部分儿时的玩伴都如云雾般四散开去，我不知道为什么独独还和她保持着比较密切的联系。

说实话，在潜意识里，我一直希望能亲眼看到她失意的那一面，哪怕仅仅是个瞬间也好。因为她总是一帆风顺，人长得漂亮，工作干得有声有色，情感上尽管暂时没找到她爱的，可身边不乏爱她的。一个人怎么能活得如此这般游刃有余，这真让我不能心平气和。

有一段时间我十分倒霉，接二连三地丢失东西丢失感情，简直是霉运当头，心情的灰暗也就可想而知。适逢此时，我接到了小芸的电话，就是一开头的那个电话，天哪，接完那个电话，我的精神为之一振。我承认我有些阴暗，不过考虑到我当时的处境，我随即原谅了我自己。

接下来的几天里，我频频给她打电话。我只是想听听她的抱怨，听她在电话那头粗话连篇，我便很快乐。真的很快乐。我从未想过，有一种快乐竟然会是这样获得的。

从今年的五月份开始，小芸就在为一场活体内衣展示做着琐碎而繁杂的准备工作，这是她进入这行当以来最有创意的一个举动，届时将有十六位男女模特在商厦临街的橱窗内为观众展示最新款的内衣。一天忙下来，只要心情尚可，小芸总会在入睡前给我来个电话，也不管是几点了，别人是否已经睡下了。在她眼里我是个闲人，每天坐在家里，敲敲键盘，生活得足够枯燥乏味，所以有电话打进来我应该感到高兴才对。

一开始小芸会先谈谈让她又亢奋又疲惫的工作进展情况，她最初的创意有一半都给毙了。按照她的设想，这场展示会应该安排在晚上，橱窗内装上跟卧室一样柔和温馨的灯光，然后在里面放上一张双人床，上面撒满玫瑰花瓣，男女模特就像在家里一样放松，还可以有些不过分的亲昵动作。不需要刻意的表演，观众在观看的同时自然会想象当自己穿上这样的内衣和爱人亲热会是怎样的一种效果，以此拉近和观众的距离，最后在熄灭灯光拉上窗帘的同时结束整个展示会，多么流畅自然，还贴近生活。可是展示会的总监认为不应该把卧室内隐秘的生活搬到橱窗里，这不符合中国人的习惯。小芸恨恨地说，这个糟老头子，如果我给他点机会他就会改主意了，但我就是不和他上床。

话题在不知不觉中已转向了男人，这也是小芸睡前的一杯牛奶，喝完她才能安然入睡。她说："我们身边的男人怎么都那么乏味无趣，看一眼你就知道他在想什么。"

"在想什么？"我问。

"想什么，妈的，当然是上床啦。"

在小芸筹划活体内衣展示的同时，我也开始了一个叫《我们都是有病的人》的东西的写作，在女友的提议下，一个叫安天的男人搬入了新居，可他时常会有一种很不踏实的感觉。有一天，安天突然发现自己的日常生活被搬上了网络，正被全球上千万的人收看着，与此同时，女友失踪了。面对着新家那几个显然曾安装过摄像头的窟窿，安天的生活陷入了迷惑、愤怒和没完没了的寻找之中。这时一些男人和女人怀着各自的目的闯进了安天的生活，他们貌似正常，其实和你我一样都是有病的人。他们在安天的生活中进进出出，带来一些刺激，制造一点麻烦，就在安天打算就这样过下去的时候，他的女友出现了，他的生活也随之有了戏剧性的变化。

我想把它写得好读好玩一点，大概十五万字。这样的一个长度是我和读者都能接受的。小芸也算是我的一个读者，我知道她读我的小说无非是想从中找到她的影子，不过从来没有找到，所以她多少有点失望。因而她认为我是一个虚伪的脱离生活的作家。她断言这样的作家永远也成不了气候。我脸上挂着淡淡的无所谓的笑容，但心里面在说，去你的。

内衣展示会的前一个星期，小芸请我去看她精心准备了两个月的展示会的第一次彩排。她说你反正也没什么具体的事，整天待在家里，闷都闷死了，还不如出来换换眼睛换换脑子。由于写作的不顺利，此刻她的话在我听来，更像是一种蓄意的讽刺和打击。我忍不住叫了起来，就你是在做事，别人都是闲人。她好像吃了一惊，说“你怎么啦，我又不是那个意思。”顿了一顿，她又很有把握地断言道：“不是便秘就是东西写得不顺，所以心里烦，那就更应该出来活动活动了。”

挂了电话，我对自己说，一个女人如果自我感觉好到这个地步，其实已经多少有点神的味道了，我真的应该对她敬而远之了。

午睡起来，我照例先洗把脸，然后去朝南的那个阳台上站一会儿。正是一年中最热的那几天，天空中明晃晃的太阳照得人心里发慌，全身冒汗。由于刚从空调房里出来，巨大的温差让猛然置身于太阳底下的我一阵眩晕。我双手撑着阳台的护栏，闭上了眼睛。

近十天来，几乎足不出户的生活让我感到身体虚弱，精神恍惚，在用科技制造出来的凉爽里面，我觉得不但离真实的季节很远，而且离现实生活也有距离，阳台成了我感受这个真实季节的一个去处。

当我睁开眼时，看见对面301室厨房通向阳台的门正在奇怪地开开合合，仔细看，门旁有两个人在地上扭打，似乎一个人想要打开，而另一个人拼命在阻止。

我奔回房间，从抽屉里翻出许久不用的一架2.5倍的小望远镜，快速地调好了焦距。镜头里出现了两个人，一男一女。男的瘦高个，但十分结实，他光着膀子，只穿了一条色彩艳丽的沙滩裤。女的衣衫不整，长发凌乱不堪。

看他们的动作和脸部的表情，我猛然意识到这并不是一般的家庭打闹。女的已被逼到了门边，背靠着门坐在地上，两手掐着男人的脖子，而男人的两只手抓着她的手腕在向门内拉。

突然，那女人不见了，从镜头里我只能看见那男人的半截身子，他的面部表情显示他正在用力，我的心狂跳了起来，举着望远镜的双手由于紧张控制不住地颤抖了起来。

我下意识地踮起了脚尖，可还是看不见，情急之下，我奔回房间搬来了一只凳子。镜头里出现了那女人的一只手，它拼命在挥，同时那男人就像是骑在一匹狂奔的烈马上似的身体乱晃着。我觉得全身的血液都涌到了头部，时间在瞬间似乎凝固了。我被眼前看到的一切吓坏了。

在床上坐了足有五分钟，我才意识到自己应该报警。拿起电话前，我又一次推开了阳台的门，没有想到的是，那个男人也在阳台上，仍然光着膀子，一手夹着一根烟，一手提着一只塑料水壶，正在给摆在护栏上的花们浇水，嘴里居然还吹着不成调的口哨，看起来心情相当不错。

我完全愣住了。

那男人浇完水后并没有马上进屋，而是用慈祥的就像是看自己孩子的表情看了一会儿花们。我退回到房间内，后背抵着阳台的门，我问自己，这是怎么回事，难道我刚才看到的那一幕仅仅是一个幻觉，可它是那么真实，而且有着令人喘不过气来的力量，捶打着我那颗因为惊恐因为意外而狂跳不已的心脏上。我走到床边，一屁股坐下去，没一会儿又站了起来，床头柜上的那只望远镜提醒我，这绝不是幻觉，另外，还有阳台上那只小凳子。

我把凳子拿回房间，关上阳台门，站到凳子上，透过门上方的玻璃观察对面的动静。整个小区十分安静，对面301室也十分安静，但这一切在我看来更像是个迷惑人的假象。

紧张和恐惧慢慢平息下来之后，好奇和疑惑浮了上来。整个下午，我没有写一个字，但仍然跟自己较劲似的坐在电脑前，面对闪烁的显示屏，一根接一根地抽着烟，一些想象和猜测随着烟雾在房间里面弥漫开来，这样或那样的可能在我脑子里短兵相接冒出很多火花。

黄昏的时候，我再一次来到了阳台上，拿了一张报纸，依着护栏，做出一副看报的样子。因为301室的阳台没有封，所以从我站着的这个位置，可以不太费劲地看见阳台后面厨房内的大概情况。正是准备晚饭的时间，但301的厨房里一点动静也没有，十五分钟后，我决定下楼绕到对面那幢楼的后面看看301室朝南阳台的情况。

让我没有想到的是，301室的南阳台上摆满了盆景，就像一小型的植物园，看来这家的主人对植物有着很不一般的爱好。我又想起了上午那个男人看花时的神情，那么安详，就像什么事也没发生过。

直到晚上九点半，301室才有了灯光，先是和厨房平行的客厅的灯打开了，过了好一会儿，那个男人终于出现在了阳台上，并打开了阳台的灯。

我站在椅子上，拿着望远镜，通过阳台门上方的玻璃观察着对面的动静。这时电话铃声响了起来，犹豫了一下，我还是从凳子上跳了下来。

电话是我的前男友打来的，我们交往快四年了，最初的激情早就被时间这条河流冲刷得无影无踪了，然而时间也给了我们相处的默契，我们好像已经认识了大半辈子，都已习惯了对方的言行、嗜好和生活方式，尽管没有激情，但也没有过多的分歧和矛盾，也许这就是在一起生活的前提。可俩人就像是商量好了似的都不提结婚这档子事，每星期他来我这儿住一两天，忙得实在没时间见面就通通电话。后来有一天，他吞吞吐吐地向我忏悔他在歌厅里认识了一个坐台小姐，他们睡了一觉，彼此感觉都不错，所以后来又睡了几觉。那后几觉都是不付钱的，相当于友情奉送。再后来，他感到了内疚，断了和那小姐的来往。这时他感觉应该结婚了，所以就对我说，我们结婚吧。我说，你真不应该告诉我这些，做都做了，就让它成为过去好了，发生这种事作为你的女朋友，我完全能够理解也勉强能接受，可要是你老婆，我就只能理解不能接受了。如今他又有了新的女友，喝多了酒或者心情不好的时候就会给我打电话。

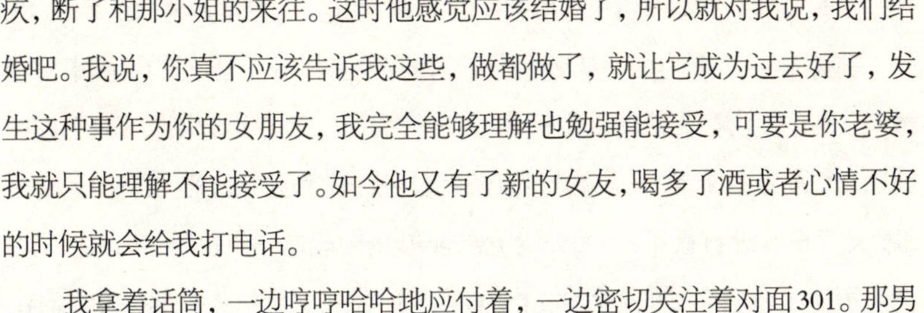

我拿着话筒，一边哼哼哈哈地应付着，一边密切关注着对面301。那男人一手拿着一把剪刀，一手拿着一只塑料水壶，他浇得很仔细，不时停下来变换角度端详着那些花草。当我把镜头对着他的脸时，发现他正在古里古怪地笑，左边的嘴角神经质地抽动着。

二

第二天我起了个大早，起床后，我首先跑到了阳台上张了张，然后才开始我起床后的那一套例行的程序。这么早就坐在电脑前让我觉得仿佛是个意外。我把昨天写的几千字看了一遍，这时门铃响了。

我跑去开门，外面却没有人，防盗门上插着一个折成箭状的纸条，展开一看，是一张普通的A4打印纸，上面是几个一号的黑体字：“你到底在看什么？”翻过来，背面什么也没有。

我有点摸不着头脑。我侧耳听了听楼道里的动静，忽然意识到了什么，我奔到阳台上，趴在护栏上往下看，半天也没一个人出来，我重又看那张纸，你到底在看什么？天哪，难道是对面那个男人已经发现我在窥视他了？

吃过午饭我打车赶往位于城东的彩排地点。彩排已经开始有一会儿了，在一面巨大的玻璃后面，一对男女模特穿着比不穿还性感的内衣正躺在床上小声交流着什么，另一对模特则随意地在走动。小芸忙前忙后，但还是抽空来到我这边问问我的感觉。我说创意真是挺独特的，然而对于老百姓来说，这一步是不是跨得太大了点。小芸撇着嘴说，就这，已经是调整后的步伐了。

那对躺在床上的男女从床上坐了起来，相视一笑，他们的表演十分自然，仿佛正生活在生活中。那个男人首先下了床，他走到玻璃前，一手撑在玻璃上，做临窗眺望状，他的眼光轻轻地从我的脸上扫过，他似乎看了我一眼，又像根本没有看见，可我却像是被重拳击中般差一点倒下。我下意识地伸手捂住了自己的嘴巴。我不能相信自己的眼睛，这个男人竟然会在此时出现在此地，同样光着膀子，嘴角挂着古怪的让人捉摸不透的笑容。

由于意外和紧张，我感觉气都快喘不上来了，我的眼睛死盯着他，我想更为清楚地看一看他的脸。他重又走回床边，拥着他的搭档在虚拟的橱窗里走了一圈，然后走出来，往更衣室而去。我走到小芸身后，问："刚才做表演的那个男模特是从哪儿找来的。"小芸回头看了我一眼，眉毛挑得老高，揶揄道："怎么，看上啦？"我说："随便瞎问问。"小芸说："这些人都是模特经纪公司推荐的，我一个也不认识，不过那个男人老是独来独往，好像有点味道的，一会儿彩排结束，我帮你传递一下问候，怎么样？"我说："去你的，你的脑子里就这么一根筋。"小芸说："操，好心当做驴肝肺。"

第三节表演，那个男人和他的搭档还是最后一个出场。他好像有一点心不在焉，虽然当他和自己搭档对视时眼睛里满是柔情，不过仔细看会发现他的眼神飘忽，并不聚光。我差不多退到了门口，我突然想到了那张纸条，我想这个男人也许已经认出了我，并且那个被扑倒的女人的样子也出现在了我的脑海里，恐惧在瞬间潮水般淹没了我，连招呼都没打我就跑了出去。

在烈日下疾步走出一大段后，大汗淋漓的我才慢慢缓过神来，其实所谓的危险都来自于我的想象，我根本不了解那个男人，而我那天在阳台上看到的仅仅是事件的一部分，也许他只是和他的女朋友或妻子玩了一个游戏。现在最大的谜团是那张纸条。我停下了脚步，我打算回排练场，把彩排看完，如果有可能的话，多了解一点这个男人，了解了也就不会胡乱猜测了。

彩排结束后，那个据小芸说叫马力的男人第一个离开排练场，我稍一迟疑也跟了出来，并上了他后面的一辆出租。司机是个饶舌而且说话语速极快的大胖子，一路上他不是眉飞色舞地和我谈他新买的这辆车，就是不成调地哼着那首烦死人的《心太软》。我很紧张，眼睛盯着前面那辆蓝色富康，心里盘算着一会儿马力要是下车我怎么办，可是我的耳边，这个胖家伙不停地唠叨着。我努力调匀呼吸，我对自己说，不管怎样，这位师傅的车技不错，跟了五六公里也没跟丢。

马力的那辆出租在华联超市停下了，他下车以后并没有马上进超市，而是站在路边点了一根烟。从我坐着的这个角度望过去，他高大挺拔，不断有路人从他面前走过去后又回头看他，显然他早就习惯了被注视，气定神闲地抽着烟。这时有人提着大包小包过来敲车窗，我略一犹豫，说："走吧。"

车到我的楼下，胖司机突然冒出一句："刚才那个男人是你的男朋友吧？"不等我回答，他又说："人长得挺帅的嘛。"

进门的第一件事我就是拿着望远镜跑到阳台上。马力家的花花草草在夏日的午后有点蔫，我细细打量着这个大概两平方米大的阳台，希望发现点不同寻常的迹象。果然，在阳台上方的晾衣架上我看见了几件女式内衣。从款式和颜色上可以判断得出这是一个年轻女人的，这么说，马力并非一个人住，难道这个女人就是那天和他厮打的女人，为什么这两天她都不露面呢？

在接下来的几天里，我几乎把所有的注意力都放在了对面的阳台上，于是本来就不顺畅的写作完全停顿了下来，我时不时站到凳子上，通过阳台门上方的玻璃窗观察马力家的动静。看得出来，马力是个生活得比较有规律的人，他会在基本固定的时间出现在阳台上。而我期待见到的那个女人一直没有出现，虽然晾衣架上的内衣每天在换，可都是马力出来晾的，还滴着水。晾完衣服他会站在阳台上抽根烟，他的烟瘾似乎挺大，有时候会连着抽上两根。

与此同时，我每天都会收到一张打印着黑体字的A4纸，有时候是在信箱里，有时候在奶箱里，或者和第一次那样插在防盗门上，什么诸如“好看吗？”、“过瘾吗？”，显然是一个了解我近日兴趣点的人所为。

有关马力的情况，小芸很快就打听来了，三十岁，湖南人，一个月前刚应聘进模特公司，就这么简单，他总是独来独往，在公司没有朋友，他对大家来说就像是个谜。小芸在电话里说：“这是个很特别的男人，我知道这最合你的口味了，神秘兮兮，最好还有点神经兮兮。”我说：“我对他是有兴趣，但不是你以为的那种男女之间的兴趣。”“行啦，”小芸打断道，“不要解释了，对男人有兴趣怎么说都不能算是一件坏事，有需要我做的就说，不要客气，没事我挂了。”

“等等，你最近有没有往我信箱或奶箱里放小纸条？”

“什么小纸条？”

“你不知道？”

“你在说什么？”

“没什么，就这样吧。”

挂了电话我又站到了凳子上。马力家厨房的灯亮着，他低头在忙活着，好像是在切东西，嘴上还叼着一根烟。他新换了个发型，头顶是板寸，两鬓连带胡子都留着，很酷，加上他的宽肩膀，看起来十分性感。忽然，他停下手中的活，回过头去伸长脖子往厨房门口张了一眼，紧接着扔下了手中的刀拔脚往里面奔了进去，似乎发生了什么意外。

半个小时过去了，我举望远镜的手都酸了，但又不甘心就这么罢休，我想厨房的灯还开着，料理台上的那一摊子也还没有收拾，马力早晚会出现的。我去找了张莫文蔚的CD，戴上耳机，莫文蔚唱：

似乎谈过恋爱

似乎还在等待

有一个男生总是说他睡不着，我劝他去看医生

还有一个说他寂寞，希望生活热闹，他应该去找一只小花猫来拥抱

后来她又唱：

情绪像一部电梯不是上升就是下降

游戏终点是回家，没有第三种方向

最常听的开场白你好以外还是你好，身体健康不健康

不怕精神就要失常

我不耐烦我不耐烦，怎么办

爱人分手的原因不是误会就是了解

不渴望也就遗忘，没有第三种下场

从左边转到右边，离不开一张双人床

我的手很酸、眼睛很酸、腿也很酸，但我还是坚持举着望远镜站在凳子上。我已经从中意外地体会到了快乐。偷窥的快乐。用一种下流的方法从一个隐秘的角度去看一个奇怪的带有某种你隐约已经触摸到危险性的男人，这怎么会不让人觉得心跳加速呢？何况这个男人的身材性感，发型性感。

昨天晚上，我接到小芸的电话。因为连着几天没听见她的声音，我感觉她十有八九是遇到了什么事，而且是坏事，否则早就打电话过来了。你不

知道，多年来，我们对外互相吹嘘，在内心却很清楚彼此谁也不买谁的账，而且我们似乎一直暗暗在较着劲，期待有一天终于让对方心服口服。电话中，小芸的声音不断地往上扬，往上扬，让我感受到一种禁不住往外洋溢的满足和快乐。她说已经找到了她要找的那个男人，是一位高鼻梁蓝眼睛的先生。他性情温和，身材健硕，五官和肤色挑不出一点毛病，除了不爱说话，他简直是个完美的男人。

我问："你们是怎样认识的。"

我的女朋友说，她是在网上偶然看到他的资料和照片的，她几乎是一见钟情，立即汇款定了一个，虽然价格不菲，但绝对物有所值。

我说："等等，那位先生到底是个什么样的人，你能说得更具体一些吗？"

我的女朋友说："当然是个模特啦。他的制作非常精良，妈的，不但身体各部位的比例无可挑剔，手感尤其好，跟真人的皮肤没什么两样。妈的，你不知道，他真是棒极了。"

由于意外，我拿着电话一下子不知该说什么好。挂电话前我问了一个在我的女朋友听来傻极了的问题："你觉得你们之间有爱情吗？"

"爱情？"电话那头传来了一阵怪异的笑声，"爱情是什么？不就是一种想象吗？这个男人，除了外形，其余的一切都存在于我的想象之中，我每天给他换衣服，摆造型，我按照自己的想象来摆弄他，他给予我的想象力和创造力是无限的，所以要说爱情，我和他的爱情肯定是无限大的。总之，我找到了他，我爱他，这才是最重要的。"

三

那个叫《我们都是有病的人》的长篇，我写得异常艰涩困难、力不从心。我已经很难把精力集中到电脑前，两只脚不自觉地就站到了凳子上，哪怕对面什么动静也没有，似乎只有站上去了才能安心。有时候我觉得眼下的写作已经变成了一场痛苦的便秘，已在进行当中了，再痛苦也只有把它拉出来才能完事。可马力那儿才是我的兴趣所在，所以在电脑前坐定还是站到那只该死的凳子上去，成了每天我自己和自己的一场艰苦的思想斗争。

已经一个星期过去了，我从未见过那个我认定确有其人的女人。然而阳台上每天都有女式内衣晾出来，滴着水，紧挨着同样滴水的应该是马力的衣服，它们挂在一起是那么自然，同时也让我费解。

早晨九点钟，马力照例在浇完花草后出门。我站在北阳台上目送他消失在楼群里，然后下楼就像是取信一样从信箱里取出那张已成为我生活一部分的纸条。这次有点特别，在上面居然打了一个ICQ号码和一个E-mail的地址：

ICQ：93431156

Mail to：blue-007@163.net。

回到家，我又来到了南阳台。外面的天有点阴，而且有风，我趴在护栏上。我知道马力的规律，他一般中午十二点左右回家，所以我放心大胆地观察起对面来。然而令人意想不到的事发生了，当我回屋拿了望远镜然后兴冲冲奔出来时，马力出现在了对面阳台上。我一下子愣住了。我明明看着他离开的，怎么一转眼又回来了。在短暂的迟疑之后，马力显然认出了我，他冲我点点头，而我就像偷东西被人当场捉住了似的惊慌和狼狈，脸涨得通红，不知该做何表示，情急之下我竟然扭头进了房间。

第二天我在信箱里拿到的纸条上写着："你的脸红了。"

我决定要把写纸条的人找出来,一个人就像幽灵似的监视着你的生活,还不断站出来对你的生活点评上几句,你却连这个人长什么样都不知道,这也太荒唐了。根据我的分析,这个人应该像我一样有着可以自由支配的时间,所以他才有可能在我偷窥别人的时候偷窥我。另外,他还必须具备一个观察我的角度。符合这两点的人应该是就住在和马力的楼房平行的那几幢楼里,而且楼层不会太低了。

其实我已差不多猜到了此人就是马力,只是还不能肯定。你想象一下,一男一女,从没说过话,却互相偷窥着对方的一举一动,这真是一件让人感到又刺激又恶心的事。

我楼上楼下地跑,小心翼翼地埋伏,努力了三天,纸条还是每天都能收到,就是捉不住写纸条的人。在没有更好办法的情况下,我找到了时下流行的家庭事务调查所。在预付了一点定金之后,我就只需坐在家里等候他们每天的电话汇报了。毕竟是吃这碗饭的,只用了两天时间,事务所就把我需要的情况调查了出来。

和我分析的一样,每天往我信箱里塞纸条的人就住在马力住的25号楼,不过不是马力。此人名叫柳自全,男,二十八岁,未婚,原是某网站的编程人员,一个月前被公司裁员,目前无业在家。

走到家门口,我又改了主意,坏笑着来到了25号楼的601室。敲了半天门,里面一个男人才闷声闷气地问:“谁呀。”我说:“是我。”“你是谁呀。”我说:“你开门就知道了。”我听见了拖鞋踢踢踏踏的声音,可走近了突然又停止了,我猜他正通过猫眼在打量我。我笑眯眯地对着猫眼。里面一点动静也没有,我想他大概被吓坏了。我又敲门,起先很好地掌握着节奏和重量,后来手疼了改用脚,那就有点不好控制了。我执著而又耐心地敲着踢着。

十分钟之后,门打开了。一个黄豆芽一样的男人出现在我面前,看起来比实际年龄年轻。他低头站在门旁，有点腼腆，还有点慌乱。我走进屋，把沙发上的杂志报纸往边上挪挪，腾出一块地方来坐下。我说："你也坐呀。"他说："你，你，你喝……喝点什么？"简单的五个字在他嘴里绊了好几跤。

房子基本上就没有装修，看起来就像是个临时住所。趁这个叫柳自全的男人转身去倒茶，我轻手轻脚地走向厨房。厨房的门半掩半合，但我还是看见厨房通往阳台的那扇门后面架着一架望远镜，比我那架气派一百倍，不出意外的话，就对着我的住所。

"我是个天文爱好者。"柳自全在我身后解释道。

"观察天象之余也顺便看点别的？"我不动声色地问。

柳自全捏着他的手指的关节，局促不安地不知道怎么回答好。过了一会儿，他低声说了一句："你，你不是也在看别人吗？"

"是呀，但我绝对不会借口自己是个天文爱好者。"

"你那望远镜，嘿嘿。"柳自全忍不住笑了起来，笑了两声，大概觉得不大好，用一种诚恳的语气强调道，"我真的是个天文爱好者，不骗你的。"

往下我不知道说什么好了，如果我谴责他偷窥我的生活，他也能用同样的理由回敬我。我们是同样的货色。而柳自全笑过之后好像放松了许多，他我问：

"你是怎么找到这儿的？"

我不理他。

"我觉得我已经十分谨慎了，你是怎么发现的？"

我摇摇头，站起身，说："以后别往我信箱里放纸条了，游戏结束了。"

"你不想和我谈谈你在观察的那个男人？"柳自全好像来了兴致，热切地看着我。

小芸的内衣展示会取得了预期的效果。近一个星期来，市民和当地的媒体都在津津有味地谈这个话题，小芸也成了被关注和谈论的对象。她频频在报刊和电视露脸，得承认，她真的很上镜。可一转身，她却在电话里对我说："嘁，这帮没见过世面的乡巴佬。"我能想象得出她说这话时那种不屑的表情，眼珠往上一翻，嘴一撇，最后是像赶苍蝇似的挥一下手。

我也跑去看了那场展示会。较之上一次彩排，现场表演显然更有气氛，而且他们还做了一些改动，把舞台由橱窗延伸至天桥，模特们在橱窗表演完后又去与商场相连的天桥走了一个来回，给观众更为直接的视觉冲击。当马力搂着他的搭档从我面前走过时，他的眼光在我脸上扫过后又转回来，有点意外，好像还有一丝惊喜，继而左嘴角一牵，带出了那种似是而非的笑容。就在那四目相交的一瞬间，我发现自己喜欢上了这个谜一样的男人，我的脸发烫，手心冒汗，心跳加速，这个发现让我感到恐慌，他吸引我的是他迷人的外表、古怪的笑容和与他年龄不符的爱好以及某种危险的气息。

我换了一架望远镜，是二手货，带红外线的。我想更深地介入马力的生活。我知道我有点走火入魔了。但我喜欢这样，任着性子做一些出格的没有意义却有意思的事。我需要刺激，需要一点情感的慰藉，哪怕来一点打击呢，眼下我庸常的生活终于出现了一个兴奋点。

马力在我的望远镜里做得最多的一件事就是抽烟，坐着抽，站着抽，倚着墙抽。早晨刚起床那会儿，他会把客厅的百叶窗打开，通通气，这时候也是我观察的最好的机会。马力在厨房准备早餐，基本上都是超市买的成品或半成品，只需稍微加工一下就行了。这架望远镜真是棒，连盒装牛奶的牌子都看得清清楚楚。我再一次肯定了他的住所里有一个女人，因为他准备的是两份。但是把早餐端到客厅后，马力随即就把百叶窗拉上了。大约半个小时后，他会把杯碟端回厨房，洗净，然后伺候他的那些花草们。

《我们都是有病的人》写到最后成了和自己的耐心、智力和体力的一种较量，计划中的十五万字到十万字时就仓促收尾了。我累极了。写作这时对我来说已毫无乐趣可言，我甚至连从头看一遍的耐心也没有，胡乱打印出来就寄了出去，当然也就免不了错字百出。

我换了和马力同一牌子的烟，我想感受他正感受着的。

小芸已经有一段时间没有给我打电话了。他们都说女人在恋爱的时候是不需要朋友的，这个我承认，只是我实在想象不出小芸是怎么和她的新男友谈情说爱的，用意念？天哪，做这样的想象能让人发疯。

近两个星期我看了马力好几场表演。我在寻找机会，我想更多地了解他，我安慰自己，了解了，看得更清楚了，也就释然了。

夏天眼看着就要过去，夜晚的空气里已经有了些许秋的意味，经过一个漫长的夏季，有凉爽的小风吹过时，我心里竟然涌起与久违了的老朋友相见的亲切。

有急救车的鸣叫从远处传来，继而越来越近，最后停在马力那幢楼前。我奔向阳台。我预感到了什么，我探出身子往下看，三个穿着白大褂的医生从车上跳下来，拿着担架小跑进了马力那个单元。

我不假思索地关门往楼下冲，我有点担心还有点兴奋，直接就奔到了急救车的司机那儿，开口就问："是301吗？"后者刚点了一根烟，正悠然地吸着，我气喘吁吁地突然出现在车窗口把他吓了一跳。"你吓死我了，"他夸张地用手按着胸口，"我可有心脏病呀，告诉你。"

正说着话，担架抬下来了，马力跟在后面，神情紧张。他看见我了，但没有打招呼。担架上躺着一个年轻的女孩，紧闭着双眼，脸色煞白，凌乱的长发垂落在担架外面，身上都是血迹。这时我猛然注意到了她睡裤，天哪，两条裤管竟然是空瘪的。

救护车很快就呼叫着开远了，我站在原地，脑子一阵一阵发懵。

再一次看见马力是在两天后，他从一辆出租车里下来，转身拎出一只旅行包，付了钱上楼，但车并没有开走。我从望远镜里看到那个长发女孩坐在后排座上，头挨着车窗玻璃，并且还怕光似的用手遮着眼睛。马力很快又回来了，从车里抱出女孩，她的双臂搂着他的脖子，空荡荡的裤管随着马力走路的节奏垂荡着。走到楼梯口，马力停了下来，好像犹豫了一下才回头朝我的阳台看了一眼，尽管那一眼看得很匆忙，可我还是在他眼睛看到了疲惫和无奈。

马力的生活似乎又回到了原来的轨迹，上班，回家准备一日三餐，伺弄他的花草，当然那个没有腿的女孩也需要他的照顾，只不过他待在阳台上的时间越来越长，以前抽一根，最多两根烟，现在则是一根续一根地抽。而且我发现他每次打开阳台门都会下意识地朝我这边望一眼，并且有时候会长时间地冲着我的阳台发呆。我禁不住会去想他希望见到我，他很孤独，还疲惫，他需要一些情感上的慰藉。

我一直暗自在积攒着勇气，直至有一天能迎着马力的目光走到阳台上去。我不知道我在怕什么。我小心翼翼地满足着自己的好奇也按捺着自己的好奇。有时候我真觉得那个离我很近的男人其实特别虚幻，经不起细看和触摸，他是一个谜更是一团雾，终有一天会在太阳光里四散开去。

天又凉快了一点，天凉快了当然就该实实在在做点事了。我的编辑认为那个《我们都是有病的人》的东西有点短，而且后三分之一写得好像急了点，其实蛮可以再往上加点，这样读起来感觉会更加饱满。他是个懂小说的编辑，平日里很少对作者指手画脚，必须要对小说说上几句的时候，他也比较注意措辞，所以同时他也是个值得尊重的编辑。顺着他的建议，我又滑入了有病的人的叙述。

四

从张家界回来的当晚我没有看见马力。他家的门窗紧闭，也没有灯光。我一边把旅行箱里的物品拿出来归拢好，一边给我父母打电话报告平安，然后洗了个澡吃了点东西。一切都弄停当了，对面阳台还是没有任何动静，犹豫再三，我劝自己，明天再说吧。

半夜我起来喝水，睡眼蒙眬地经过望远镜时下意识凑过去看了一眼，这一眼看得我完全醒了过来。在没有开灯的厨房里，只有马力唇间燃着的烟忽而亮那么一下，而他的人裸体站在洗涤槽前正在往身上倒洗涤剂，一手还拿着一块百洁布，水龙头开得很大，我甚至都能听见哗哗的水声。

马力倒完洗涤剂开始用百洁布搓擦起全身来，他手中的频率异常快而且用力，仿佛搓擦的是别人的身体。这时一截烟灰掉在他的胳膊上，他停了下来，看着自己的胳膊，足有半分钟，突然他像是被烧着了似的跳了起来，使劲地甩着那条胳膊，并把胳膊伸到水流下。马力站在那儿，头朝上仰着。因为他侧着身子，我看不清他脸上的表情，水溅洒了出来，可他好像根本没有知觉。

我去倒了一杯凉水，一口气喝了下去，然后又倒了一杯热的，端到望远镜前慢慢喝。已经凌晨两点多了，马力那条沾了烟灰的胳膊还没冲刷干净。在这个凉气逼人的时分，他光着身子冲凉水的样子让我起鸡皮疙瘩。

大约十分钟后，马力换了一条胳膊，然后他把右腿也放进了洗涤槽，这个夜晚在我眼里变得邪乎疯狂起来。

后来我回到床上躺了下来，再看下去我想我会疯了的。我盯着床头那部水灰色的电话机，心里琢磨着给谁打个电话，缓解一下心里的恐惧和不安。凌晨两点多，这个大家都在做梦的时间能给谁打电话呢？

这时马力家的灯亮了。我心里一咯噔，不知他还会弄出什么新的花头来。我把床头灯关了，下床，来到望远镜前。马力正弯腰在清理厨房地面的水。他穿着睡衣，很有条理地打扫着战场，弄完地面的水他开始擦拭料理台，然后归拢台上的东西。关灯之前，他站在厨房门口，审视了一下四周，脸上露出了那种我熟悉的似是而非的笑容。

灯关了，马力家在我的望远镜里安静了下来，我回到床上，却怎么也睡不着。我想起了那部名为《I DISH》(《我做菜》)的电影，片中一个男人在厨房的洗涤槽清洗自己的身体，而一个妇女在海边剥一条死鱼，被压抑的性欲和内心的焦渴是贯穿整片的主题。天快亮的时候，我开始怀疑凌晨的那一幕只是我的幻觉。

第二天我醒来的时候已经快十点了，从床上跳下来我就冲到望远镜前。马力的花儿们显然浇过水了，有的花瓣上还留有水珠。不知谁家有人在学弹电子琴，几个单调的毫无感情的音符反反复复迂回着，让人觉得日子说到底也就如此这般地枯燥，我们在练习生活的同时也在被生活练习着。我烦躁不安地在屋内走着。我发现某种困扰了我一个夏季的好奇并没有因为时间的流逝得以化解，相反似乎更强烈也更按捺不住了，我迫切地想要看得更清楚一点，否则我无法回到正常的生活和写作中去。

我去敲马力家的门。我想那个没有腿的女孩应该在里面。我不知道她能不能来开门，但至少她该作出回应。里面有说话的声音，难道马力也在？我将耳朵贴在门上，仔细听，像是电视里的对话。我又敲，这一次加了两成力，屋内的声音戛然而止，我再敲，里面完全没了声音。

马力出现在我家门口时，我正在拖地板。我戴着耳机，为了让地板快点干，里面的木门敞开着，当我转过身来时，马力那张脸出现在防盗门上方的观察窗口。他说了一句什么，我没有动，我被吓着了。我的手紧抓着拖把。他又说了一句什么，并往后站了站。我把耳机摘了，我说："对不起，你等一等。"我跑到卧室，把门关上，然后站在卧室门口按着胸口做了十个深呼吸，这才去开门。

"我叫马力，我们见过的。"

我去泡了杯茶。我知道他习惯喝茶。一个爱喝茶的男人总比爱喝可乐的男人要有味道一些。

"你的朋友小芸曾经和我提起过你，她说你是个作家。我可以吸烟吗？"

"请便。"

马力坐在我对面的沙发上，他的连鬓胡子刮掉了，加上白衬衣牛仔裤，整个人看上去清爽自然。他点了一根烟，深吸一口，抬起头来，把目光转向我，但给人感觉缥缈，就像是从一个老远的地方赶了半天的路才停留在了我的脸上，因此非常疲惫，因此停下来就不想再动了。我觉得他有话要说，可又无从说起。我刚刚平缓下来的心跳又一次加剧了起来。我在想这一刻是不是来得太早了点。

我收到了一张纸条，说有人在用望远镜观察我的一举一动，我觉得这像是个玩笑，但也可能是真的，就是这张。他递给我。不用看我就知道是柳自全那家伙搞的鬼。我很不自在，装模作样看了看，23号楼东单元501的女孩在用望远镜窥视你。马力看着我，好像在等我解释也像是一切都已了然于胸，情急之下，我说：

"我是个天文爱好者。"

"是吗？"马力的烟吸得很深，吐出来的时候还伴着重重的叹息，让我感觉到他内心的沉重和压抑。

我点点头，一边在心里琢磨着马力的语气，是表示怀疑呢，还是恍然大悟？

那个，马力转动着手里茶杯，显得非常为难，突然他抬起头来，眼睛通红，而且潮湿，他用一种低沉但异常愤怒的声音吼道："你为什么要监视我的生活？你有什么权利这样做？你到底想要干什么？"

马力语气和情绪的急剧变化是我没有想到的。我的身体下意识地往后靠。我被他的样子吓着了。

"我说过我是个天文爱好者。"

"什么天文爱好者，你是个江郎才尽的作家，你写不出东西来只能靠偷窥找点灵感，不是吗？"马力的声音陡然提了起来，"难道不是吗？可是你为什么偏偏选中了我们，我们好不容易才有了眼下的生活，你知道为此我们付出了多大的代价吗？"

马力的泪流了下来，但他完全没有感觉，他胳膊肘撑在大腿上，两手抱着脑袋，顾自说着：

"我们已经搬了五次家了，我还以为这一次总算可以安定下来，安静地生活，没有猜测，没有没完没了的查问，像正常的人一样过正常的生活，可是就是不能如愿，就是不能如愿，怎么就那么难呢？"

马力的声音越来越轻，到最后成了含糊不清的嘀咕。我起身拿过纸巾盒放在他面前，又给他续了点水。大约十分钟后，他从纸巾盒里抽出一张，擦擦，又抽出一张，擦擦，然后端起茶杯喝了一口，他说："对不起，我失态了。"我瞄了一眼他的眼睛，干干的，就像从来没有哭过。

"给你讲讲我的事吧，你不是想知道吗，也许你以后会把它写成一篇小说，其实它真的挺像是一篇小说。"

认识陈晨是老天爷对马力的恩赐也是惩罚。那时候马力已经结婚，妻子和他在同一家模特公司，她曾经火过，但很短暂，她还没过足明星瘾就过气了。在她最落寞的时候嫁给了马力，婚后无论是生活上还是事业上马力都没让她看到美好未来的前景，她开始酗酒，吸毒，夜不归宿，她已经没法在模特这一行里做下去了，而面对马力伸过来的那只手，她看也不看，她早就后悔嫁给这个没有一点用的男人，喝了点酒，她就会捶着胸口说自己当初真是瞎了眼睛。看着自己爱过的女人一点一点枯萎腐烂，马力感到绝望，对生活，对女人，对整个世界。

陈晨就是在那个时候出现的。她像是一盏灯，带着青春的热情和光亮，让马力全身一热。虽然从认识陈晨那一刻开始他就在提醒自己不可有非分之想，然而事情的发展不是个人的意志所能左右的。一切更像是注定的。

从第一次见到马力，陈晨就对他产生了强烈的好感，成熟、优雅的男人最能让小姑娘心仪，如果再有那么一点忧郁，小姑娘就更心动了。用烈火干柴来形容他们两人显然不准确，但动了情的陈晨真就是一团熊熊燃烧的火焰，她投入、忘我、不顾一切，马力的一再后退反倒激发了她更为强烈的好奇。她说，每个人都有追求爱情的权利，既然你们的爱情已经不存在了，那么就该结束婚姻关系，没有爱情的婚姻是不道德的。马力说，一切不是你想象得那么简单的，爱情是婚姻的前提，这没错，但没有一成不变的爱情，爱情是会逝去的。在这个世界上，变是绝对的，不变是相对，这是自然规律。他又说，当爱情过去以后，夫妻间的互相理解、忍让和尊重依然可以把婚姻进行下去。他还说，不管怎样，我应该对她负责的。

他说了很多，不过这些话更像是说给自己听的。这是他内心最后的一点坚持，尽管明知守不住。但陈晨一句话就粉碎了他的所有努力，她说你认为你们之间还有你所说的互相理解、忍让和尊重吗？

陈晨不由分说地挽起了马力的胳膊。她是个好强、自信，甚至有点霸道的女孩，她说我知道你喜欢我，从我们第一次见面的时候我就感觉到了，你可以否认，可你的眼睛骗不了我。后来的发展只能用眩目来形容，马力再一次体会到了坐过山车的刺激，失重、超重，三百六十度旋转，等马力和陈晨的家人反应过来的时候，陈晨说我已经是他的人了。她的家人当然不能接受这样的事实，他们挥着拳头叫嚷要让马力付出代价。

也就是在此时，发生了意外，陈晨在一次交通事故中失去了双腿。她的家人一下子安静了下来。他的父亲看看女儿空荡荡的裤管，看看马力，最后没头没脑地问了一句，你会离婚吗？

一开始，陈晨的态度是极端的，她拒绝马力来看她，拒绝吃饭，拒绝活下去。而她的家人看马力的时候眼白多眼黑少。说实话，马力真不想带着这种尴尬的身份和窝囊的处境去和陈晨见面，但他在心里对自己说，眼下这一切是老天对陈晨的惩罚，更是对他的惩罚。他想不管陈晨愿不愿意，他都得尽力让她重新鼓起生活的勇气。

陈晨出院后，马力还是每天有空就去看她，只不过感觉更加尴尬和窝囊。她的父母对他的态度冷热交加，话里话外都在暗示他必须要对陈晨负责，否则和他没完。半年后，他签约的那家公司迁往南京，他也跟了过去，走之前，他提出把陈晨一起带走，她的父母坚决反对，而陈晨的态度更加坚决，最后没办法，陈晨的家人提出把结婚手续办了再走。

可事实上，马力在到南京之后就把工作辞了，然后带着陈晨来到了这儿，租房过起了一种类似于隐居的生活。但是他们的生活总是让他们的邻居、居委会和雇佣的保姆十分好奇，问这问那的，而且那次车祸后陈晨的精神也受到刺激，有时候脑子不那么正常，经常会产生一些莫名其妙的幻觉，前几天就因为没有来由的极度恐慌竟然割腕自杀。为了避免不必要的麻烦，他们只得不停地搬家。

五

朋友们都说最近小芸疯了，上班下班逛街泡吧都带着她那穿戴得体的男友。她总是向别人这么介绍，这是我的爱人，名叫DAVID，然后会解释，他不爱说话，不用管他，我们说我们的。她的手习惯性地搭在那男人的腿上，还不时摩挲着。大家在背后咂着嘴说，小芸看那个模特时眼光那叫温柔那叫动人，让人看了心里发憷。

星期天下午我去邮局寄东西，从邮局出来，我看见对面人行道上一个瘦小的女孩一手拎着一袋水果，一手拦腰夹着一个西装革履的模特匆匆走过，模特胸口那条细斜纹领带被风吹得飘动起来。我扬手喊小芸的名字，但她很快就在街角转弯消失了。我穿过马路，我脚上那双细跟鞋让我总是不能很好地掌握脚下的支撑点，步频一快就像是在竞走，样子要多难看有多难看。

小芸就在我前面大概一百五十米处，可任我怎么喊她都没有反应，依然急匆匆地往前走着。这时大街上出现了一副奇怪的景象，一个走路像是老太太的女孩急急追赶着另一个夹着一具穿戴整齐的模特的女孩。已经有人驻足在观望了。我几次想停下来，可又不甘心。上帝保佑，小芸终于在路边的一张椅子上坐了下来，她把她的爱人摆好，然后从塑料袋里拿出一只香蕉，边剥边说着什么。她不是自言自语，是在对她的爱人说话，因为她不时扭头看看后者的反应，剥完她还客气地让了他一下。

我走到小芸身边时听见她在说："你说一会儿我们去不去买我们昨天看上的那双皮鞋？要不还是回家吧，妈的，昨天没睡好，今天早点睡。"我伸手拍了一下小芸的肩膀，她转过脸来，说："操，这么巧。"我说："追着喊了你半条街，你聋啦。"她说："哦，刚买了一张CD，刚才一路上正听着呢。来，给你们介绍一下，这就是我常和你提起的我的好朋友戴来。"然后她又转过身去拉起那个模特的一只手，递给我，说："他叫DAVID，法国人，上一次电话里告诉过你的。"她将嘴凑到我耳边，压低声音："我的爱人同志，不过DAVID他不喜欢我这样称他。"我接过那只没有一点瑕疵的大手，握了握，或者说捏了捏，坦率地说，确实手感不错。

小芸让DAVID坐过去一点，并帮助他把坐姿调整了一下，以便他能舒服地靠在椅背上，她说："我和戴来聊天，你一个人看看街景，好吗？"那位法国美男子当然不会有异议，他刚才被我捏过的那只手此刻和小芸的手相握着，脸上挂着一成不变因而看起来如白痴般的微笑对着车来人往的大街。

"最近在忙什么，电话也不来一个。"我问。

"过俩人世界呀。"小芸笑。一笑和那个白痴般朝着马路笑的男人更像是一对了。

"怎么过，用意念？这也太抽象了吧。"

"怎么会抽象呢，我们形影不离，同睡同起，他是个温柔好脾气的伴侣，对我百依百顺，我感到了从未有过的幸福、满足和踏实。"

小芸的身体往DAVID那边靠了靠，她看他的眼光里充满了爱意。我感到别扭，两个女孩和一个男模特坐在街边聊天，本身已经够奇怪了，而其中一个还和那个模特十指相握，别人怎么能看得懂呢？个把见多识广的还以为是无聊的行为艺术呢。

马力把搬家的时间安排在了晚上九点以后。我首先看见源源不断的花盆被搬了下来，然后是几个大纸箱和几样电器，最后马力抱着那个女孩出现在楼梯口。我调整焦距，想看清楚那女孩的脸，然而后者的脸始终埋在马力的胸口。我的脑子里两个念头相互扭打着，下去还是就这样看着他们离开，也许从此再也见不到了，可下去又能说些什么呢？上车前马力抬头朝我的窗口看了看，似乎还幅度很小地点了点头。我注意到他的脚上竟然穿着拖鞋。这次搬家看起来像是匆忙的出逃。

第二天我给小芸打电话，请她去问问马力离开那家模特公司了没有。小芸的电话很快就过来了，说马力已经好几天没去公司了，也没有请假，具体怎么回事公司的人也不清楚。挂电话前，她说："这么关心那家伙，是不是栽里边了。"

马力走了，这个神秘、怪异、特别的男人，他以一种奇怪的方式出现在我视野里又悄然离去，但某种他特有的气息却似乎并没有离开，它形成的类似于气场的东西依然笼罩着我的生活，我努力想回到原先的生活秩序中，这需要时间。

心情糟糕到极点的时候，我就跟自己赌气似的一连几天不出门，也不接电话，像一个已步入暮年的老人一样看着日子排着队来又排着队走了。秋天就要过去的时候，一个自称叫左青云的男人找上了门。他大概六十多岁，说着一口怪里怪气的普通话。他站在门口一个劲地说抱歉，然后解释是小芸告诉他我的住址的，他想向我打听点事。我请他进来再说，他问我换不换鞋的，我说不用换，他往里面张了张，说还是换吧，我说真的不用换，可他坚持要把鞋换了再进来。

"我叫左青云，对了，刚才已经说过了，我从湖南来，我想向你打听一个人。"

"是马力吗？"听他说是从湖南来的，我立即想到了马力。

"对，就是马力，其实他的真名叫陈力，都叫了二十几年了，马力是离开湖南后才改的，户口簿上还是叫陈力。什么，你说什么？嘿，你说你说。"

"你是他的什么人？"

"我是他的舅舅，我已经找了他们大半年了，跑了几千公里，问了几百个人，真是不容易啊！这小子真是害苦我了。你不知道，我已经五十六岁了，身体也不是太好，这中间还病了好几回，只能回去，等身体好一点了又出来。什么，你说什么，嘿，你说你说。"

“你想打听什么？”

“你知道他住在哪儿？”老人身体前倾，只有二分之一的屁股挨着椅子。

“就在我后面那幢楼。”

“什么？就在这后面，几楼几室？”

老人一下子站了起来，一副只等我说出几零几室就要往楼下冲的架势。

“他已经搬走了。”我说。

“什么，搬走了，搬到哪儿去了？什么时候搬的？”

“我不知道，我和他不熟，只是正好看见他搬家，大概半个月前吧。”

老人一下子安静了下来，两手握着拳头，眉头紧锁，不知道在想什么。我把茶杯往他面前挪了挪，说：“喝点水吧。”他没有理我，顾自摇着头说：“又跑了一个空趟，又是一个空趟。”他的头发花白，摇着摇着好像更白了。我安慰他：“过一段时间，也许他自己就回去了。”

“什么，你说什么，嘿，你说你说。”

“过一段时间，他也许自己就回去了。”

“他哪有脸回去呀？搞到现在这种地步，他哪有脸回去呀！我现在就想着能把他妹妹带回去，其他的也管不了那么多了。什么，你说什么，嘿，你说你说。”

“你说和他在一起的那个女孩是他的妹妹？”

马力原名陈力，陈晨是他的亲妹妹，他们的父亲很早就去世了。小时候他是个特别懂事的孩子，帮助母亲分担家务，照顾妹妹，他袒护妹妹在附近是出了名的。从小到大，他身边都不缺喜欢他的女孩子，可他的眼睛里只有一个妹妹。成年以后他也谈过几个女朋友，但都是草草分手，谈恋爱对他来说是种负担。而与此同时，他又老缠着自己的妹妹。妹妹也到了恋爱的年龄，可每一个走近她的男人都被陈力不知用什么方法赶走了。他妹妹很痛苦，陈力很痛苦，他们的母亲更痛苦。

在母亲的苦苦哀求下，去年年底陈力和他公司一个早就对他有好感的女模特结了婚，可不到一个月对方就因为陈力对自己亲妹妹过分的爱恋和对她的冷淡提出了离婚。离婚后他干脆不再掩饰对妹妹的感情，他说这辈子不打算结婚了，要和妹妹厮守到老。

去年年底，妹妹和她们单位的一个小伙子相爱了，但小伙子很快就尝到了苦头。他被陈力约出去吃了一顿饭，吃饭当然只是个幌子，陈力要做的是警告他离陈晨远点。小伙子是个倔脾气，当场就回绝了陈力的要求。那天小伙子最终被一辆110送到了急救中心，他的脑袋和身上多处开花。旧历的新年，陈力是在看守所里度过的，出来以后他的家人咬咬牙把他送到了精神病医院。他们已经想不出更好的办法了，反正陈力要是不进去，他们也早晚会被他弄疯的。

春天的时候，陈力从精神病医院偷跑了出来。从医院出来，他就直奔陈晨的单位。那天陈晨像往常一样下班，走出公司大楼的时候她一回头看见了飞奔过来的哥哥。她一下子愣住了，转而拔腿就跑。她也不知道为什么要跑，跑动起来后就更不知道了，就在快要被哥哥追上的那一瞬间，她撞上了一辆中巴。等她醒过来的时候，她已经没有双腿。她再也跑不起来了。

母亲在医院的大晒台上一串串地掉眼泪，陈力陪在她旁边安慰："你放心，我会照顾她一辈子的。"这时候大家的注意力都在陈晨的身上，谁也没想到应该把陈力送回精神病医院。陈力每天给妹妹和母亲做饭，然后送到医院来，他长时间坐在病床边，看着把头转向另一边的妹妹，同病房的人都说他真是个好哥哥。

转眼到了出院的那一天，等母亲和舅舅结完账来到病房，发现病床上只剩下一个空空还留有热气的被窝，老娘舅从此开始了漫长的寻找。

六

我的新小说刚开了个头，它是关于一起交通事故的四种说法。其实就是从四个不同的角度，肇事司机的、目击者的、交警的以及被撞者的来看同一个事件。你们猜得没错，被撞者的原型就是陈晨。她在我的小说里被撞后失去了记忆，完全忘了过去。她和她的丈夫很恩爱，晚饭过后，邻居们总能看见挽着胳膊出来散步的小两口。这样过了好几年，有一天她对着镜子梳头，丈夫走过来，当他把手搭在她后背上的时候，她突然惊叫了起来。她的记忆复苏了，想起来了，她全都想起来了。被撞的那一瞬间，是他推了自己的后背一下。那会儿她已经不爱他了，决意要离开他，他苦苦地哀求，她说你离我远点，他还想对她说什么，她不耐烦地跑开了，他就在后面追，须臾之间，一念之差，事故发生了。

我最近老是失眠，晚上经常是这样度过的，先是辗转反侧，好不容易迷迷糊糊睡着，楼上或楼道里的一点动静就能把我惊醒，然后就再也睡不着了。我对付失眠的办法一般就是随它去，因为尽管睡不着，但身体却异常疲乏。今晚有些不同，我的脑子和身体一阵一阵地发热，仿佛一架高速运转继而失去了控制的机器。我索性下床，从壁橱里搬出我的望远镜，架好，调焦距的时候我有点兴奋，开始了，就要开始了。

对面那幢楼大部分人家都关灯了，我希望运气好一点，能瞄上个把不拉窗帘的。当一个纽扣大小的红点忽然亮起的时候，我全身的血液一下子凝固了。在我的望远镜里，一个裸体男人正在厨房的洗涤槽里狠狠地刷洗自己的胳膊，他的四肢修长，体形优美，当我把焦距调好，耳边的水流声也随之清晰起来。

搞错了

穿过急诊大楼，殷天泽一眼就看见了马昕的父亲老马，要躲已经来不及了，后者几乎是小跑着迎了过来。老马对殷天泽的敬意一度让后者十分费解和不舒服，一个比你大了好几十岁的长辈却总是对着你点头哈腰，陪着小心说话，你怎么会舒服呢?

后来殷天泽弄明白了，是他的职业给他这个人蒙上了一层神秘的面纱。老马爱好了文学大半辈子(眼下还常年自费订着四五份文学刊物)，到头来也没弄出一个半个铅字来，所以眼下一个三十出头的年轻人，只要坐在家里，敲敲键盘，就能把自己养活得不错，这对他来说，无异于一个神话。

“你来啦。”老马冲殷天泽点着头，本来已是纵横交错的老脸一下子又挤出了许多皱纹。你可以认为老爷子不是在笑，而是在展示他的皱纹。

“情况怎么样? ”殷天泽随口问道。

“好多了，没事的，没事的，我叫马昕不要打扰你。哎，你看，让你跑一趟，真是的。”

每当这时候，殷天泽都觉得老马是在对他的职业而不是对他这个人说话。老马还经常会摆出一副要和殷天泽谈谈文学的架势，似乎他的女婿是一个名叫“文学”的小伙子。

文学是老马青年时代的梦想，中年时代的寄托，可是他现在已经六十多岁了，还对文学一往情深，就让他身边的人不能理解了。他的家人和朋友老是拿这一点来取笑他，渐渐地，老马只要一谈文学就变得鬼鬼祟祟的。

马昕的母亲刘蓝香躺在床上，手里翻着一张报纸。出身清贫的她小的时候没上过几年学所以识字不多，一个偶然的机会，她认识了高中毕业生小马同志，随后她的命运发生了变化。热心的小马不但手把手地教她识字，嘴对嘴地纠正她的郊区口音，还隔三差五地给她朗诵几首革命诗，当她终于可以不借助新华字典看整张报纸的时候，她也成了小马同志的革命伴侣。顺便说一下，年轻时的刘蓝香是个不折不扣的美人，这也是当年的小马同志诲人不倦的最主要原因。

尽管岁月不饶人，但马昕她妈当年的轮廓还在，她走到哪儿依然会有不同年龄层的男士为她侧目。经过这么多年，逐渐在老太太脸上培养出了一种“我是美人我怕谁”的气质。你不知道这有多么不容易。老马早些年是被美貌折服，而后有很长一段时间为美貌所累，担心老婆被别的男人看了去，而这些年更是活得压抑。他终于明白，占有美是要为此付出代价的。

老太太微笑着请殷天泽坐。她的笑容里有着一份见外的客气。对于殷天泽这个女婿，老太太肯定是不够满意的，至少不会比前任女婿更让她满意。她对男人的判断是感性的没什么道理可讲的，但通常也是准确的。马昕第一次把她的第一任丈夫带到家里，老太太就断言，他们的日子过不到头，因为这个男人眼睛里有水，水是流动的，把握不住的。果真三年后，那个男人离开了马昕。这些是马昕讲给殷天泽听的，她没说母亲是怎么评价殷天泽的，殷天泽很想知道。他越想知道马昕越是不说。

在刘蓝香的授意下，老马不顾殷天泽的反对，执意要给他倒杯水。他把殷天泽按回椅子上，让后者坐着别动，陪马昕的妈妈说说话，自己拿起热水壶就走了出去。

屋子里一下子安静了下来。这是间双人病房，另一张床上没有人，被子胡乱地堆在床尾。殷天泽有些局促地站起来，说些什么呢？老太太的病情已经问过了，她的盲肠已经于昨天中午顺利地被切除了，她这会儿感觉完全没事了。和一个自我感觉良好的女人交谈，总让殷天泽备感压抑。

“我和马昕他爸没法过下去了，这一次一定要离。”

殷天泽慢慢在椅子上坐下，就像这两年经常做的那样，他既没附和也没反对，说什么都是不合适的，因为他知道老太太此刻需要的仅仅只是一只做倾听状的耳朵。

通过阅读老马的小说，殷天泽对老马夫妻婚姻历程大致有了个了解。作为一个小说写作者，由小说去推断作者的生活是违背小说伦理的。但老马的小说实在太像是他的自传了，有趣的是老马在每篇小说前都用醒目的黑体字注明着：“本作品纯属虚构。”

在殷天泽读到的老马所有的小说中，主人公永远只有一个——老牛。靠着个人不懈的努力，老牛从一个农村孩子奋斗成了一个城市的干部。尽管不是什么大官，但对于世代务农的牛家来说也是一个重大的转折，同时印证了“知识改变命运”这句话。也是因为有知识，他娶到了美若天仙的老婆。一度，老牛认为，自己这一辈子最大的成就最杰出的作品就是这一桩婚姻。他小心翼翼地就像对待一件珍贵的瓷器般呵护着自己的老婆。他从一个丈夫的角度观察周围男人看他老婆的眼光时，看到的是不怀好意。他经常给他老婆打“男人都不是好东西”的预防针，如果可以的话，他真想把老婆搂在怀里藏在家里。就这么紧盯着，老婆还是跟别人有了一腿。

那一腿始于何时，他老婆至今也没有说出来，反正老牛察觉到时已经是八十年代中期了。

八十年代，那是个激情勃发的时代，开放了，搞活了，老牛现在回想起来，觉得那个时期整个社会可以用一个字来概括，那就是：搞。有的搞经济，有的搞科研，有的搞婚外恋。老牛时任一所中学的教务处副主任，他的校长是个既有经济意识又不乏政治头脑的年轻人，所以蹿得很快，三十四岁就蹿到了校长的位置。但老牛做梦也没想到有一天这家伙会蹿到他的床上。

在老马的小说里，其实一直在探求的是这样一个问题，一对不相干的男女是怎么搞到一块儿的。在殷天泽想来不外乎这么几种：在还不懂“搞”的时候就搞到了一起，比如年轻时的小马和刘蓝香；没看清形势为解决一时之快搞了一下最后迫于各种压力不得不搞到一起的，比如他和马昕；耐不住寂寞经不起诱惑抱着侥幸的心理偶尔搞一下的，比如老马小说中那对偷情者；还有经人介绍理智地搞到一起的。当然还有搞了一下、两下、若干下后最终也没搞到一起的。这是个搞脑筋的问题，一眨眼，老马半辈子的时间都被搞了进去。

“你怎么啦？是不是有事？你要是有事就走吧。”

如果刘蓝香这话再晚个十分钟说，那殷天泽也就能顺水推舟地告辞了，可这才刚到，屁股还没坐热呢。殷天泽只能说没事，只是不太喜欢医院的味道，来苏水的味道让他浑身不舒服。

“你老丈人前几天又写了一篇狗屁破小说，这几天骨头轻得不得了，还真把自己当成作家了，拿着到处给人看，也不嫌丢脸。真是的，我怎么会和这样一个人生活了这么多年？真是瞎了眼了，真是的。”

对刘蓝香来说，和老马结婚绝对是一次失误的选择，都怪自己年少无知，几句破诗就把她给迷惑了，等醒悟过来为时已晚。

“你倒说说看，天泽，你说实话，他的那些东西写得好吗？你说实话。”

“作为一种爱好，就让他写吧，总比整天在外面搓麻将什么的来得强吧。”

“我宁愿他在外面搓麻将，哪怕输点钱也比现在好。现在这样真让人受不了。”

年近六十的刘蓝香依然眉眼生动，可见年轻时的确是个不折不扣的美人。第一次上马昕家，殷天泽脑子里立即冒出了“一朵鲜花插在牛粪上”这句话。

在很长一段时间里，殷天泽都认为老牛和老马是一个人。老牛的个人经历和老马惊人地相似，这个在马昕那儿都已经得到证实了。老马从不和殷天泽谈他的生活，他只和殷天泽谈文学。他的生活都在他的小说里了。谈小说也就是谈生活。

老马真正的小说创作是从戴上那顶绿帽子之后开始的。至今，老马都还记得在短暂的震惊和无所适从过后，他转身一头扎进了文学的怀抱。文学的怀抱温暖而且宽广，并且蕴涵着无穷的激情。

老马总是感叹自己错过了好时候。他所说的好时候就是八十年代初期。那是个什么样的年代啊，随便张嘴讲两句话喷出的吐沫都能溅到几个文学爱好者。说全民皆诗人可能过分了，但只要会写几个字的，多多少少都写过几行诗，就算没写过，也会背几句。那时候谈诗歌读小说就像九十年代唱卡拉OK、炒股票一样普遍和疯狂。老马伏案奋笔疾书，他写啊写啊，他把他的怨愤通过墨水转化为了文字。

在读了老马手抄的三十多万字后，殷天泽发现了一个有趣的现象，人物定位、故事的脉络大致相同，基本可以概括成一个并不成功的男人的奋斗史。唯一变化着的是关于主人公的老婆偷情苟合的部分，每篇小说中的偷情的场景竟然无一相同，有的在家里，有的在单位，有的在公园隐秘的假山堆后面，最离奇的是在高速运行的火车的厕所里。那需要多好的胃口啊。那需要多么丰富的想象力啊。如果说一开始是偷情的时间、地点等诸多细节让老马耿耿于怀的话，那么到后来，他不知不觉就沉溺到了对这样和那样的可能性的探寻之中。他从中体会到了快乐，自我折磨的快乐，创造性劳动的快乐，他甚至因此达到了高潮。

从某种意义上说，殷天泽认为老马是在从事着有难度的可能性的写作。对可能性的尝试以及对单一事物如此持久不息的热情使他幼稚、粗糙、缺乏章法的写作显现出了迷人的光辉。

马昕十分反感父亲的所谓的小说，特别看不得其中写偷情的部分，她认为那根本就是子虚乌有的，纯属父亲的想象。这些年来，父亲那些有来由和没来由的想象不但折磨着老马本人，同时也让刘蓝香母女俩备感痛苦。老马就像是犯间歇性精神病似的过一段就闹上一回，不过他并不挑明了说，而是假借同事朋友邻居的男女之事发挥，他的神情和话里话外都暗示着刘蓝香做了对不起他的事。九十年代后期，进入更年期的刘蓝香仿佛也传染上了老马的病，稍不顺心，就把离婚像唱山歌一样唱在嘴上。这下，家里更热闹了。

马昕对小说的反感直接影响到了她和殷天泽的生活。她根深蒂固地认为小说就是一个记录个人生活同时借此泄私愤的工具。而写文章的人，尤其是写小说的都是妄想狂。她习惯从殷天泽的小说中去了解他的思想动态。反正出现在殷天泽小说中的女人，不是现实生活中的就是存在于殷天泽意淫中的，总之是她不能容忍的。就这个问题，他们无数次讨论过，殷天泽试图纠正她的这一狭隘认识，两年过去了，这样的讨论已经演变升级为互相的谩骂和人身攻击。半年前，他们开始分居。这一决定既可以看做是为两人今后更和谐地生活做反思，也可以看做是吹响了离婚的号角。两个月前，马昕怒气十足地冲到殷天泽那儿，一进门，就将一本当月的《上海文学》摔在殷天泽面前，质问小说里的那个女人是谁。在马昕歇斯底里的唾骂声，殷天泽觉得自己真的是搞错了。

印象中，在和马昕结婚前，他们只搞过两次。他们是在朋友的聚会上认识的，马昕一出现，所有男人的目光都被吸引了过去。殷天泽是那天桌上唯一的单身，理所当然被安排在了刚离婚同样是单身的马昕身边。席间，马昕的腿两次碰到了殷天泽的腿，后者把这看做是一种暗示。这之后的很长一段时间内，殷天泽常会想到马昕的那张脸，还有腿部那种细微的摩擦以及摩擦带来的痒痒的痒到心里的感觉。

再次见到马昕是大半年之后了，他们一下子就亲近了起来，那么自然而然。此后频繁约会吃饭。在一次醉酒醒来后，马昕含蓄地告诉他，他把她搞了。后来他们又搞过一次，一是因为已经搞过了，二是因为马昕是个结过婚的女人，也就没那么多的顾忌。不过，殷天泽始终对那第一次的真实性表示怀疑。

结婚之前，马昕也对殷天泽小说中的女人提出过疑问，但还算有分寸，殷天泽愿意把这理解为一个非专业读者的非专业问题。他总以为马昕日后小说读多了，认识也就会逐步客观起来，变成现在这个样子是他无论如何也想不到的。更想不到的是，马家竟然还有一个如此狂热的非专业作家。

假使说一开始，殷天泽是带着好奇在阅读老马的作品，那么后来则完全是被动地、应付性地翻上一翻，而现在他连翻翻的想法都没有。然而退休后的老马俨然是个多产的作家，作品接二连三地出来。有时候，殷天泽会想，哪怕是为了不再面对老马的文字，他也得和马昕离婚。

“你是怎么想的？”

“离吧，还是离了的好。”

“什么？”刘蓝香用那种难以置信的眼光看着殷天泽，“你说什么？”

病房外的走廊上传来一连串凄惨的叫喊声，紧接着是凌乱的脚步声，好像是有人快不行了。刘蓝香停下话头，关注着外面的动静。

老马走了进来，解释说水还没开，他过会儿再去。殷天泽说自己正想出去抽根烟，顺便把水一起打了。他不顾老马的反对，夺过老马手里的水壶走了出去。老马在他身后嚷着："等等，等等，我和你一起去。"殷天泽只当没听见，逃也似的一口气冲到安全通道口，顺着楼梯就往上跑，直到确信老马没有跟上来，他才停下来。扶着墙大口喘气的时候，殷天泽不由笑了起来，自己这是怎么啦，居然被一个热爱文学的老同志吓成这样。

十一层和刘蓝香所在八层的格局一模一样，在昏暗惨白的光线下透着一种不祥的肃穆。殷天泽沿着走廊往前走着，碰到房门开着的就往里面看上一眼。他提着热水瓶，脚步慢得就像一个无所事事的散步者。可自己怎么会来这种地方散步的？

殷天泽好像忽然才想起来这个下午自己是来医院找他的中学同学的。后者答应为殷天泽正写着的一个电视剧提供一些素材。做同学的时候怎么也没想到有一天这小子会成为一名妇产科医生。殷天泽一直想找机会和他好好聊聊，他想一个每天和血淋淋的子宫打交道的妇产科男医生看女人、看生活、看世界的角度肯定是与众不同的。

走廊尽头有个穿白衬衣的男人头抵着墙壁，两手插在裤兜里。殷天泽走近一些发现他的肩膀在剧烈地抖动着，再走近一些后，他听见了极度压抑着的哭声。为了不打扰这个沉浸在悲痛中的人，殷天泽放轻了脚步，他迟疑着是否掉头从另一侧的楼梯走下去。就在这时，男人抬起头转过身来。他面色暗淡，神情悲伤，奇怪的是脸上干干的，一点泪水也没有。他看着殷天泽，并没有对一个窥视他悲伤的人表现出不悦。殷天泽反倒有些无措，只能更为迟疑地朝前走去。

"你——，有火吗？"

"什么？"

他朝殷天泽比画了一个打火机打火的动作，然后从上衣口袋里掏出烟盒，并且抽出一根递到殷天泽面前。

“这儿不能抽烟。”

“抽吧，抽吧，没什么大不了的，人都快死了，抽根烟又怎么样？”点上后，男人深深地吸了一口，把打火机递还给殷天泽，“你能看出我是一个快要死了的人吗？”

男人看着殷天泽，大概是希望从后者脸上看到吃惊。他使劲看着。他隐约看到了，所以多少有点得意。

“别害怕，我的病不传染。我得的是白血病，也就是败血症，刚查出来，不过我已经不打算治了，有那钱还不如留给老婆孩子。你说呢，哥们？”

殷天泽已经走到了电梯口，那男人还在大声说着：“我老婆也想让我放弃治疗，我知道的，她嘴上不说，心里就是这样想的。我心里清楚着呢，比谁都清楚。”

看样子，老马已经在水房门口等候多时了。“去别处打水了？”老马紧走两步，上前从殷天泽手里接过热水瓶。水瓶又一次到了老马手里。“没有，我有个同学在这里的妇产科，和他聊了几句。”

老马灌水的时候，殷天泽就像突然想起来似的说：“对了，几点了？”他拿出手机装模作样地看了一眼，“哎呀，来不及了。”老马显得非常失望，不太情愿地说道：“你要有事就忙你的去吧。”

从水房出来，殷天泽坚决地回绝了老马要送他到门口的提议，后者仍然坚持要送他到住院部门口，殷天泽心里有些厌烦，他更为坚决地回绝了。

老马非常为难地僵在那儿，最后他一咬牙，说：“那就送到电梯口，这总可以吧。”他的神情就像是做了一桩赔本的买卖。

但是殷天泽还是没有同意，他解释自己想去方便一下，老马点了点头，然后说：“那我带你去。”殷天泽只能被动地跟着他。一直走到走廊尽头的洗手间，老马还做了个请的手势。殷天泽哭笑不得地走了进去。

殷天泽方便完出来，老马仍然站在洗手间门口，脚旁是那只热水瓶。他冲殷天泽点着头，就像刚才在急诊大楼那儿碰见时那样，不同的是他还搓着手，一副欲言又止的样子。殷天泽甩着手上的水，也被动地冲他点了点头。他们朝走廊另一头的电梯走去，殷天泽走得很快，仿佛打定主意要让老马跟不上。他已经不想再说什么了，哪怕老马一直把他送到家里他也不想再说什么了。

电梯很快就下来了，殷天泽不由得松了口气。电梯的门打开了，里面竟然站着刚才在十一层见到的自称快要死了的男人，对方也有些意外。走进去后，殷天泽故意停顿了一下才很缓慢地就像是慢动作一般转过身来，他知道电梯外的老马肯定又要对他点头了，脸上挂着谦卑的笑容。

那个男人问电梯外正等着殷天泽转过身来好跟他点头的老马："你要下吗？"老马说："不下，不下。"在电梯门合上的那一刻，殷天泽刚好转过身来，他听见老马十分急促地说了一句："我写了一篇小说，哪天你方便的时候，给我指导指导。"那后半句"给我指导指导"被关在了门外。

那个男人摁了一楼，摁完以后他扭过脸来，但并不朝殷天泽看，而是假装看墙上贴着的一张小广告。殷天泽能感觉到那人正用眼角的余光打量自己。他不知道这个男人是因为"小说"这两个字还是"方便"这两个字才注意他的，总之他有些不安，而且越来越不安，因为不知不觉中，男人已经从用眼角的余光发展到堂而皇之地看他，而且眼神正在发生着变化。男人直愣愣地毫不回避地看着殷天泽。

不断有人上上下下，当电梯终于在一楼停下时，男人的手摁在了电梯门关闭的按钮上，不让电梯门打开，嘴里轻声地就像是在自言自语地嘀咕着："刚才我老婆来了，她说不管怎样都要给我治，哪怕治不好也要治，也许是我搞错了。"他挡在殷天泽面前，满脸迷惑地冲着殷天泽问道："难道真的是我搞错了？"

剧烈运动

晚饭后，程翔照例下楼走上半个小时，而何天雯则躺下养胃。胃下垂虽然不是什么大毛病，但你要不把它当回事，最后吃苦头的是你自己。这是两年前医生的原话，不过当时新婚不久的何天雯坚持在饭后挽着程翔的胳膊又走了一个多月，她认为婚姻不只是两个人在一个锅里吃饭一张床上睡觉，更重要的是用同一种节奏朝同一个方向前进。然而程翔日益凸出的小腹和何天雯下垂的胃很显然是两个不同的方向，最终何天雯躺了下来，而程翔接着走。什么是婚姻生活中不可调和的矛盾？啤酒肚和胃下垂就是一对不可调和的矛盾。

何天雯把电视的音量关掉，听着程翔下楼的脚步声，它是轻快的急促的，似乎将要开始的散步让它很是兴奋，也让何天雯觉得程翔其实更愿意一个人散步。他这是要奔向哪里？何天雯大致知道程翔散步的路线，不过何天雯越来越怀疑这只是程翔嘴里的路线。

今天日报上的一则社会新闻让何天雯浮想联翩。本市一个读高二的女生被家长发现怀有身孕，在追问下承认大半年前曾被人强暴，地点是一座废弃的洗浴城内。据女孩描述，她每天上下学都从洗浴城门口经过，那天经过时听见有人在里面唱歌，出于好奇她从后门一个窟窿钻了进去，进去后还没等她分辨清东南西北就被人摁倒在地。强暴者是个中等身高身材偏胖的男子，大概三四十岁。当时正值严冬，那人不但戴了一只绒线帽，还戴着一只差不多盖住了半张脸的白口罩，自始至终没有摘下来。因为时隔多日，给案件的侦破带来了极大的难度。

在何天雯所住的小区后面就有一座关门歇业的洗浴城。那里的生意一度十分红火，后来突然就停业了，门上贴着法院的封条。对此的传闻很多，反正怎么传都沾着“腐败”这两个字。刚被查封时，还有人看守，后来里面的东西搬空了也就没什么好守的了。何天雯曾和程翔散步经过那里，原先鲜绿整齐的草坪早就杂草丛生了，所有的门窗都被用砖头砌死了。他们俩绕着建筑走了一圈，在后门发现了一个半人高的窟窿。程翔还探头往里面张了张，然后转身半开玩笑地说：“我们进去做一把，怎么样？”

在一起生活的时间长了，何天雯认识到程翔是个懒惰散漫的人。这种懒散，溶于血液深入骨髓。他不爱动，加上家族遗传，刚过三十已经有了一副中年人的体态。他疏于走动关系，所以至今还是一个小小的科员，尽管他偶尔也表示不满意现状，不过更多的时候也就是在嘴上说得热闹，因而他至今一无所成。当然，这些在有过一次不成功的婚史的何天雯眼中，就是成熟，就是稳重，就是淡泊名利，所以她不顾朋友的劝告和程翔的犹豫执意嫁给了他。

婚后的生活，既没朋友预言的那么糟，也没什么美好可言。面对一个平庸的温吞水一样的男人，更多的时候，何天雯只能安慰自己，程翔虽有许多缺点，可至少能给她安全感。他基本准时回家，虽然钱挣得不多，但稳定，也没有不良嗜好，没什么花花肠子。对这个男人，她是有把握的。而她的前夫，一个做事雷厉风行为人八面玲珑的男人在有了点钱有了点势后完全变成了另外一个人，原先的生活、原先的朋友、原先费劲吃力才搞到手的老婆全都看不上眼了。如今，他的事越做越大，他的行踪时常出现在日报的头

版上。对何天雯而言，这个男人已完全是另外一个世界的另外一类人了。她甚至很恍惚自己是否真的和他一起生活过。

程翔是不会做什么出格的事儿的，何天雯想，就自己对他的了解，就他那一身肉，他那四平八稳的性格，稍微激烈一点的运动都被他本能地排斥。也许他下楼后哪也没去，只是在小区的阅览室翻了半小时的报纸杂志，或者在路边看别人下棋。

下楼后，程翔照例先绕小区走半圈，从西门出去，然后沿着康宁路一直走到花卉大市场。市场门口有个小广场，一到傍晚，那儿总是聚集着附近吃饱了出来闲逛的居民。走到这儿，差不多是程翔散步的一半距离。他一般会找个地方坐下，抽上一根烟。他已经这么走了两年了，对于白天几乎就是坐在那儿办公的程翔来说，散步是他这一天中最剧烈的运动了。

何天雯总是用一种焦虑并且恨铁不成钢的语气对他说道："你不能再这样下去了。"似乎一直以来他程翔都在过着一种不正确的生活。何天雯对他是不满意的。这一点，程翔在结婚前就充分估计到了，这也是他不愿意结婚的原因之一。另一个原因是，他不想改变自己的生活，生活内容和程序的改变会让他不安、心慌和无措。

与此同时，日复一日的单调的线形生活也让程翔感到厌烦，提不起劲来。结婚前，程翔还有几个谈不上喜欢但隔三差五通个电话见个面的老同学，结婚后因为何天雯不喜欢也就不交往了。没什么可惜的。不过由此他的生活面更窄了。他从来都是不引人注意的，在任何场合都习惯安静地站在一边做一个看客。他被动地接受着生活的给予，包括他的婚姻。

抽完手里这根烟，程翔又点了一根。他再一次认识到自己是个没有力量的人，他无力把握这个瞬息万变的时代，无力把握自己的生活，无力把握家里的那个女人，他能做的只是顺应。即使这样，这个时代和他生活里与他有这样那样关系的人们还是对他不满意，尤其是何天雯。事实上，他对自己也很不满意。然而他改变不了什么。他知道的。他没这个能力，也没这个自信。他甚至不愿去多想。

不想事的最好的办法就是闷头睡觉或者像个白痴一样坐在电视前陪何天雯看她爱看的节目。在这个家里，就算何天雯什么也不说也是她说了算，连性生活的节奏和方式都是按何天雯喜欢的进行，从一开始就是这样。程翔讨厌安全套，但每次何天雯都坚持要他戴上，即使在安全期内也必须戴，就像开摩托车必须戴头盔一样。程翔把这称为他和何天雯之间的"交规"。何天雯不想要孩子，至少眼下还没做好要孩子的准备。程翔也并不特别想要孩子，可他讨厌安全套那玩意儿，讨厌那层橡胶薄膜。凭什么要把自己的激情和欢乐喷射到这么一只没有生命的小口袋里，然后再扔进垃圾桶里，那让他有种荒诞的虚无感。

有时候，程翔觉得何天雯和她带给他的婚姻生活就像是个茧，不断吐着丝把他包裹起来，而他却连反抗的姿态都懒得去做。

什么都没做也是一种做法。程翔自言自语道。这句话出现得是那么突兀，带着某种哲学的意味，更像是灵光一现，以至于他的手一抖，一截烟灰掉了下来。程翔有些不安地朝两边看了看，一切依旧，只是天色不知什么时候已经暗了下来。

七点十分，程翔看了下表，出来快半个小时了，该往回走了。这会儿到家，不出意外的话，已经养过胃的何天雯应该正在洗他们晚饭的锅碗，水流哗哗的，又一个夜晚来临了。

程翔起身，扯了扯衣角，手下意识地抚摸了一下被何天雯称作"已经六个月了"的小腹。两个穿滚轴溜冰鞋的小男孩嬉笑追逐着从程翔面前滑过，滚轴与地面的摩擦声和他们夸张的尖叫声让这个已经到来的夜晚有了那么一点点生气。程翔看着两个男孩的背影。他们越滑越远，越滑越远，直至完全消失在夜色里。程翔目光呆滞地站在那里，静静地感受着他们的自由和欢乐。自由是有代价的，程翔想，快乐也是有代价的，所以这些年来，他更习惯间接地从别人的身上去体会。在他没有意外的生活里，别人的喜怒哀乐就是他的喜怒哀乐。

程翔猛然想到今天在日报上看到那则女孩被强暴后怀孕的报道。让他感兴趣的是文中提到的那个废弃的洗浴城。女孩说的那个窟窿使他几乎可以确定就是他家附近的那座。他多次从那儿经过，尽管没在里面洗过，但他总觉得那里曾经就是一个搞的地方，进去洗就是在为搞做准备的，搞玩后再洗一洗就像一个月都没搞过似的干干净净地回家。他记得有一次自己还挑逗何天雯进去搞一把，被后者一口否决了。

一个男人在一座废弃的洗浴城把一个读高中的女孩给强奸了。程翔感觉自己心脏的跳动莫名地加速起来。他又点了一根烟，吸了一口后他才意识到怎么又点上了。

站在挂历前的何天雯再一次对自己说这是不可能的，自己的猜疑是荒唐的。可另一个声音随即回应道，这个年代没有什么事情是不可能的。她的眼睛盯着日历上那些阿拉伯数字，似乎想从中搜索出某个可疑的日子来。时间是大半年前的冬天，以此推断，事情应该发生在一月份或者二月份。绒线帽，对，程翔有一只绒线帽，黑色的，今年冬天戴过一阵，就在最冷的那些天。这么说，二月份可以排除掉了，那时候天气已经开始转暖了。何天雯把日历翻到一月份。

元旦过后没几天，他们之间闹了些别扭，起因是什么想不起来了，也不重要，反正不是鸡啄了狗就是狗咬了鸡之类的没什么道理好讲的琐事。这之后有四五天俩人互相不说话，都阴沉着个脸，都不正眼看对方，动作却夸张了般地大，弄出很大的动静来发泄和表现自己的不满。同时，程翔饭后散步的时间变得越来越长，回来倒头就睡。

何天雯想起来了，有一天，程翔散步回来后脸色很不好，歪在沙发上看了会儿电视突然起身进了卧室。何天雯支起耳朵听着，里面传出了开衣柜门的声音，她的火一下子蹿了上来。那句“你要出了这个门，就别再回来了”已经准备在嘴边了，但从里面出来的程翔只是提了个很小的马甲袋。他在门口换鞋的时候，何天雯忍不住还是问了一句：“你干吗去？”“洗澡。”“半夜三更的洗哪门子的澡？”程翔没有接她的话，打开门走了出去。心神不宁的何天雯坐在客厅里自问自答了半天，直到快十二点了，程翔才回来。他看起来脸色更不好了，放下东西就找药吃。何天雯的心软了下来，在一旁嘀咕，既然病了还去洗澡。没想到他居然急了，语气很冲地说：“这么大的人了，难道连这点事都做不了主？”

和好后程翔曾解释那天去蒸桑拿是想出身汗把体内的寒气逼出来，可在何天雯此刻看来，纯粹是借口。他是在销毁罪证。那晚的程翔实在太反常了。虽然何天雯不敢确定那天程翔散步时戴帽子了没有，但这并不重要，帽子和口罩他一定早就准备好了，路线和场地也是反复侦察过的，那个时间那个地方基本没人会去，只需要不多的一点时间就解决问题了，说不定得手后程翔如法炮制又有了第二次第三次。天哪，太可怕了。

何天雯完全被自己的推断吓着了，一屁股坐在了椅子上。她仿佛一下子想起了很多细节，而这些细节都在论证着这个推断的正确性。比如让程翔深恶痛绝的被他称之为“交规”的过性生活必须戴安全套。在无数次抱怨“戴着安全套做爱就像穿着雨衣洗澡般不爽”之后，程翔曾经说过类似于“总有一天找个人彻底爽一把”的赌气话。何天雯想，在程翔的潜意识里，肯定渴望着没有安全套的性生活。他一直在找这么一个机会，他找啊找啊，终于找到了。

那是个什么样的女孩？她当时反抗了吗？事后想过要告诉家人或朋友

吗？她是怎么被强奸的？那座洗浴城废弃已久，里面是怎么一幅景象呢？何天雯猛然站了起来，她不能再待在家里胡思乱想了，她决定要去那里看看。

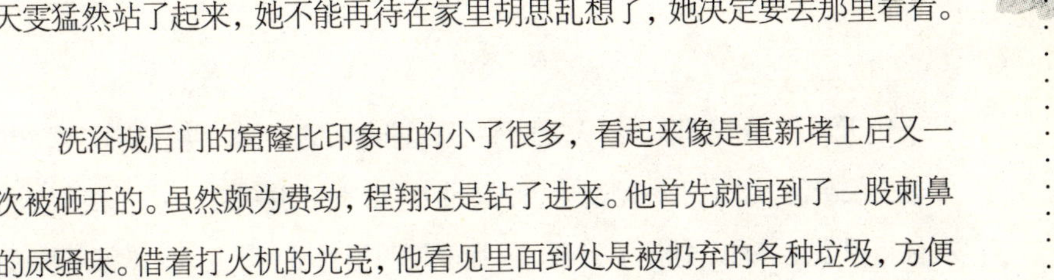

洗浴城后门的窟窿比印象中的小了很多，看起来像是重新堵上后又一次被砸开的。虽然颇为费劲，程翔还是钻了进来。他首先就闻到了一股刺鼻的尿骚味。借着打火机的光亮，他看见里面到处是被扔弃的各种垃圾，方便面的包装袋，碎碗，破袜子，朝南的那面墙有一大块被烟熏的痕迹，说明曾经有人在这儿住过。

打火机有些烧手，只得灭了。程翔站在黑暗里一边吹着发烫的拇指一边小心翼翼地移动着脚步。这个足有一百五十平方米的地方原先大概是个大厅，他记得上次和何天雯一起经过这里他探身往里看时，里面还堆着一些水泥包什么的，没现在这么脏乱，而且在大厅中央竖着一尊少女沐浴造型的雕塑，白色的，尽管只是粗粗地看了一眼，但少女莹润细腻的后背还是给程翔留下了深刻的印象。

重新打着火之后，程翔在脚边发现了一只安全套，他以为自己看错了，弯腰凑近一看，没错，是一只用过的安全套，尺寸应该和他的一样，中号。他奶奶的，程翔一脚踩在上面，使劲碾了碾。如此看来，不只是那个强奸者，还有别的人在这里快活过。那是一些什么样的人？他们是因为没地方可去，还是来这个破烂肮脏的地方寻求别样的刺激？在这个连脚都下不去的地方，他们是如何完成他们的快活之旅的？

又一次站在黑暗里的程翔感觉自己的思维异常活跃，身体也随之有了反应。他想到了那个女孩，她才十七岁，花一样的年龄啊，饱满，鲜活，对程翔而言，别说尝试了，他连想都不敢想，而那个男人却在这里占有了她的身体。

程翔逐字逐句地回忆着那则报道，绒线帽，口罩，这两样他都有，文中提到的那个男人三四十岁，中等身材，偏胖，这些也都跟他相仿。还有什么？让我想想。

走近后门那个窟窿，何天雯听到了一种奇怪的声音，像是喘气声，也像是在倒吸冷气，似乎离她很近，却又带着空旷的回声，所以听起来就像是从音箱里发出来的。她停了下来，紧张地朝四周看了看，没人。她很后悔没带手电筒。不过她马上就意识到声音是从建筑物内传出来的。她没敢马上就把头伸进去，而是猫着腰尽可能把脸贴在窟窿口，一点儿一点儿往里探。

黑暗里有人背对洞口站着，身体怕冷似的颤抖着，幅度不大，节奏很快，并且还在加快，同时声音也越来越急促，似乎被人扼住了咽喉已濒临窒息。何天雯已经反应过来是怎么回事了。她本就狂跳的心脏这会儿更是让她感觉随时会破胸而出。她的呼吸也变得困难起来，并且浑身发热，尤其是脑袋，好像全身的血液都涌向了那里。她一只手扶着洞口，另一只手用力捂着自己的胸口。

在适应了里面的黑暗之后，那个抖动着的轮廓在何天雯眼睛里变得清楚了一点，令她感到意外的是里面只有一个人。

何天雯几乎是一路狂奔着回的家。程翔还没回来。他当然还没回来。何天雯坐在沙发上喘了半天，脑子一片混乱。那个在黑暗里伴随着喘息声的动作反复在她眼前晃动着，看不分明但又分明知道是谁。不会错的，最后那一声破喉而出的长吟她实在太熟悉了。

其实就在去洗浴城的路上，何天雯还是对自己的猜测做着谨慎的质疑。离洗浴城越近，她越怀疑自己的判断。不该是那样的。她太了解这个男人了，懦弱，无能，从来就没干出过像样的事，不出意外的话，也永远干不出像样的事。而现在一切怀疑都落到了实处。真是知人知面不知心啊。

有脚步声在往楼上来。何天雯赶紧打开电视，坐回到沙发上，并把电视的声音关掉。脚步声迟缓，沉重，好像非常疲惫。对，他应该累了。脚步声在何天雯家门口停了下来，然后就没了下文，足有一分钟，既不敲门，也没有钥匙的声音。何天雯蹑手蹑脚走到门口，凑着猫眼往外看，只见程翔耷拉着脑袋站在门口，似乎还没想好到底进不进来。

“你干什么去了？”

正弯腰换鞋的程翔抬头快速瞥了一眼沙发上的何天雯，什么意思？

“我问你干什么去了？”

“散步啊。还能干什么。”

“散了一个半小时的步？”

换了拖鞋的程翔没有接何天雯的话直接进了卫生间，而且锁上了门，很快从里面传出了水流声。何天雯噌地从沙发上站了起来，受了刺激般冲到卫生间门口，握紧拳头朝门上捶了一记，咆哮道：“你给我出来。”说着又是一通乱捶。里面的水声停了，程翔怒呵了一句：“你发什么神经？”

“这个时间洗什么澡？”

“怎么，这个时间不能洗澡吗？”

程翔打开了一条门缝，但用身体抵着。何天雯使劲推了几下没能推开。

“你以为你洗洗就干净了？”

程翔愣了一下，随即有些不自然，他强装镇静地盯着何天雯的眼睛，“我听不懂你在说什么。你到底想干什么？”

“我不想干什么，我有什么好干的，我只是想问你吃完饭下楼后都干了些什么，不只是今天，还有昨天，前天，上个月，再上个月，再上上个月，你每天像那么回事地下楼去散步，可实际上你都去干了些什么？你告诉我，你说实话，你今天必须说实话，否则我不会放过你的，你说，你说。”

门一下子被推开了，程翔没有设防，不禁后退了一步。他浑身裸露透湿，半张着嘴，用那种难以置信的表情看着胡乱挥动着手臂歇斯底里在叫喊的何天雯。一串水珠从程翔的下巴流了下来滴落到他突出的小腹上，短暂地停顿了一下，又滚了下去。一阵厌恶由何天雯心底升起，它出现得是那么突然并且来势汹涌，何天雯忽然什么也不想说了。

考虑再三，何天雯认为还是使用路边的投币电话最为合适。正是上班上学的高峰时段，车来人往，大家都是一副火急火燎赶时间的样子。平常何天雯也是他们中的一员。不过此刻这番情景看在何天雯眼里跟没看见一样，她头昏脑涨地寻着电话亭而去。

昨晚何天雯基本上一夜没睡。前半夜是听程翔坦白强奸女孩的经过，是他主动要求说的，何天雯不想听都不行。他就像是一个喝多了还要喝你不让他喝就跟你闹的酒鬼，显得非常亢奋。他说："既然你怀疑到了，那我也就不瞒你了，是我干的，的确是我干的，没想到吧？"程翔说得极其详细，声情并茂。刚开始说时，他还有些忸怩，放不太开，时不时停下来观察一下何天雯的反应，但说着说着，他完全沉浸到了大半年前的那个傍晚。有那么一会儿，何天雯甚至在他脸上看到了意满志得。那一瞬间，何天雯觉得自己其实并不认识这个男人。后半夜，何天雯在床上翻来覆去地，根本睡不着，程翔说的那些细节和她自己看到的那一幕电影一样在她眼前循环播放着。天快亮的时候，她决定了，给公安局打匿名电话告发。不过早晨起来时她又有些犹豫，这个电话可能意味着程翔的后半辈子将在监狱里度过了。

已经一连经过三个电话亭了，何天雯都没有停下脚步，而下一个电话亭又在眼前了。她实在不满意自己的迟疑不决，索性走到离路边远一点的沿街商店的台阶上，站定。她深深地呼了口气，也许自己还需要酝酿一下怨恨愤怒的情绪。

“咳，真是的。”有个声音在何天雯右首说道。声音不响，但那种怪怨的语气好像是针对此刻的何天雯发出的。何天雯吃了一惊，转过脸去。一个七十多岁的老头正对着一张报纸在感叹。他似乎并没有意识到何天雯在看他，或者故意装作不知道。他继续看他的报纸。过了一会儿，他又感慨了一句：“真是的！”这一次他加重了语气，同时把脸对着何天雯，很显然是在和她说话。何天雯并不想搭他的腔，只是很淡地看了他一眼。

“看今天的日报了吗？”老头并不介意何天雯的态度，他的脸上堆砌着友善甚至讨好的笑容。因为是一下子堆上去的，多少有些唐突，给人不怀好意的感觉。

何天雯摇摇头，正想说她不爱看报，老头已经把手中的报纸递到了她眼前，一根手指哆哆嗦嗦地点着上面的一个标题，“你看，你看，这个社会现在成什么样了！”何天雯被迫扫了一眼。在版面的右下角，有一篇题为“七旬老太被狠心子女遗弃在外地火车站”的文章，大概五百来字，面积比我们常吃的五香豆腐干大一点，但也就一点。正要把目光移开，另一个粗体黑字的标题进入了何天雯的眼帘：

花季少女被奸致孕警方全力追查

疑点陡生巧询妙探原是弥天大谎

何天雯一把抓过报纸。这则报道足足占了有四分之三个版面，她跳过对昨天报道的回溯：

……随着警方调查的深入，出现了很多疑点，女孩的叙述中有着许多明显的自相矛盾的地方。在警方的耐心开导和说服下，她终于承认根本没有什么强奸，肚子里的孩子是她和同班的一个男生偷食禁果的结果……

老头凑过来，指着报纸的下方："是这儿，我让你看的是这儿。"何天雯拨开老头的手并且转过身去背对着他继续往下看，然而老头那只长着老年斑的手坚决地伸了过来，"是这儿，下面，我让你看的是这儿。"何天雯往旁边走了两步，老头有些不乐意了，跟过来，"喂，你这个女同志。"

何天雯捧着报纸疾步走了起来。老头跟在后面。他跟得很紧，手一撩一撩的想要抓住何天雯。有一次已经搭到了何天雯的肩膀上，被她一抖胳膊，甩开了。老头急了，就像被同伴抢了玩具的小孩似的嚷着："还给我，把报纸还给我。"何天雯越走越快，后来干脆奔跑了起来。她也不知道为什么要跑，跑起来后就更不知道了。

向黄昏

午饭后，老童照例靠在客厅的沙发上听着《午间书场》打个盹。陈菊花有午睡的习惯，同时还有神经衰弱的毛病，常年睡眠不好，所以每一回睡觉她都搞得很郑重其事，拉窗帘、铺床、烫脚，程序一样都不能少。

迷迷糊糊快要睡着时，陈菊花感觉老童爬上了床。她猛然睁开眼，只见老童脱得只剩下棉毛衫和短裤，双膝跪在床沿，正伸手过来掀她的被角。老童的手冰凉冰凉的，还湿漉漉的。厌烦从陈菊花心里油然而生，干什么，你？她一把从老童手里扯回被子，掖掖好，身体往里床缩了缩。

老童并不回答，面无表情地又把手伸了过来。陈菊花蜷着身子，被子裹得紧紧的，露出一张面色暗淡的脸。不知为什么，老童想到了他常吃的早点，面饼包油条，也叫荷叶包死人。

拉不开被头，老童就去拉被脚，可完全找不到下手的地方。陈菊花把自己裹成了一只粽子。老童转而又去拉被头，还是没门。他试图从被窝卷的中间打开突破口，然而被子和陈菊花的身体一样僵硬。最后，借助床垫的弹性，老童将左手从被窝和床之间插进了被窝。

进去后，老童感觉到了温暖和湿润，这里面完全是另外一个季节。他暗中观察着陈菊花的反应，后者似乎并未察觉到他进来了。老童多少有点得意这次突袭的成功，那只手谨慎地沿着床面一点一点往前挪动着，从位置上判断，这里应该是陈菊花身体的中间部分。

有那么一会儿，老童觉得陈菊花也在耐心地等待着他下一步的动作。在这方面，陈菊花从来就是个被动者。老童的左手现在就是个负责侦察的排头兵，这只手从来都没有像此刻这样被委以重任过，它因此难免有些紧张。它小心翼翼地匍匐前进着，一点一点，它碰到了一个绵软的障碍物，它的主人正在想这是敌人的哪个部位，整个被窝卷剧烈地一抖，然后它就被一个硬邦邦的东西坚决地顶了出来。

“大白天的，你发什么神经？”陈菊花怒目圆睁，斥责道。

老童的脸涨红了，一绺花白的头发耷拉在前额，使他看起来有些狼狈。出于自尊，老童继续着手上的动作，同时犹豫着是否该结束这件已经变得越来越没有意思的事。

而陈菊花那头，尽管身体做着抵抗，心里却迟疑着是不是放弃，因为上个礼拜，她已经拒绝过老童一次了。她觉得老童马上就要恼羞成怒了。老童有高血压，陈菊花最怕看到他脸红，她想老童要再坚决一点，她的放弃也就显得自然了。

对峙的局面就这么形成了，在这个安静的午后，两人的呼吸声被放大了般地粗重。

老童又一次把手伸进了被窝，陈菊花往里床一个翻身，老童的手就暴露在了外面，它干巴巴的，而且青筋毕露，出现在床上仿佛是个意外。它只能跟着往里床去，连老童都能感觉到自己的动作生硬而勉强。陈菊花已经退缩到了床边。她已经无路可退了。

突然间，老童就收回了手，颓然地长吁了一口气。下床穿拖鞋的时候，老童遇到了一点麻烦，一只拖鞋底朝天远远地斜躺在大衣橱那边。他穿着另一只拖鞋一颠一颠过去，一手扶着衣橱，打算用那只光脚的大脚趾去翻拖鞋，翻了两次都没成功，情急之下，他干脆把脚上的那只拖鞋也踢掉了，光着两只脚走出了卧室。

足有五分钟的时间，客厅里一点声音也没有，陈菊花支着耳朵，耳边还回响着刚才卧室门被狠狠摔上的声音。她看了一眼床头柜上的闹钟，快两点了。下午的时间，老童雷打不动地是交给街心花园的，那里有他的聊友，看他那劲头，兴许还有个把勾着他魂的女人。

大门打开了，然后又关上了，接着是重重的下楼的脚步声。那动静，说明老童恼火极了。

和陈菊花想的一样，老童去了街心花园，否则，他还能干吗呢？

三年前，老童是背着手走进这个街心花园的。虽然在退休之前，他仅仅是个车间副主任，手下管着二十来号人，而在他上头，却有三十多号人可以对他指手画脚。退休，在老童看来就是再不用看谁的脸色，再不用赶着点儿去上班，他终于可以领导自己的身体和时间了。不过，真退下来，老童一时还真不知道该如何处置这身体和时间。经邻居提醒，他来到了街心公园。他东走走，西瞧瞧，竟然没有人答理他。察言观色了大半辈子的老童迅速地看清了形势，调整了心态，两只手悄悄地从背后移到了身体两侧。

街心花园里的常客基本就是那些老面孔，按照年龄、兴趣、曾经的社会身份自觉地分成几个圈子，大家各有各的活动天地和活动主题。

那些七老八十腿脚不便的，固定地坐在一个地方，也不太说话，努着嘴，眼神空洞，偶尔眼睛一亮是因为有那么一个女人在他们视野里经过。时间的长河在那一刻起了一点波澜。到了他们这个年纪，还能在外面走动的女人在他们眼里都是年轻的。换句话说，一个男人，看谁都觉得年轻，那说明他老了。这些老人凑在一起更像是在取暖。

公园里最大的那块空地是女同志们的领地。她们一早一晚在这里跳两场健身舞。当她们舞蹈起来的时候，整个公园都有了生气。她们显然清楚这一点，所以跳得很卖力。在这个几乎没有年轻女性的场合，她们顺利地找回了自信。她们的存在也是老年男同志们聚集在这里的原因之一。

最大的那个圈子人员最杂，流动性最大，也最热闹，就像是一个信息发布站，国内的、国外的、经济的、文化的，什么都说。反正谁都可以过来听上两耳朵，但也就听听，因为主角就那么几个，都站在内圈。其中有两个是坐惯了主席台的，虽然现在已经没有机会在台上发言了，可只要走到三人以上的公共场合依然有着强烈的发表个人意见的欲望。他们离休之前的主要工作就是开会、发言以及和人握手。现在环境和对象尽管变了，他们还是习惯背着手，挺着肚子，说不了几句话就会带出一两个手势，他们关心的依然是宏观的涉及政策调控方面的问题。年前，一度官居副市长的那个中风后，当区长的这个就成了眼下公园里曾拥有职务最高的。

这会儿，老区长正在就虚高不下的房价发表高见。老童也有满腹牢骚，不过一时半会儿还轮不到他说话。这时，老童忽然发现站在他身边的老范正在朝不远处使眼色。不用看，他都知道那是冲小赵去的。

小赵二十多年前和老范共过事，据说两人之间是有故事的。小赵后来的离婚，也和老范有着间接的关系。有好事者不止一次旁敲侧击地向老范打探过，均被当事人断然否认了。老范是个内向温和的人，在这件事上过于激烈的反应被大家理解为做贼心虚。而单身的小赵由此有了某种公共的想象。

小赵五十有五。年龄在这里有了重新的划分，四十多岁的是小年轻，五十多岁的尚年轻，六十来岁的正当年，七十以上才是老人。尚年轻的小赵有时候会把孙女带到这里来，男人们普遍对那个长着一对斗鸡眼的小女孩表现出过分的喜爱。大家心里都清楚，男人们与其说是在逗小孩，不如说是在逗颇有几分姿色的小赵。老童是不凑这个热闹的，他一般会把自己安排在外围，淡淡地看着这些跃跃欲试的男人，同时趁小赵不注意，使劲地看上她两眼。小赵似乎对木讷少言的老童很有几分好感，偶尔会主动和他说说话。老童分外珍惜，每逢此时，他总会搜肠刮肚地说出几句让小赵感动的话。

老范不知道是什么时候离开的，悄无声息。他是一个沉闷的人，极少主动开口说话，就是听别人说话也是一副心不在焉的样子，所以有人就猜测，老范每天来公园，既不是健身也不是打发时光，其实是为了掩人耳目地将这段婚外情进行到底。

老童下意识地扭头去找小赵，果不其然，她也不见了。老童本就低落的心情又一次滑落下去，他觉得没意思透了，于是返身出了公园。他也不知道要去哪儿，先出来了再说吧。

老童开门进来，还在床上躺着的陈菊花有些意外，随口问道："你怎么回来了？"陈菊花注意到老童没穿拖鞋。他的两只拖鞋还一东一西互不买账地在房间里躺着，就像她和老童的关系。

"怎么，我的家我不能回来？"老童板着个脸，径直走到衣橱前。

"我说你不能回了吗？真是的，你爱回不回。"

"那你还废什么话。"

"废话？你倒说两句不是废话的话让我听听，真是的，夫妻间有多少正经的事可以说，可不就是些日常的废话嘛。"

"夫妻？笑话，我们还是夫妻吗？"

平常俩人互不主动答理，因为不管说什么，说不了几句就会掐起来。陈菊花认为老童从骨子里是看不起自己的，没有文化，没有美貌，没有他认为的好脾气。结婚头二十年迫于她在事业上的成功和对这个家庭所作出的贡献，他低声下气地扮演着一个惧内的丈夫的角色，后来她退休了，他立码变了嘴脸，不但把家务活完全扔给了她，不到吃饭的时间，连家也不回。她一直怀疑老童在外面有人，但苦于没有证据。

老童蹲下，站起，一阵忙活，最后翻出一件厚毛衣，换下身上薄的那件。卧室的窗帘拉得严严实实的，陈菊花依稀听见外面起风了。

陈菊花明白老童指的是自己不和他过夫妻生活，难道过了夫妻生活就算是夫妻了？对陈菊花来说，这件事早就变得全无乐趣，甚至是一种负担。想想年轻时，他涎着个脸央求忙了一天累得动都不想动的她做这事时的样子，再看看他现在，真没见过这样的男人，做这种事还阴沉着个脸，仿佛她是一个没有生命的物件，好像是她反过来要求他做似的。老童根本就不顾及她的感受，就知道把自己的快乐建立在别人的痛苦之上。没错，这些年他就是这么对待她的。

什么少年夫妻老来伴，他们在一起更像是一对仇人。陈菊花无数次在电话里对两个孩子哭述，自己这一辈子活得太亏了。儿子总是默默地听着，末了，答上一句："你多保重，该吃吃，该喝喝，别舍不得。"儿子八年前了去新西兰，没多久就和当地的一个女人结了婚，不过好像过得并不好，陈菊花至今也没见过这个洋儿媳妇。有时候，她禁不住怀疑这个儿媳妇是否存在。女儿是个直肠子，一听她诉苦，反过来批评她作为一个妻子和母亲的失职。

女儿说得也有道理，以前自己的婚姻好像仅仅是事业的一个附属品，压根儿就没把那当回事，包括在孩子的成长上，她也没怎么操过心。可那都是因为工作，陈菊花在心里辩解说。

老童也退休后，女儿建议两人一起出去散散步、买买菜什么的。老童当时就答应得就比较勉强，一起出了几趟门，每一次都不欢而散。陈菊花明显地感觉到老童和她在一起不自在，明明是一起散步，两人却不平行，老童不是疾疾地走在她前面，就是落后十来步，似乎和她并排走是一件难为情的事。

去卫生间撒了泡尿后，老童走了。这回关门的声音不重，但也不轻。这时，陈菊花对着楼道里的脚步声把哽在喉咙口的话吐了出来："不是夫妻，不是夫妻那算是什么？"

刚才还有些阴沉的天，回一趟家的工夫，又放晴了。老童把外套扣到头的纽扣解开两颗。刚才扔给陈菊花的话让他感到非常解气，似乎自己回家就是为了把这一情绪发泄出来的。有时候，老童也反思自己是否过分了，可只要一想到陈菊花以前的样子，尤其是对待和他们一起生活的老童母亲的态度，他又认为自己现在的言行并不出格。自己现在这么做无非就是把以前她对自己和母亲的态度还给她。

早些年，陈菊花可是个厉害角色。六十年代末期，她顶替其母亲进了纺织厂，在随后的二十年里，她以平均四年一大步的速度从一名普通的纺织女工干到了副厂长，那是何等的风光啊。当年巷子里的那些老邻居至今记忆犹新，陈菊花每天风风火火地，早晨像一阵穿堂风似的穿过巷子赶着去厂里指挥四千来号工人，晚上回到家继续指挥家里的老老少少。他们说得好，这个陈菊花真是不得了，穿上风火轮简直就是哪吒嘛。而直到八十年代中期，老童都还只是个普通的工人，白天看班长的脸色，晚上看老婆的脸色。

角色的转换是在九十年代初期完成的，在企业关停并转的大潮中，陈菊花所在纺织厂关停了，她也被精简了下来，象征性地给了她一个留守副厂长的职务。为了表达怨怒的情绪，她打了请求内退的报告，没想到上级部门爽快地批准了。归根结底，还是文化水平不高，陈菊花是这么总结的，反正她算是吃了没有文化的亏了。

令老童没有想到的是，陈菊花内退之后，他的工作却有了起色。在不知不觉中，两人在家庭中的位置发生了换移。原先由老童承担的家务，名正言顺地转移到了陈菊花身上，老童在有了职务之后，慢慢地又有了脾气，有了嗓门。他和陈菊花在家庭中的地位有点像跷跷板，反正从来没有达到过平衡，因此他们的日子过不好。

快到公园的时候，老童一眼看见站在水果店门口和人说话的小赵。他的精神为之一振。小赵也看见他了，冲他招招手，并且说了一句什么。他没有马上过去，而是左右观察了一下，确定老范不在之后，他才走上前去。

快四点了，陈菊花从床上坐起来。在黄昏来临之前，她有两件事要做，拖地板和准备晚饭。下床后，她首先打开了电视。电视是她生活中唯一的娱乐。

退下来之后，陈菊花忽然发现，不工作她什么也没有了，她的快乐和痛苦、她的成就感，居然都和工作联系在一起。

也就是在陈菊花退下来的那一年，他们家搬到了这个小区。那正是陈菊花最委靡的时候，提了二十年的精、气、神突然泄了下来，并且一泻千里，她满肚子的委屈，看什么都不顺眼，可没人给她一句安抚的话，她甚至在老童和两个孩子的眼里看到了幸灾乐祸。当她指责老童对她不闻不问时，后者竟然振振有词地回敬她："在你向这个家庭索取的时候，你首先应该想想自己曾给过这个家庭什么。"

以前给的是不多，可那都是因为工作，工作。老童和孩子们的态度让陈菊花意识到自己对这个家的亏欠比原来以为的要多得多。她也做过努力，想缓和跟老童的关系，然而后者摆出一副一切都晚了的架势，并不打算接受也不稀罕她的补救。由此，她更认定了老童在外面有寄托。

这些年，除了每礼拜主动和待在老家由哥哥赡养的父亲打个电话，陈菊花差不多断了与所有人的联系。她最怕听到别人问她这些年过得怎么样，她不想接到那些日子过得比她好的人的电话，而过得不好的很少给她打电话，时间长了，她和外界几乎断了联系，越不联系还就越怕联系，久而久之，也就完全没了联系。

陈菊花很少下楼，她既不愿意和邻居打招呼，又不愿意回应别人的招呼，实在需要下楼，也是等天黑了。她知道在邻居们眼里，自己是个怪人。她还知道，就算邻居们不这样看她，老童也是这么介绍她的。

电视里正在播放《动物世界》。陈菊花懊恼地拍了一下自己的脑袋，怎么把这给忘了。她对动物不感兴趣，她喜欢的是画面背后赵忠祥那浑厚低沉的嗓音。每次看见赵忠祥从大大的眼睛和厚厚的眼袋中挤出来的慈祥的笑容，她都倍感亲切温暖。

《动物世界》节目，陈菊花是每期必看的。只是这些年赵忠祥露面的次数太少了，好几次，她琢磨着给中央电视台领导写封信，反映一个普通观众的收视要求。有时候她会对着屏幕上的赵忠祥说上几句心里话，当然是老童不在的时候。她觉得自己心里的苦也许赵忠祥能理解，也愿意理解。

拖完地板后陈菊花在椅子里坐了下来。所有房间的窗户都开着，地板上水渍未干，她有些木然地看着这块自己擦了十来年的地面，每天下午都擦一遍，就像早起洗脸一样，是程序化的，动作机械，基本无感觉。与此同时，陈菊花的脑子也进入了一种惯性的思维，那就是老童在干什么。

尽管早十来年，陈菊花就对自己说，这个人干什么和我无关，爱干什么就干什么吧，可只要闲下来，这个问题还是冷不丁会冒出来，还是困扰着她。

此时的老童正在超市里，他推着一辆购物车跟随在三个中老年妇女身后。老童总是对别人说，我老婆是个怪人，所以他更愿意和别人家的老婆一起逛街、聊天。

三个女人叽叽喳喳地品头论足着，不时停下步子来挑挑拣拣着两边货架上的商品。比起琳琅满目的商品，老童对前面的三个女同志更有兴趣。虽然她们的平均年龄已经超过五十了，然而她们是健康的，活泼的，温暖的。

如果非要他排出个一、二、三来，那小赵毫无疑问是那个第一。

到了五十五岁这个年龄，身材还能保持得这么好，不容易；为人热情、大方，不做作，对谁都客客气气的，不笑不说话，不容易；作为一个女人，得到了男人们普遍的喜爱，不容易；更不容易的是跟周围的女人们也相处得不错。老童颇为感慨地冲着小赵的后背点了点头，刚好小赵扭过脸来，关切地问："怎么啦？"老童连忙摆手："没事，没事。"

在小赵面前，老童始终竭力塑造着一个稳重得体的男人形象，从不主动打听她以前的生活，对她眼下的生活也保持着一定的距离。一句话，不做让小赵不舒服的事。当然，老童并不妄想和小赵有什么事，就这么不近不远地看着她，他已经感觉非常美好了。

再看家里那个陈菊花，浑身上下哪有一点女人样，不把自己当女人已经够成问题的了，更要命的是她还不把男人当男人。在外面指东画西惯了，家里人也成了她的手下，吆五喝六的。老童认为，一个女人当了领导，把权力使用得硬邦邦的，把自己搞得硬邦邦的，从本质上来说，她就已经不是女人了。

女儿一贯是同情老童的，他退休之前，女儿就有言在先，随时欢迎老童和她一起生活。有一次她甚至暗示他实在过不下去可以离婚，她的意思是做儿女的希望他把后半辈子过得快乐些。老童想好了，只要小赵还来这个公园活动，他就在自己家住下去。

不想了，不想了，老童摇了下头，摇完他看了一眼前面的小赵。

陈菊花起身走到窗前。楼下的小径上两只小狗在嬉戏，那是隔壁九号楼的那对老夫妻养的。搬到这个小区十三年了，陈菊花几乎每天黄昏都能看见这两口子挽着胳膊出来散步。看看别人的婚姻，再看看自己的，剥去穿了三十二年的婚姻的外衣，露出来的内里让陈菊花不忍细看。除了失望，还是失望，她一直在调整着期望值，直到再也不在老童身上寄托期望。

让陈菊花失望伤心的还有两个孩子，感情上和自己不亲不说，言行上从来都是毫无原则地站在父亲那一边的。尤其是女儿，往家里打电话，一听父亲不在，三言两语地就把电话挂了。陈菊花想好了，哪一天自己的父亲走了，她就离开老童，离开这个家，去老年公寓生活。

九号楼前的草坪上，一个老头在夕阳里坐着。只要天气不错，他每天都坐在那里，佝着背，拱着肩，身体和膝盖几乎合为一体，从陈菊花所在的三楼看过去，一点样子也没有。他坐在那里，却一点样子也没有。你能感觉到他老了，并且还在衰老下去。他时不时地把假牙从嘴里拿出来，看看，又塞回去。

我也会有这么一天的，陈菊花想，很快的。然后她想到了自己的八十三岁的老父亲，自己已经有三年没去看他了。想到父亲，陈菊花瞬间热泪盈眶。

不容自己多考虑，陈菊花收拾开了行李。她的心脏剧烈地跳动起来。她动作很快，像是怕自己又改变主意了。依稀中，她找到了十多年前接到一项重大的生产任务时的感觉，那个雷厉风行、干练果断的自己又回来了，那个日程安排得满满的、手里做着这件事脑子里已经在想着下一件事的自己又回来了。

陈菊花的心脏跳得更快了，都有点喘不上气来，她整个人被一种新鲜的将要开始新生活的冲动裹挟着，不允许她停下来多想，连换鞋、锁门和下楼的动作都是连贯的，一气呵成的。

下到楼底的时候，陈菊花深深地吸了口气，习惯性地眯起了眼睛抬头看了眼天空。光线并不如她以为的那么强烈，已经是黄昏了，白天就快要过去了，趁着夕阳的余晖，她迈开了步子。好了，上路了。

老童提着大包小包跟在三个谈笑风生的女人后面。女人聚在一起，就算上了年纪，还是叽叽喳喳的。分量最重的三个马甲袋，老童坚持由他来提着。小赵不时回过头来看他一眼，让老童觉得手里的分量也不是很重。另外，他认为小赵其实是想和他并排走的，只是碍于那两个女人。

此刻，心情愉悦的老童已经把午饭后那不愉快的半小时从这个黄昏里剔除掉了，就因为小赵那一句“没事的话，和我们一起去超市吧”，更因为小赵比平时多看了他两眼。

远远地，老童看见一个挺像陈菊花的女人朝他们这边过来。真是挺像陈菊花，那体态，那闷着头向前冲的架势。走近了，他发现连她手里提着的那只旅行包也像是他们家里的。她这是要去哪里？看见陈菊花，老童下意识地板起了脸。

陈菊花也看见他了，但只看了一眼，目光仅仅是从他脸上略过。老童诧异地看着陈菊花目光坚毅、面带微笑地朝这边过来，并且从自己身边走过去。她走得很急，似乎赶着要去做一件什么事。

老童不安地回过头去，他以为陈菊花也会回头，可她走得异常坚定，那个往西而去的背影让他觉得又熟悉又陌生。

走出去一段后，老童想，也许在擦肩而过的时候，自己应该叫住她，问问她这是要去干吗。

后 来

老刘打来电话说要请我坐坐。坐坐就是坐下来一起吃个饭、喝个茶的意思，当然也可以引申出别的活动。总之，就是他要请我消费。我最近应老婆的要求正在减肥，所以不太想去坐。另外，每次和老刘一起吃饭，他总是电话不断，而他的口头禅又总是，没什么事就过来一起吃吧，所以我和老刘一起吃饭的过程经常变成跟熟悉或不熟悉的人握手的过程。早些年，这样的邀请我几乎有邀必赴，那意味着我不用找地方吃饭了，不用一个人打发漫漫长夜了。现在年龄大了，逐渐对集体活动失去了热情。当然，更主要的原因是老婆孩子也在家里等着和我过集体生活。

老刘是我朋友中为数不多的有钱人，难能可贵的是他有钱但不吝啬。因此朋友们都很喜欢他，有活动从来不忘拉上他。虽然钱在老刘口袋里，但从他口袋里把钱掏出来要比从老婆那儿掏出来容易得多。说实话，大多数朋友有意无意地已经习惯把老刘的钱当成自己的钱，在需要买单的时候首先想到的就是老刘。

再一次委婉地拒绝老刘之后，我能听出他声音中的不悦，他说："怎么，有了老婆就不要弟兄了？"我赶紧解释这一段在节食，不敢放开吃，对我这种意志薄弱的人来说，坐在一堆吃得热火朝天的人中间，实在是件残忍的事。老刘说这好办，那我们就去吃吃了跟没吃一样的日本料理。我还能说什么呢？再回绝就显得矫情了，就没劲了。

下班之后，我按照王馨的嘱咐去幼儿园接豆豆，然后送到她姑妈家。她姑妈一直没有生育，王馨五岁时由奶奶做主在口头上过继给了他们，虽然没有改口，但他们在心里是把王馨当女儿的。现在王馨有了下一代，他们更是宝贝得不行，每逢周五，一定要把孩子接过去住一晚。

如果不是和老刘约好了晚上一起坐坐，我一般会让豆豆在幼儿园的游乐设施上再玩一会儿，而我气定神闲地在一旁踱着步子，貌似随意地看着园里，嘴里时不时还催促上一句："儿子，差不多了吧。"我当然不希望他走，就这么他玩他的我看我的，各得其所。他们园里的老师普遍很年轻，朝气蓬勃的，看着就赏心悦目。尤其是豆豆他们班的龚老师更是甜美靓丽，一笑就露出两颗俏皮的虎牙。看得出来孩子们很喜欢她，男家长就更不用说了。有事没事地都寻机和龚老师说上几句，好像特别关心孩子的成长似的。有时候，当一个家长和龚老师说话，别的家长就耐心地有秩序地在一边等待，如同是等着看专家门诊一样。我从不往前凑，对我来说，远远地看上一眼，已经是一件快乐的事了。

我对豆豆说："我们得快点了，因为爸爸晚上有事。""你能有什么事？"他的语气是轻蔑的不屑的，完全就是他妈平常对我说话的语气。这小子从来就是和他妈一拨的，我再怎么收买他笼络他，他仍然几乎无原则地站在他妈那一边。我说："你老爸晚上有一个约会。""是和一个女人吗？""不是。""那怎么能叫约会？一个男人和一个女人说好见面才能叫约会。"

刚拐上人民路，天就下起了雨，雨滴不算大，但细细密密的。路上的行人都加快了脚步，有的干脆跑了起来。我抱着豆豆，一只手按在他头顶上替他挡雨，边走边留意着有没有空的出租车。

“舅舅。”豆豆突然兴奋地尖叫道，同时手指着马路对面的人行道。只见在快速交叉行动着的行人中，一个瘦瘦高高的男子低着头若有所思地慢慢往前走着。

我的这个小舅子是个奇怪的人，写过诗画过画，一度混迹于北京，后来生了一场大病，病愈之后回到了家乡，彻底地不写也不画了，连谈都不谈，并且和过去的同道之人也都断了来往，好像是打定主意要和过去的生活决裂。家里人帮着找过几份工作，但没有一次做得长的，所以他经常处于待业的状态。家里人还发动亲友帮着介绍过几个女朋友，一个都没谈成功，所以他还经常处于失恋的状态。没事做没朋友可谈的时候，他就在街上闲逛，逛累了则回家睡觉。对于我的岳父岳母来说，儿子能像个正常的人一样生活，他们也就满足了。但依我看，我的小舅子压根儿就没打算正常地生活。

豆豆又叫了一声。有几个路人顺着他手指的方向看过去。而那个男人依旧埋首走在自己的节奏里，全然没有反应。他的头发湿透了，耷拉在头皮上，看起来有些颓废，还有些落寞。

送完豆豆出来，我撑着姑妈随手递给我的印有“中国人寿保险”字样的广告伞走了足有十分钟也没打上车。雨大了起来，雨滴落在伞面上能清楚地听见嘭嘭的声音。我的鞋面湿了一半，我觉得自己本就不多的吃饭的热情也随之去了一半。

我在沿街一家蛋糕房门口停了下来。我不想走了，哪怕雨此刻停了，我也不想走了。我对自己说老刘是我朋友中为数不多的有钱人，这没错，但对于老刘而言，我只是他为数众多的没钱的朋友中的一个，所以我对他来说是可有可无的，我不去也会有别人去的，照样高朋满座，照样觥筹交错。我进一步想，老刘每天都和有钱人一起吃饭，他吃烦了，所以找像我这样没钱的换换口味。这么一想，我就更觉得没必要去了。我掏出电话来，正要给老刘打电话,两个男人合撑着一把伞从我面前走过去,其中一个男人在大声地说着什么,语调激烈,并且夹杂着幅度很大的肢体语言。直到他们走出去一大段,我才意识到其中一个男人是我的小舅子。

我到松子的时候是七点零五分,比约定的时间晚了五分,不过老刘还没有到。我刚坐定,手机响了。

"是我,你在哪儿?"

"在松子,昨天不是跟你说了吗,和老刘约好了在这里吃饭,有事吗?"

"哦,没事,豆豆送过去了?"

电话那头当地响了一下,声音不大,很悦耳,还带着轻微的回音,有点像我小时候家里用的那只"三五"牌台钟到点时的敲击声。

"咦,什么声音?"

"没什么声音呀。问你呢,豆豆送过去了没有?"

"送过去了,当然送过去了。对了,你下班时淋雨了吧?"

"没有,我早晨带伞了。你什么时候回来?"

"吃完就回来。其实我并不太想来,你不知道……"

"行啦,"王馨颇不耐烦地打断道,"都已经答应人家了,还说这个,好了,我挂了。"然后不由分说地就挂断了电话。碍于穿和服的服务小姐正跪在我旁边布置餐具,我继续对着电话又说了一阵并且客气地道了再见才挂断。小姐笑容可掬地后退到门口,拉上移门的一瞬间,她的嘴角使劲抿了一下,仿佛是为了克制住就要溢出的笑容。她为什么要强忍着笑容?她在笑什么?难道她察觉出了刚才我对着电话是在自说自话?真受不了王馨的自以为是,尤其是她那种不容置疑的语气,好像她永远都是正确的。妈的,我的火一下子就蹿了上来,不光是因为那个生硬的挂断电话的咔嚓声。在我和她的生活中,一贯都是以她为主,我若坚持自己的意见,只会自讨没趣。就说昨天晚上，我想和她亲热，可她一上床就背对着我，紧紧地捂着毛巾被，摆出一副“请勿打扰”的样子，我几次试探性地伸过手去都被她狠狠地拍掉了。她说：“今天不行，我困了，睡觉。”对了，就是那种该死的不容置疑的语气，

“你为什么把电话挂了？”电话接通后，我又有些后悔了，我已经想象到了王馨发火的样子，但我还是硬着头皮用我自认为严厉的口气质问道。

“话说完了当然挂了。”她很意外，似乎还有点好奇，不仅是对我把电话回拨过去，还有我说话的语气。

“可是我还没说完呢。”

“你还要说什么？”

“我看见小弟了，在送豆豆去你姑妈家的路上。”

“那又怎么啦，他不是成天在外面瞎逛嘛。”

“当时下着雨，别人都跑着找地方躲雨，可他却慢悠悠地好像在雨里散步。”

“这也没什么好奇怪的，他就那副德行，你又不是不知道。”

“可是我后来又看见他了。”

“后来？哎，我说，要不等回来再说吧。”

“怎么，你有事？”

“事倒没事，可你说的又不是什么急事，非得在电话里说。”

“老刘还没来，我一个人在这儿闲得无聊。”

我以为她会不容置疑地说，不行，然后再一次咔嚓把电话挂了，但是没有，她居然说：“你要想说就说吧。”尽管口气里有着毫不掩饰的不耐烦，然而她确实对我说，你要想说就说吧。

有音乐声传过来，是一首非常耳熟的流行歌曲，但随即变成了新闻播报，又变成了奶声奶气的童音，它不断地变化着，越变越快，几乎捕捉不到具体的能够听清楚的声音，最后停留在了股市行情分析上。

“你把电视打开了？”

“哦，躺在床上接电话，反正眼睛也是闲着，你说，小弟后来又怎么了。”

“从你姑妈家出来雨越下越大，我走了半天愣是打不到车，我都有些不想去了，就在路边停了下来，打算给老刘打电话，他要不是特别坚持我就不去了。这时看见小弟和一个男人走了过来，不对不对，是他们从我身边走过去后我才发现两个人中有一个是小弟。他们在吵架，就算不是吵架也是在争论，小弟的声音很大，说的是普通话，说明那个男人不是本地人。我当时真的很好奇，想也没想就跟了上去。”

“等等，那个男人长什么样？”

“人很瘦小，穿着和你弟弟是一个风格，不男不女的，衣服和裤子都是那种灰不拉叽的颜色，像是旧货摊上淘来的，算是嬉皮风格吧。什么？有多大？他看上去比小弟年轻得多，可能是瘦小的缘故，猛一眼看过去就像个中学生，实际年龄估计也就二十二三岁吧。这不重要，你听我往下说，他们沿着白水街走到和东风路交叉的路口时拉扯了起来，好像是在直走还是拐弯的问题上发生了分歧，都想让对方跟自己走。突然那个人把伞塞给小弟，自己朝东风路的方向跑去，而小弟站在那儿有些发懵。我犹豫着是不是上去和他打个招呼，不过想想还是算了。”

电话那头一连串的窸窸窣窣的声音，王馨大概翻了个身。

“我想看看他接下来会怎么样，说心里话，我真的不知道你弟弟一天到晚在外面做什么，你难道就不好奇？”

“好奇的，怎么不好奇？”

“过了一会儿，可能有半分钟的时间吧，小弟穿过斑马线继续往前走。一开始他走得很快，路也不看，我眼看着他踩了几个水塘，他自己好像并没感觉到。这样走了有五百米后速度慢了下来，并且越走越慢。我还正想他是不是改主意了，忽然，他就掉头朝我走过来。妈的，吓了我一身冷汗，以为他发现我了呢，亏得有伞挡着。他从我身边过去的时候，我听见他嘴里'操'啊'操'地骂着，然后一路小跑着往东风路的方向去了。不用猜也知道他是去找那个男人了。跑了顶多顶多也就三百米，你猜怎么着，那个男人也返回来了，也是一路小跑，到了小弟跟前，一句话没说，抬手就给了他一巴掌。我完全看傻了。"

王馨又换台了，她似乎一直也没找到想看的节目。电话那头又当地响了一下，真的与我记忆中"三五"牌台钟的敲击声很像，接着迸发出一阵嘈杂的欢呼声，黄健翔激情洋溢地说着，这个进球有百分之五十的功劳要归功于小罗飘忽不定的跑位，他至少吸引了对方两名防守队员。我猛然意识这是一场正在直播着的足球比赛。

"怎么，你在看球赛？"

"哦，没有看，正好转到这儿。你接着说啊，后来怎么样了？"

话筒里传来了音乐声，好像又转回到了一开始的那个频道。

"小弟也被打傻了，他和那个人就那么站着，面对面的。那个人差不多湿透了，脸上都是水。我不敢离他们太近，不过还是能看见那个人的身体在颤抖，表情非常奇怪，说不清是愤怒还是委屈。你不知道我那会儿的感受，一个男人这样，真让人看不下去。"

"小弟是什么表情？"

"他背对着我，看不见他的脸。"

"后来呢？"

服务小姐拿着菜单进来了，看见我在打电话，欠着身子立即要往外退。我冲她一招手，示意她到我跟前来。我一边问电话那头的王馨"我说话你听得见吗"，一边故意把电话往小姐的耳边靠了靠，我只是想告诉她我确实是在跟人通话，她先前的判断是错误的。

“过会儿，等人来齐了再点。”

“什么？”

“是跟小姐说话，她问我点不点菜。”

“妈的，真不应该过来的，都七点二十了，老刘这家伙还没来。”

“应该快了吧，也许已经在路上了。他说话一向挺守信用的。”

“是吗？我怎么不觉得。”

王馨“哎哟”了一声。

“你怎么啦？”

“没什么，那个，刚才翻身的时候扭着腰了，没什么的，你接着说。”王馨倒吸了一口气，看起来疼得不轻。

“真的没事？”

“没事，没事，你接着说。”

“后来小弟把伞举到了那人头顶给他撑着，也没说话，俩人就往东风路上去了。他们好像没事了，好像一巴掌就把事情给解决了。我在后面看见小弟还把手搭在那人的肩膀上，很亲密的样子，虽然觉得有些别扭，但我当时并没多想。可是走着走着不对劲了，那个人竟然伸过手来搂住了小弟的腰，还把头歪在小弟的肩头。我只觉得自己心里咯噔一下，完全没想到会这样，太吃惊了，我当时就想给你打电话。我对自己说，真没想到，小弟原来是个‘同志’，怪不得一直没有女朋友，给他介绍了也不好好谈。喂，王馨，你在听吗？”

“在听，在听。”

“怎么一点反应也没有，你难道不吃惊？”

“我在想这怎么可能呢。”

“是啊，我简直不敢相信我的眼睛。你们家小弟虽然平常行为怪异，但说实话，我从未往这方面去想过他，总觉得搞艺术的嘛，就该不修边幅的吊儿浪荡的跟正常人不一样的。我甚至暗地里想过他是不是那方面不行，所以不敢和女孩深入交往，哪会往这方面想啊？做梦也想不到原来他是这样的。”

“再后来呢？”

“后来就更过分了，俩人越搂越紧，都快绞到一块儿了。他们根本不管路上行人的眼光，三步一吻五步一啃的，我真怕他们起性了当街就干开了。还好，他们可能走累了，进了一家茶餐厅。”

我卖关子似的停顿了一下，等待着王馨的反应，等待她往下追问。可电话里只有音乐声，仔细听，依稀还夹杂着粗重的很不均匀的呼吸声。

“你在看什么节目？”

“中央三套，那英的歌。”

“是吗？听着有些奇怪。你能不能把声音关小一点，”

“你说你的，我听着呢，不影响的。”

“那个时候我已经想好了，不去吃老刘的饭了。我要在门口等到他们吃完出来，然后看他们去哪儿。你去过丰宁路上的那个茶餐厅吗？卡夫卡，就是和那个很有名的外国作家同名的那一家，就在路西的那一侧，它旁边有一家华联超市，我们还在那儿买过一只炒锅，苏泊尔的，想起来了吧？卡夫卡沿马路的那面是整幕的玻璃墙，我站在外面可以清楚地看见他们。

“俩人进去后直接走到了最里面的角落里，小弟刚好背对着外面。他们可能是要了两份套餐，连餐单都没看就把服务员给打发走了。他们是面对面坐着的，可是两只脑袋凑得很近，从我站着的那个角度看过去就像是连在一起的。我看不见他们的下半身，我猜下面肯定有小动作。

“也不知道是因为那滴滴答答的雨声还是被他们的黏糊劲给刺激的，我忽然想尿。我左右看了看，还真不晓得这一片哪儿有公厕。卡夫卡里面肯定有，但不吃东西进去尿一泡就出来总归不太好意思。可越憋还越想尿，你不知道，我当时站在那里，觉得滑稽死了，那两个家伙在里面毫无顾忌地又摸又啃的，马上还有美食进肚，而我饿着肚子憋着一泡尿站在外面，你不觉得滑稽吗？喂，王馨，你在听吗？什么？你说什么？你的声音怎么那么轻啊，你把话筒凑近些。”

“好了，我的胳膊都酸了，回来再说吧。”

“快到高潮了，你听我说完，马上就完了。后来我实在憋不住了，只能进去尿。我一进去服务生当然上来问我预定了没有，还好是个小伙子，我装作镇定地冲他摆摆手，然后压低嗓门问道：‘请问洗手间在哪儿？’他一愣，没想到我会这么回答他。他问我：‘先生，请问预定了没有？’而我回答他：‘请问洗手间在哪儿？’像不像接头暗号？最起码我当时的口气很像。我跟着他往洗手间去的时候，能感觉到自己走路的样子都不正常了，两条腿……”

电话里传来了嘟嘟的忙音。我连着喂了几声，显然，王馨把电话挂了。正眉飞色舞讲述着的我就像欢快奔驰着的马儿猛地被勒住了缰绳，一下子无法从这一意外的事故中回过神来，整个人尚处于一种亢奋的叙述状态里。我真想像马儿一样仰着脖子嘶鸣两声，但最后我也只是摩挲着手中微微发热的手机，对自己说：“算了，她早就不耐烦了，她能听你说这么久已经是个意外了，再把电话打过去，她非发怒不行。”

可是，老刘怎么还不来，已经七点二十五了。这家伙搞什么名堂，有事迟到也应该打个电话。我立刻调出老刘的号码打了过去。

老刘进来后一边用小毛巾擦手一边像一个日理万机但平易近人的大人物般问道：“怎么，最近在减肥？”我还沉浸在被王馨挂断电话的不快里，说不清楚为什么，反正就是觉得不痛快，心里憋屈。老刘递了一根烟过来。我说：“不抽了，有你这个烟鬼在，我还用自己抽。”老刘嘿嘿地笑着自己点上了。我突然感到有什么东西在我脑海里闪了一下，它的出现和离去同样地迅捷，因而难以捕捉，同时我的心脏痉挛般抽搐了一下。我有些紧张地环顾四周，没什么异常的。

老刘点完菜后又要了一盒烟，七星。从我认识他的那一天起，他就抽七星。他一贯表现得非常怀旧。他说自己认定了的东西一般不轻易改变。二十年前，他在日本待过几年，从此就只抽七星了。上个月我们在一起吃饭，有朋友还劝老刘，大家都在抵制日货，你也该换换烟了。老刘直摇头，说："算了吧，我们在座的谁也避免不了使用日货，就算你白天不用，晚上也会用，就算你今天不用这个星期不用，一个月里也总会用那么几次吧。抵制日货，那不是跟自己过不去吗？"

也有朋友私下里议论，认为老刘所谓的怀旧纯属作秀，是一个有钱人的故作姿态故弄玄虚。我不同意这样的说法，只要看看老刘鼻子上那副可笑的从我们认识他那天起就戴着的黑框眼镜，以及他那个用了二十多年早已经惨不忍睹的老婆，我们就该相信他的怀旧是骨子里的。

刚吃了两口，老刘的电话就响了。他叹了口气，可我知道他其实并不讨厌被人打扰。我已经想好了，等房间里坐满四个人我就起身回家，不是受不了不断有新面孔加入进来，而是不能忍受自己阴沉着个脸坐在一桌欢声笑语的家伙中间。老刘拿起电话的同时，习惯性地从烟盒里抽出了一支烟，点上。我的心脏又一次很突兀地抽搐了一下，继而快速跳动起来。我惊愕地看着老刘慢慢把手里的那只日本产的朗声打火机放回桌上。它的边缘已经磨损得很厉害了。我探过身去把它拿过来，然后打开，合上，再打开，再合上。

我到家时，王馨已经躺在床上了，手里拿着遥控器胡乱摁着，荧光屏闪烁不定的光亮照在她脸上。我一言不发地拿了睡衣直接进了卫生间。调水温的时候，王馨跟了进来，问我为什么不接她的电话。我冷冷地回答说：

“不接是因为不想一会儿再被你挂断。”

“我挂断是有原因的，我急着上卫生间。”

“是吗？”

“你什么意思？”

“我没什么意思。”

我洗得非常仔细，多了很多不必要的程序。我知道洗完澡有两件事要做，一是去检查一下厨房的垃圾筒，二是把电话里没有讲完的事讲完。做这两件事对此刻的我来说都还需要积聚一些勇气。

刷完牙，我没有马上出去。我两手撑在脸池边缘，低头闭着眼，在心里模拟着走出卫生间后的情景。我径直走到厨房，打开垃圾筒盖，不对，进厨房后应该先把厨房门关上，然后再看垃圾筒，不出意外的话，里面应该会有几个七星烟头，接下来走回卧室，不等王馨开口就说，后来，等我尿完出来时，恰好看见和小弟在一起的那个人从餐厅那边过来，进了洗手间，不过她进的是女洗手间，我以为自己看错了，于是一直等到她出来，这次看清楚了，是个女的。

我想我会说得非常简短，口气是平淡的，好像是在说着一件和自己完全没有关系的事。我只是想快点说完，然后上床，闭上眼睛什么也不想地立即睡过去。

等 待

自从孙子小凡因持刀杀人被判刑入狱后，一向不认老也不服老的陈老太太一下子苍老了许多。早年生活的重负都没把她压趴下，到了八十二岁，对孙子后半辈子的一纸判决让老太太的腰迅速地弯了下去，与此同时，背驼了起来。在她看来，老实厚道的孙子竟然大白天的用一把西瓜刀捅死了一个大男人，是难以置信的。事后她反复为孙子骇人的举动寻找理由，最后她得出结论，那就是那人确实该死。

家里人因为怕老太太受不住，一开始一直瞒着这个消息，邻居那儿也打过招呼了，只说小凡去外地学习了。就在老太太整天嚷嚷小凡怎么还不回来的时候，她在弄堂口的点心店碰到了一个比她还要老上一些的老邻居，一见面就握着陈老太太的手，要她想开点，想开点。

但是这样的事怎么能想得开呢？陈老太太颤颤巍巍地回到家，在她那把坐了十来年已越来越爱呻吟的老藤椅上坐下。不知为什么，这把藤椅总是让她觉得自己还年轻，老胳膊老腿还算听使唤。

下午五点三刻，小儿媳准时从外面回来，手里拎着一袋菜，径直去了厨房。婆媳俩已经有近十年没说过话了，因为一场现在想想根本不值一吵的架。这一赌气就是十年。吵完架老太太就收拾收拾去了大儿子家，四年前，大儿子因病去世，多病的大儿媳进了老年公寓，她只得重新搬回了小儿子的家。婆媳俩除了不说话，相处得还算过得去，反正孙子和儿子是她们之间的传话筒，不正面接触当然不会有正面冲突。并且这一两年好像依稀有了和好的迹象。

从陈老太太坐着的这个角度望过去，刚好可以看见厨房的水池和料理台，小儿媳把马甲袋放在料理台上，脸冲着墙发了一会儿呆，然后好像猛然想起似的，把菜一样一样拿出来。

陈老太太的双手紧紧抓着藤椅的扶手，枯瘦得只剩下一张皮的手背绷得异常光滑。下午那个如五雷轰顶的消息并未完全将她击倒，她不能也不愿相信这是真的。她在等儿子下班，等儿子亲口告诉她这是谣言。她甚至想，一旦证实这仅是误传，她要去找那个瞎传话的老邻居，批评她一顿。陈老太太不断地安慰自己，不会有事的，不会有事的。

同时，陈老太太一直努力在回忆老邻居说话时的神情和语气，试图从中找出不可信的蛛丝马迹，为她今天不负责任的言行找到一个依据。然而小儿媳这会儿恍惚失常的样子让老太太禁不住身体前倾，不祥的感觉一点一点在她周身如滴在宣纸上的墨般慢慢洇开，屁股底下的藤椅发出一连串吱吱嘎嘎的叫唤。

因为共同的打击，陈老太太和小儿媳冷冻了近十年的关系冰释前嫌，集中突击似的谈了几天小凡的事后，大家突然商量好了似的不再提这件事。法院的判决下来了，无期徒刑，不是最坏的，但也足够坏。小儿媳怀着侥幸绷了多日的神经一下子松了下来，松下来后身体就不行了，仿佛一个断了线的木偶，瘫倒在床上。家里请了一个保姆，料理家务和陪小儿媳去医院看病拿药。小儿子依然硬撑着。他是不能倒下的。他外面领导着几百号人，这里还要撑着一个破碎伤心的家。因为不能倒下，所以暂时还没有倒下。

眼下陈老太太最担心的是小儿子的身体。办事一向风风火火的儿子，如今行动慢了许多，路走得很慢，饭吃得很慢，入睡也很慢，晚上经常能听到隔壁卧室传来啪嗒啪嗒打火机打火的声音。事实上，一家人的节奏都慢了下来。小儿媳干脆请了病假，每天不是坐着就是靠着唉声叹气或者发愣。

陈老太太不想在家待着，午睡起来后，她搬了张小凳子走到新村外，沿马路挑了个阴凉坐下，等太阳落山，等儿子下班，等夜晚来临，等这一天终于过去。

黄昏。路上的行人和车辆多了起来。陈老太就像定格了般久久没有动一下，街上流动的一切她根本没看到眼里去，小凡成长的过程一点一点在她眼前晃过。

现在小凡已经二十三岁了，商校毕业后进了一家酒店当厨师，交了个和他同岁的女朋友。女孩起先挺胖的，一脸福相，经常上他们家来，嘴特别甜，喊完奶奶，俩人就把小房间的门一关，在里面嘻嘻哈哈，半天不出来。其他人怎么想陈老太太不管，反正她挺满意的。后来女孩一点一点瘦了下去，人也不大来了，最后干脆不来了。而她的宝贝孙子开始不着家了，就是回了家也不说话，闷头在自己房间里睡觉。直到出事，大家才知道，他每天所做的就是跟踪那女孩，竟然连好好的工作都不要了。女孩另外有了新的男朋友，并且同居了。小凡的父亲说，我早就看出那姑娘不是个好东西，早晚会出事的，就算跟了小凡，早晚也会弄出点事来的。

陈老太太的肩膀被人拍了一下。她扭头一看，是那个总是兴高采烈的女疯子，就住在她楼后面。没人知道她是什么时候疯的，为什么疯的，只知道她每年春天都要去广济医院住上一段，然后一年其他三个季节就整天在新村和新村附近散步。尽管有人对散步的说法提出过不同的看法，但她懒散的样子和缓慢的步子说明她是在散步。反正陌生人一眼还真看不出她有什么不对劲的。她总是笑眯眯的，对每一个从她身边经过男人报以微笑。不过有心人还是能从她微斜的眼角发现一种带勾的邀请，相当于：来吧，不要犹豫。

记忆中，女疯子从来没和陈老太太搭过腔，也没拿正眼看过陈老太太（当然有人说她天生不会正眼看人）。陈老太太有些意外，把脑子从小凡那儿转到眼前这个女人身上颇费了些劲儿，她的脑子转得很慢。

“你在干什么？”女疯子问。

“不干什么。”

“是和我一样在等人吗？”

老太太摇摇头。

“你已经在这儿坐了一下午了，怎么不是等人，别骗我了。你是老了，挺老的，但一定能等到你要等的人的，只要你一直等下去。听我的，没错的。”

陈老太太只觉得她最后那句话耳熟得厉害，好像在哪儿听过，好像经常听到。她努力回忆着是不是小凡曾经那样说过。

女疯子走出去一大段后又折回来。她笑得真叫灿烂。她走到老太太跟前，弯下腰，凑到老太太耳边，非常神秘地说道：“我等的人马上就要出现了，就在今天晚上，我有预感。”

初秋的傍晚已有了些许凉意，偶尔有风吹过，陈老太太受惊似的猛然仰起了脑袋。时间不早了，她该起身拿上她的小凳子回家了。可回家一言不发地吃饭然后一言不发地看电视，真还不如再坐一会儿。她受不了饭桌上大家一声不响地闷头吃饭。以前有说有笑的日子说没有就没有了。

不远处，一个老太太碎步跟着一个两岁左右的小孩向这边走来。小孩胖乎乎的，脑袋很大，咯咯咯地一路脆笑，两只小手在胸前划动着。老太太一个劲儿地在后面嚷着：“当心，慢点！”跑到陈老太太跟前，小孩停了下来，歪着小脑袋好奇地看着她，突然咧嘴露出两排白白的牙齿，笑了。陈老太太朝他招招手："来，过来。"小家伙扭过头去看了一眼跟上来的老太太，转身跑了。

陈老太太扬在半空的手慢慢放回膝上，她做梦都想有这样一个活蹦乱跳的重孙。当然现在不可能了。她嘴里喃喃自语着："无期徒刑，无期徒刑。"他们对她说，那女孩为了减肥吸上了毒，后来肥倒是减了，人也毁了。为了弄到毒品，和一些不三不四的人搞在一起，弄得人不像人，鬼不像鬼。小凡受不了这样的结果，把和她同居的那个男人给捅了。他们反复感叹，为这样的女人去杀人，真不值得。但陈老太太不是这样看的，她认为这是命。命这东西就像是一张网，从你生下来那一刻起，它就张开在你头顶，逃是逃不过的。

一辆黑色的奥迪车在路边停下。一个脑门上已没有几根头发、体态介乎中年和老年之间的男人从车上钻了出来。他一眼就看见坐在人行道上的老太太，他快步走过来，边走，脸上吃力地挤出一丝笑容。

"妈，该回家吃饭了。"

陈老太太点点头，摆手示意他先走。

"我再坐一会儿，就回来。"

男人略一迟疑，顾自点着头，走了。老太太目送着儿子的背影，直到完全看不见。

也不知道这是疯子今天的第几圈，反正她又出现在陈老太太的视野中，老远就冲着后者熟人似的点着头。

"还没来？"走到跟前，她一脸关切地问道。

陈老太太点点头又摇摇头。她没人可等，也不知道疯子在等什么，但对方那副认真的模样让她觉得人家也是一片好意。

"再等等，会来的。"

没作停留，疯子向前走去。她的背影很快消失在下班放学的人流中。路灯亮了。陈老太太好几次想站起身，拿上凳子回家去，可那个站起来的动作被分解成几个步骤仅仅在她脑子里缓缓滑过。她觉得要完成那个动作对这会儿的她来说似乎特别吃力，所以她仍然双手按在膝盖上，像一个遵守纪律的小学生那样坐着。

来来往往的行人和车辆在陈老太太眼中快速交叉移动着，他们都赶着回一个叫家的地方，吃饭、看电视、睡觉，和家人说说笑笑。而她的家，因为小凡的事，变得死气沉沉的，一家人已经好久没有笑过了。以前的那些日子，多好，多好啊，包括她年轻时过的那些苦日子，现在想想，都是好日子。只要一家人能团团圆圆和和气气地生活，比什么都好。

她嫁给小凡的爷爷时，家里可真叫穷啊，吃了上顿没下顿。过门后，她伺候公婆，照顾年幼的小叔子，还要下田干农活，后来又有了自己的孩子，就更忙了。但她从来没有抱怨过，这就是她的命。是命，就得认。

后来那么多风风雨雨，她都捱过来了，因为她有盼头。对，就是那个叫“盼头”的东西让她觉得一切累和委屈都是可以忍受的。眼看着孩子们长大了，上了学，有了工作，娶的娶，嫁的嫁，又有了下一代，她乐滋滋地忙活着，只求她亲手带大的下一代能为她再生一个下一代，这样，她哪怕死，也瞑目了。但是，突然之间，一切都落空了，就像一堵原本建设中、眼看就要完工的墙，抽掉了其中的一块，于是整面墙都倒塌了。

两个二十岁左右的姑娘从马路对面挽着胳膊穿过来。她们边说笑边走，根本不顾两边的车辆。在陈老太太眼中，那个仅穿着一件露肚脐的衣服的姑娘真不该出门。这也能叫衣服？穿成这个样子，家里人也不管管。而旁边那个女孩更是荒唐，一件像蚊帐一样透明的衣服让里面的一切暴露无遗。陈老太太真替她们脸红。可她们竟然走得趾高气扬的。

无意中，她们挡住了陈老太太的视线。老太太冲她们的后背咳嗽了一声。姑娘好像并没听见，仍然说笑着。说到开心处，她们的身体大幅度地摇晃着。陈老太太又咳嗽了一声。这一次她很用力，引得喉咙口一阵痒，带出了一连串的咳嗽。其中一个姑娘回头看了老太太一眼，随即扯了扯旁边的另一个，俩人对视了一下，忽然没心没肺地大笑了起来。

陈老太太几次想站起身回家，然而下半身却像个千斤砣似的，试了几次，她都没站起来。就在今年上半年，她还每天去公园，和一帮像她一样的老家伙一起摔摔手，聊聊天，身体挺硬朗的。小凡出事后，她身体的各个关节一下子就僵硬了，上下楼梯特别费劲，上二楼就像以前上到六楼那么吃力。她突然就觉得自己老了，真的老了。老了，就成了别人的累赘，别人的笑柄。

两个姑娘的笑真是没完没了了。刚停止，回过头来看一眼老太太，又会抑制不住地笑起来。陈老太太生气地白了她们两眼，别过脸，不再看她们。可那刺耳的笑声还是不断地传到她耳朵里。

有那么一会儿，陈老太太忽然想不起来自己为什么会坐在这儿。她抬头看看渐黑的天空，那两个姑娘已经走到了人行道边上，一个劲儿地朝马路一端张望着。老太太在心里估摸着该有七点钟了，家里的晚饭应该已经准备好了。小凡在的时候，他们总是七点钟准时开饭，一家人围着饭桌，边看新闻边吃饭，小凡出事后，他们还是老时间吃饭，但不看电视，主要是不想看新闻，任何新闻类的节目都不看，因为说不定就会冒出一条持刀抢劫、杀人的社会新闻。现在这样的新闻太多了，真让人受不了。

一辆宽敞锃亮的林肯在疾驰中突然停了下来，两个姑娘招着手欢天喜地地朝它跑过去。陈老太太觉得这辆车比她儿子的那辆还要气派一些。儿子刚开始坐专车上下班时，陈老太太真是高兴啊。她经常会在儿子下班的时间准时站在路口，等儿子的车开过来，然后看着儿子从车中下来。儿子出息了，当妈的自然高兴。可是这两个姑娘踏上这辆车是要去干什么呢？

反正那两个姑娘等来了她们要等的车，可我坐在这儿到底是要干什么呢？陈老太太又一次抬起头看看天空，那上面稀疏地挂着几颗星星，看起来有些无精打采。她还记得小凡小的时候最爱看星星了，吃过晚饭，就拉着大人的手，嚷着，看星星，看星星。现在他还能看见星星吗？

陈老太太摇摇头，想要把关在牢里的那个小凡从脑子里摇掉，但是越不愿去想，那个穿着牢衣脸色苍白的小凡越是活灵灵地出现在她眼前。陈老太太自言自语着，小凡哪，并伸手在脸前抓了一把，什么也没抓住。

疯子突然出现在陈老太太跟前，吓了她一大跳。

"怎么，还没来吗？"

陈老太太迷惑不解地看了一眼笑眯眯的疯子。

"关键是要有耐心。总会等到的。"

一切好像都在疯子的意料之中，她边走边回头叮嘱。

"再等等，会来的。"

看着疯子远去的身影，陈老太太觉得自己好像真的是在等待什么，只是自己一时半会儿还想不起来。近半年来，他们一家人都变得有些丢三落四，前脚想要去做的事，后脚就忘记了，一点办法也没有。坐了一下午，天都黑了，可自己到底在等什么呢？

不知为什么，陈老太太忽然就想起了六十多年前自己嫁给小凡爷爷的那个晚上，她坐在床沿，头上盖着红头盖，透过红布，只能隐约看见一些模糊的影子在移动。闹到后半夜，满身酒气的新郎才在床沿的另一端坐下。一双大脚首先映入她的眼帘。她怀里像是揣着一只活蹦乱跳的小兔子，她不知道究竟是怎样的一个男人娶了她。

掀开盖头的那一刹那，她闭着眼。她不好意思看对方。记忆中，直到第二天，回门吃饭时，她才放大胆子看了一眼，哦，原来是这样的。后来的日子，苦是苦，但嫁的男人还算勤恳，知道体贴人，对一个女人来说，这比什么都重要。

陈老太太的思维十分发散，但异常活跃。她眼前又开始晃动起了小凡出生时的那一幕，那是个好日子，农历八月十五，小凡的爷爷抱着肉乎乎的孙子乐得合不上嘴。八岁的小凡上学了，神气地背着小书包，他那时是多么乖呀，嘴上总是挂着“老师要我们怎么样怎么样”的，学习成绩也好。读中学后，突然就变得不爱说话了，脸上整天一副心事重重的样子，学习成绩也越来越差。好不容易初中毕业考进一所技校，学了一门做菜的手艺。陈老太太总觉得只要有手艺，就会有饭吃的。谁也没想到开始工作了，开始做大人了，开始谈女朋友了，却陡然插进了这么一曲。可是谁又能想得到呢？

夜色中，陈老太太看见了她死去多年的丈夫，努着没有牙齿的嘴，在马路对面向她招手，使劲地招手。她定睛看了看，没错，就是他。他们已经有八年没见面了。她的枕头底下一直压着他的一副假牙，枕着它，她就觉得安心。每年老头子过生日，她都会拿把新牙刷，挤上牙膏，细心地刷上一遍。医生说，老头子当年牙痛的主要原因就是不注意口腔卫生。

陈老太太身体前倾，抬起胳膊，仿佛想要越过马路抓住老头子不停挥舞的手。实际上，这样的动作仅仅在她脑子里像电影中的慢镜头似的放了一遍。她仍然坐在那儿，一切都还是老样子。

女疯子曾经说过的话从远处晃晃悠悠地飘过来，飘过来，声音很轻，但带着让陈老太太浑身发颤的力量，关键是要有耐心，总会等到的。两行不由她控制的泪滚落了下来，它们滑过陈老太太满是皱纹的脸颊，在下巴处稍作停留，最后滴在她的衣襟上。

七点十分的时候，那个脑袋上头发很少的男人从新村楼群中冒出来。他走得很急，不时伸手捋一下头顶那几根少得可怜的头发。从他这个角度看过去，母亲双手端放在腿上，脑袋耷拉在胸前，一动不动，反正不是在发呆就是已经睡着了。自从小凡出事后，一向开朗的母亲就像换了个人似的，变得少言、木讷、行动迟缓，毕竟已是八十二岁的人了。事实上，这一打击也差不多把他和小凡他妈给击垮了。

男人走到陈老太太旁边，弯下腰，轻轻地拍了拍母亲的后背，谁知老太太往前一头栽了下去。

缓 冲

一

1.

大公园在闭园之前照例先打两遍铃，每次卞通都坚持等第二遍铃响之后才起身慢吞吞地向园门口走去。然后狼狗就该气势汹汹地吠叫了，提醒那些以恋爱的名义坐在阴影里也许还打算继续坐下去的男女，时间不早了。卞通站起来，拍了拍坐得有些发木的屁股，伸了个懒腰。对卞通来说，他的夜晚刚刚开始。

位于市中心的这个公园极为不容易地从寸土寸金的地段占据了二亩地，而要把假山、亭子、小河等等全部都设置在里面，显然当初为难死了公园的设计者。就那么大一块地方，其他公园有的这儿也不能少。卞通猜，最后设计者大概头都大了，干脆闭着眼把所有景致一股脑儿往公园里一扔，因此就成了眼下这副样子。说好听点是“一步一景”，说不好听了就是那道东北菜：乱炖。卞通一步就从“曲径通幽”跨到了“别有洞天”，身后那个细碎的脚步声迟疑而固执地紧随着他。

卞通在公园门口停了下来，点了根烟，一边抽烟一边看马路对面那一排自行车和摩托车被从公园里出来的车主陆续骑走。最后就剩两辆半新不旧的自行车还孤零零地停在那儿,仿佛幼儿园门口两个等家长来领而家长已忘了这一茬的可怜的孩子。它们互相看了看,谁也不比谁更不走运,然后继续在原地向着夜的深处等下去。卞通忽然觉得其中一辆有点眼熟,然而,随即他就意识到这只是错觉。

散步是卞通近两个月来消磨夜晚的方法。每天傍晚,他都是从五公里以外的彩香新村慢慢地步行到大公园,等公园关门之后再以更慢的速度步行回去。运气好的话,路上能碰到点儿有意思的事,那接下来的夜晚就将好过得多。不过更多的时候,他都是拖着疲惫的双腿顶着越来越清醒的脑袋回的家。

猛吸了几口后,卞通将烟屁股扔在地上,并用右脚尖使劲地踩灭,然后下了很大决心似的猛然转过身去。果不出所料,公园大门口左侧一家已经打烊的玩具店屋檐下,一个瘦瘦的男青年正朝卞通这边张望,感觉似乎眼中还闪烁着一股热切的火焰。卞通打了个激灵。

见卞通向他走来,后者似乎有些措手不及,慌忙低下头,一只手伸进口袋掏出一包烟来。在找火机的时候,他迅速地抬了一下头。卞通第一次这么近看这位自己神交已久却未曾面对面过的青年。

2.

当他们面对面在企鹅茶座坐定之后,卞通仍有点回不过神来,自己难道真的打算和眼前这位他私下里认为"不大同寻常"的青年共度余下的大半个夜晚?这也太过有意思了点。那个青年好像也有点缓不过劲来,双手捧着茶杯低着头在发呆。两人面前六角形的玻璃茶杯里,本来卷曲着身子的碧螺春在水里缓缓地舒展开来,让卞通想到了一个足够缓慢也足够舒服的懒腰。正是碧螺春上市的季节,刚才服务员小姐过来问喝什么时,两人互相探询地对视了一下,几乎异口同声地报了碧螺春,说完两人又相互会心地笑了一下。但卞通也因此觉得更不对劲了。他起身换到了那青年的左侧。刚才在卞通的坚持下，他们没去大公园附近的天使阳台酒吧，而是走了一大段路来到了卞通还算熟悉的企鹅茶座。一路上，卞通都在试图说服自己就此回家，他隐隐觉得回家才是个比较正确的选择，但好像仅走了几步就来到了这里。怎么回事？

“你，你怎么不说话？”那青年忽然结结巴巴地说道，说完他很快地扭过脸来看了一眼卞通，又扭回去，并羞涩地咬了咬下嘴唇。

“说什么呢？”卞通拿起茶杯喝了一口。现在的这个位置让他感觉自在了许多，同时那青年的紧张不安使卞通对他产生了一种熟悉的好感，“我也不知道说什么。”

于是，两人都若有所思地捧着各自面前的茶杯。过了一会儿，青年从桌上拿起他的那包烟，朝卞通让了让。因为没话好说，在刚刚过去的二十分钟里，卞通已经连着抽了两根烟，不过他略微迟疑了一下，还是抽出一根，轻轻地说了声“谢谢”。对方立即用很轻的声音不好意思地说：“不客气，不客气，”并且拿起桌上的打火机为卞通点上。吐出一口烟后，卞通再一次表示了谢意，而那青年则用更轻的声音更加不好意思地说：“不客气，不客气。”

“我们是不是都太客气了？”卞通笑着问。

“是呀，我也这么觉得。”青年点着头咬了咬下嘴唇。他的嘴唇非常薄，而且红润，所以他那个咬嘴唇的动作看起来显得有些女性化。

“你好像没什么烟瘾，我看你大部分时候都只是夹着，并不大抽。”

“说实话，其实我并不喜欢烟的味道。但又好像不能完全离开它。”

“你离不开的大概是点根烟夹在手上这种形式吧。”

“形式？对，是形式。其实我们很多时候都在过着一种与内心、与内容根本无关的生活，为某种形式而活着，并且还得做出一副活得津津有味的样子，不是吗？”他很激动，脸涨得通红，“这样活一辈子，在我看来，还不如不活。”

“哦，对了，怎么称呼你呀？”卞通问。他不想就“是为形式还是为内容而活”这样严肃的话题再说上点什么，他更不愿意和一个激动得脸通红的家伙谈这个话题。

青年一愣，好像还有点吃惊。他歪着脑袋想了一想，然后才说：“孙力，孙子的孙，力量的力。”他没有问卞通的名字，不过卞通还是主动自报了名字：“王成。”当然和对方一样，也是假名字。这样交谈起来方便些。

“你经常去大公园？”卞通问。连着两个星期，这个肯定不叫孙力的青年都用一种细碎的脚步跟在他后面在公园里绕来绕去。说起来他们也算是不打招呼的老朋友了。

“有空就去那儿走走，总比一整天都窝在家里强。”

“你白天不用上班？”

“上班？”孙力仿佛听到了一个新鲜的名词，“噢，你是说去单位上班吧？我已经很久没有上班了。”

“那你靠什么生活？也许我不该问，你可以不用回答的。”

“我对生活的要求并不高，所以即使谁也不靠，我也能活下去。”

听他那样一说，卞通觉得自己比提问前更不了解他了。而且显然对方并不喜欢回答这种问题，说完就把脸向右侧一偏，并且将左手撑在左脸颊上。卞通顾自从桌上自己的那盒烟里抽出一支，点上。

茶座这会儿的生意好极了，楼下的七八张桌子都坐满了，还不断有人从卞通他们身边经过，从一侧的木楼梯上到二层的包间去。上面的最低消费是每位六十八元，一阵咚咚咚的上楼声之后，卞通便在心里替那个有着一头乌黑的假发的老板娘计算她口袋里又多了几个六十八元。东边靠墙的地方，别有新意地做了个高出地面六七十公分、大约有六个平方那么大的台，漆成紫红色的台面上用白线画了许多小方格，有心人一看就知道，原来是一张巨大的围棋棋盘。卞通猜，坐在上面的人一定觉得屁股底下硌得慌。台上摆了一张矮方桌，这会儿正有一伙高中生模样的年轻人盘腿坐在那儿搓麻将，带彩的。他们五个人，多了一个，多出来的那一位一副急于上阵的样子，不停地像一个腿有残疾的人那样，靠两只手将盘着腿的身体从这一侧挪到那一侧，轮流看着四人的牌，嘴里还嘟囔着："完了，完了。"

手上的烟吸了大半截后，卞通把它揿灭在桌上一只小巧的烟缸里，并把桌上自己的烟和打火机装进上衣口袋。他决定就此结束这个意外的上半夜，回到家里，用惯常的方式过余下的另半个晚上。

"你要走了？"孙力扭过头来有些意外地问。

"是呀，时间不早了，坐在这儿也没什么好说的，两人傻乎乎地捧着一杯茶，别人看着傻，自己觉得更傻，还不如回家睡觉。"

"你，家里有人在等你回去吗？"

"没有。"

"我看也是，否则你就不会天天去大公园坐着了。再坐一会儿吧，时间还不太晚，反正你回家也没事。"

"虽然回家没事，但与其在这儿发呆让大家看，还不如回家一个人发呆。"

"我们可以聊聊天嘛。即使不聊天坐在这儿看看其他桌子的客人的表情和动作也比回家去发呆有意思，你说呢？"

"算了吧，我看我还是回家去吧。我对别人就像对自己一样不感兴趣。"

卞通招手把服务小姐叫过来，打算结账。孙力动作奇快地从口袋里抢先掏出一张票子，递给小姐，并小声地说："不用找了。"说这话时，他的脸竟然微微红了一下。两人一前一后经过收银台时，小姐喊住他们，把找头递给了孙力，他的脸因此又红了一下。

3.

从一场甜蜜得像沼泽一样让人越陷越深、呼吸越来越困难的梦中醒来的时候，卞通没有急着睁开眼，他翻了个身，试图再一次回到那个泥泞的梦里，或者重新做个梦，但屋外一男一女两个收购旧衣服的此起彼伏的叫喊声硬是把他拉回了现实。听口音好像是安徽或山东一带的。男的嗓音浑厚，每一句末尾都会艺术地转上一个圆润的弯，让人觉得他似乎没费什么劲就喊了出来。而女的声音怎么听都像是一面有了裂缝的破锣，喊到最高处真叫人替她担心，可别就此喊破了。这两人大概不是一拨的，不巧在这里相遇了，谁也不想在气势上被对方压倒，你一嗓门他一嗓门地较着劲。这个觉是没法睡了。

卞通从枕头底下摸出手表，下午三点十分。他又仔细地看了看，没错，是三点十分。卞通因此隐隐有些高兴，因为他又把一顿饭省略了过去，到晚上在外面随便吃点什么，这一天他的胃就算被糊弄过去了。

起床的时候，卞通忽然想起了什么。他从床上下来，一路小跑来到阳台上。一只ACER牌电脑主机箱的纸板箱里蜷缩着一只毛色灰白的猫，一动不动。卞通伸出食指极为小心地触了触它，还是没有动静。他又是一路小跑来到卫生间，打开水龙头冲了冲手，然后才着手解决那泡憋了好长时间的尿。

今天凌晨从外面回来，卞通似有预感地跑到阳台上去看了一眼，当时它就是这副样子。洗漱完毕，卞通又来到阳台上，先是不动声色地看了它一会儿，继而又咳了几声，他希望这只猫只是打了个有些长的盹。可它全无要动一动的迹象。“这么说，它确实死了。”卞通自言自语道。

半年前，卞通把它从街上拣回来后，从未真正关心过它（客观上，他没有时间。他们报社的老总最看不得自己的手下空闲了，把他的兵们调遣得晕头转向是他最大的乐趣）。至少有四个月的时间，它被关在阳台上，饥一顿，饱一顿。卞通曾放过它两次，因为他意识到，这只可怜的老猫和自己在一起不但解决不了温饱问题，还失去了自由，这样下去，它早晚会和他一样得胃病的。可这只毛色灰暗眼神灰暗也许心情也灰暗的老猫大概已厌倦了流浪漂泊的生活，当晚又跑了回来。它蹲在卞通那幢楼楼底下，安静地等待下班回来的主人的样子让卞通想到了一位娴静温柔的妻子。这个联想实在荒唐。在卞通的记忆中，自己从未对任何动植物发生过兴趣，更没有要养点什么的打算，哪怕是一根狗尾巴草，他认为自己也不一定能对其负责。他了解自己。他的父亲说得好，你小子是天底下最自私最没有责任感的人，既不想对家庭负责，也不愿对社会负责，只想着自己舒服，不结婚不要孩子，好一个人快活。可是卞通想说，我正是本着对家庭、对社会、也对自己负责的态度才如此生活的。随便匆忙地进入一种自己没有把握能完全负起责任来的婚姻生活，才是一种不负责任的行为。把猫抱回来的那天正下着雨，卞通没有雨具，从报社出来，他突发奇想，想在大雨中走走。当时它就趴在雨里，冲着正朝它走来的卞通叫。街上没什么人，可以不用淋雨的人都不会走进那场雨。卞通没有想到还有和他一样不愿意躲雨的东西。后来，它叫得更响了。它不但没有拔脚逃开，反而叫得更响了，它似乎有话要对来者说。卞通蹲下身，和它对视了一会儿，把它抱回了家。

随着卞通近来生活的有规律，它的生活也比以前像样多了。然而它却突然全无征兆地死了。卞通用一条旧浴巾把它裹了一下，放进一只广告纸袋里。纸袋外面印着：

报喜鸟西服

喜报千万家

卞通去卧室门背后看了眼日历，四月五日，底下标着：清明节。卞通自言自语道：“一个怀念死人的日子。”不过，他认为，这只猫还真会挑日子。

4.

在出门之前，卞通跪在客厅的地板上，把拔掉的电话接头接好，给麦洁打了个电话，问她下班后能否过来。“恐怕不行，因为——，”顿了一会儿，麦洁才接着说：“因为我要结婚了，定在五月一号，这一阵正忙着布置新房。本打算这几天告诉你的，实在太忙了。”卞通一直哦哦哦地应着，不知该说什么好了。最后麦洁说：“结婚是件很麻烦的事，这你也知道。”

放下电话后，卞通一屁股坐在椅子上，这个消息对他来说多少有些意外。大概三个星期前，他俩还在一起吃过一顿饭，并结结实实地睡过一觉，一转身，怎么就奔婚姻而去了？

抽完一根烟后，卞通才慢慢回过神来，他依稀记得自己曾婉转地暗示过对方，他不想结婚，并婉言谢绝过和对方一起憧憬俩人未来生活的邀请。麦洁是个拎得清的女孩，同时还务实，她在意识到和卞通没有什么实实在在的未来之后，没有就此离去，而是兵分两路，用另一只脚踏上了另一条船。现在这条恋爱的小船终于载着麦洁驶进了婚姻的码头。

从某种意义上说，麦洁应该算是卞通唯一能说说心里话的朋友，她每月有那么三四个晚上和卞通一起度过，俩人除了做爱，便是喝酒、说话和听音乐。麦洁的酒量每一次都能叫他肃然起敬。不知为什么，他对好酒量的女人容易产生好感和好奇。他很想搞明白这一类女人的身体构造是否有别于常人。

卞通起身到音响旁的 CD 架上找出一张迈克尔·伯顿的唱片，送进唱盘。麦洁最喜欢他的歌了，当然首先是喜欢这个一头金黄色长卷发的男人的模样，然后才是他的嗓音。每次来卞通这儿，她都会把他仅有的两张伯顿的 CD 翻出来听上一遍。卞通想，我再最后听一次吧。

二

1.

“我今天要做的是把那只猫的尸体处理掉。”卞通对自己说。近些日子，他常会自言自语，自己跟自己说一些自己的想法，边说边认真地听，说完了，才意识到自己又在跟自己说话了。

到四月五号，卞通正好有两个月整没在大白天出门了。整个白天他几乎都躺在床上，在没有时间限制的睡眠中努力体会睡眠的乐趣。随着时间的推移，这样的乐趣已越来越难以捕捉。傍晚来临，他才慢慢起床，慢慢漱洗，然后揣上他的MP3慢慢下楼，先去小菜场转一圈，接着才到大街上，夹杂在那些下班放学的人流中散漫地游荡。周围行色匆匆的脚步和车轮总能让卞通清晰地意识到，我在休假。两个月前，他凭着一时的冲动炒了他们老总的鱿鱼，并用了一句中气十足的粗话，结束了他们之间长达六年的上下级关系。静下心来后，卞通认为自己这一次的冲动其实酝酿已久，爆发只是个时间的问题。眼下，他有一点暂时不用为生活去发愁的存款和一套租来的一室一厅的单元房。他准备给自己放一次长假，对自己彻底地好上一回。至于假期到底多长，他暂时不想去考虑。他认为时间后面的时间会告诉他答案的。时间。

卞通随着耳机中崔健的嘟噜声下到底楼。他至今都未找到比在音乐中走路更为轻松适意的走路方式。外面的世界再繁杂喧闹，这会儿他都可以做到视而不见。他甚至有种正怀着某个秘密向目的地行进的窃喜感。

确实是春天了。姑娘和那些分不清是姑娘还是少妇的年轻女人迫不及待地在太阳下亮出她们遮掩了一个冬季的玉腿，街上的气氛也因此活跃了许多。卞通想，那些没有穿裙子的姑娘肯定后悔死了，说不定半路会折回家换了裙子再出门。不管怎样，街上有了这样一些不加掩饰的腿们的点缀，空气仿佛也变得新鲜起来。崔健唱：

我的理想在哪儿哎

我的身体在这儿哎

手中的纸袋拎得时间长了，很有些分量，卞通把它从左手换到右手。崔健反复地在卞通耳边问着，我的理想在哪儿哎，然后又词不达意地回答自己，我的身体在这儿哎。

随着崔健的音乐节奏，凭着一股来路蹊跷的热情疾步走了大半条红旗路后，卞通在一家水果店门口停住了脚步。我这是要去哪儿？他点了一根烟，用一副等人等得有些不大耐烦的表情朝四周看了看，我到底打算把这只猫怎么处理？一辆沿途拉客的中巴车缓慢地朝卞通开过来，他迎着车紧走了几步，然后在售票员的帮助下，不很顺利地跳上了车。

“这车去哪儿？”

“你要去哪儿？”

不但售票员感到奇怪，车上的其他七八个乘客也都用一种带着责备的好奇的眼光打量着卞通。连车去往哪儿都没搞清楚就跳了上来，有病呀。

“你这车去哪儿？”卞通仍然坚持他的问题。

“去火葬场。”

售票员说话很冲。谁都知道没有直接通往火葬场的公共汽车，顶多也就是开往那个方向的。

“太巧了，我就是要去火葬场。”卞通足够心平气和地将钱递了过去。

售票员三十多岁的样子，一路上一直虎着个脸，心事重重地看着窗外。这位老兄可能正在闹离婚，卞通想，而离婚的原因是妻子有了外遇。当然，也可能是他昨晚的性生活惨遭失败。卞通将MP3的音量开大一点，崔健唱：

我迎着风向前

不怕越走越远

我不知道为什么愤怒

可这愤怒给我感觉

卞通喜欢崔健的音乐，喜欢他用音乐积极表现出的那种消极、颓废和愤怒的情绪。情绪。这似乎与卞通愿意时不时地摆弄文字的初衷不谋而合。他认为自己无论是滔滔不绝地宣泄，还是慢条斯理地娓娓道来，所要达到的目的都是排泄心中某种随着环境、心境不断变化，但怎么排泄都排泄不完的情绪，并且要感染看的人。

崔健一个音符连着一个音符地吐着，嘀咕着，他所铺展开的世界不断地撞击着卞通的耳膜和脑神经。下车的时候，卞通把纸袋留在了座位底下，空着手向火葬场方向走去。

2.

火葬场是卞通高中时代常去的地方。他所在的市十四中学距火葬场仅八百来米，站在学校的操场上就可以看到火葬场的大烟囱。仅仅十五年以前，这儿还被称作郊区，不是家里死了人，谁也不会跑到这个鬼地方来。可眼下，离火葬场最近的几幢居民楼，也就和它相距个二三百米。有人说，这样也好，老到快不行了，就自己慢慢先走到那儿躺着，这下可省事多了。

十四中学是附近两个居民区的配套设施之一。看见那根突兀醒目的大烟囱，卞通就会想起他们嘴角边三天两头长着一至两颗热疮的体育老师。他是个有意思的人。他的体育课也上得有意思极了。每次他都是带着一张笑脸开始上课，而最终以一顿即兴发挥的臭骂结束。一急，他就会要求他的学生面向火葬场方向排成两列横队，然后指着也许正冒着烟的烟囱训斥他们道："你们这帮垃圾，少在这儿跟我捣蛋。你们以为你们是谁，我看今后也就是烧烧死人的份。"这时候，卞通他们就在队伍里小声地说："社会主义只有分工的不同，没有高低贵贱之分。"卞通是垃圾堆里后来唯一考上大学的，但他很清楚，自己其实并不比其他垃圾高明到哪儿去。

那会儿，卞通在学校吃过午饭便夹本书去火葬场。高中三年，他表情阴沉、沉默寡言地往来于学校、火葬场和家之间，来路莫名的自卑感和更加来路莫名的自大纠结在一起，使他变得前所未有的敏感、易受伤害，同时又不自觉地就伤害了别人。大部分时间，卞通的目光虽然在那个热闹的集体四周逡巡，可身体却完全游离于他们之外。那是怎么样的一副形象啊，一只紧张、浑身是刺的小刺猬。中午有一段时间，火葬场里特别安静、祥和，里面的工作人员吃过饭后还会打打羽毛球。他们都已认识了卞通，认为这个老捧着一本书的中学生肯定是个勤奋的好学生，为了躲避班里同学的嬉闹，来这儿看书。在火葬场里，卞通见过各式各样痛不欲生的表情，还听到过一些稀奇古怪得让人想笑的悲哀之声。除了有一次被一位死了丈夫的老太太顺手抛来的一大把鼻涕恶心得有点反胃外（那次，好奇心让他与那群悲伤的人们靠得太近了），他已经打心底里喜欢上了这个地方。

这个以园林闻名于世的城市，把火葬场也建得跟园林似的有山有水有亭子，并且它远比那些游人如织的小园林来得视野开阔。可惜的是，很少会有人来欣赏这儿的景色。有时放学早，卞通也会去那儿待上一会儿。遇到枯燥难记的政治题或古文，他就对自己说，明天拿到火葬场去背吧。从某种意义上说，卞通最终考上大学还得益于火葬场的学习环境。

卞通穿过亭子时，听到了亲切、久违的哭声。他关了MP3 。哭声由好几个男女声组成，抑扬顿挫，发自二号大厅。卞通掏出烟，点上。人工湖还是那么清澈，鹅卵石铺就的小径依旧整洁、光滑，松柏苍翠欲滴。他背着双手，像一个检查卫生工作的领导四处巡视了一遍，很好。在一阵相对平缓的哭声过去之后，卞通经验中高昂的那一阵随即到来。哭声中夹杂着含糊不清的说白，好像在解释为何这般伤悲。这也让卞通觉得亲切。

走到二号大厅门口，卞通停住了脚步。正上方一张放大的黑白相片里，一个眼睛大大的、长得十分清秀的男孩子正顽皮地注视着来者。你好！卞通朝他点点头。男孩看上去也就十七八岁的样子，这么年轻，卞通想，真是可惜了。

回到湖边的亭子里后，卞通在以前常坐的老位置上坐下，将背靠在刻有“死又何惧”字样的柱子上。这四个小字是他当年手笔。在另一根柱子上，他还刻了“杜圆圆”三个字，那是那会儿时常飞进他梦里的一位女同学的名字。卞通摁PLAY，崔健唱：

唱了半天
还是唱不干净这城市的痛苦
可痛苦越多
越愿意想象那明天的幸福
我面带着微笑和人们一样
仍在这世上活着
我做好了准备
真话、假话、废话都他妈得说着

后来卞通睡着了。暖洋洋的春天、亲切顺耳的哭声以及崔健说了也等于没说的废话都让他犯困。

卞通踏进家门时，一眼看到桌上放着一封信。信封没有封口，但盖着邮戳。他拿起信封顺手一抖，一张纸片从里面飘了出来，捡起来一看，是法院的传票。卞通有些摸不着头脑，又隐隐有些激动，终于有事发生了。他舔了舔有点发干的嘴唇，走到冰箱跟前，打算喝罐啤酒。打开冷藏室的门，一股带着腥味的冷气扑面而来。冷气散开后，卞通看见了他的那只猫，和昨晚在阳台上发现它时一样，头害羞似的埋在蜷曲着的身体里。卞通砰地关上了冷藏室的门。然后，他就醒了。“我操！”这是他的口头禅，没什么实际意义。

焚尸间那儿好像出了点意外，所有的人都在朝那儿跑，并迅速围成了个圈，圈外的人努力向圈内踮脚探头。

“怎么啦？”卞通问圈外一位胖胖的顾自在抹眼泪的老婆婆。

“唉，他姐姐晕过去了。她太伤心了。唉，作孽呵，作孽！”

这种场面卞通见过，他想，假如有人因悲伤而当场死掉那才叫意外呢。

3.

从火葬场回来以后，卞通又滑入了惯性中的生活。傍晚来临，下楼去街上转转。他没有再去大公园，他不想见到那个爱脸红的孙力，或者说他害怕见面。而整个白天，他都躺在床上抽烟、听音乐、适量地喝酒。他曾尝试过把自己灌醉，可每次只要胃里面稍有反应，大脑立即就会下达放下酒杯的命令。这时候，再怎么劝自己，都没用了。

卞通不知道这样的生活还会持续多久，他一般把问题想到这儿也就打住了，他认为对于自己一时还找不到答案的问题，不如让时间去回答。时间。

他再也没有给麦洁打过电话。当然后者更不会来电话了，她正忙着在劳动节那天向众人展示她的未来生活。可为什么要把婚礼安排在劳动节这种莫名其妙的日子呢？要是我结婚，会放在哪一天呢？卞通忽然饶有兴趣地问自己。大概会选愚人节或儿童节，那是他比较喜欢的两个节日。不过，卞通有预感，在劳动节到来之前，他和麦洁之间会有一场动人的告别演出。他有耐心等待。

经常让卞通想起的倒是那只可怜的老猫。没法不想它。近来它时常极为随意地在卞通梦里进进出出，还说着人话。天渐渐热了，他打算找个机会把那只七成新的冰箱处理掉。

一切都在行进当中。比如卞通的头发在长长，此刻手边的咖啡正冒着热气在等待他的吮吸，再比如太阳在准备回家，一些生命诞生，一些生命消亡，一些情感在滋生，一些情感在消退。卞通知道自己的静止不会改变任何进程，他的静止仅仅作为一种存在而存在着。他也知道他必须存在着。他更加知道只要存在着就已是在某个途中了。

卞通仍然在听崔健的歌。后者总是时不时地在歌中加入时代的大背景，他出生在一个历史特征极为明显的年代，成长于遍眼红色、满耳口号的年代，而眼下身边的变化更是让他目不暇接，同时他摆弄的音乐也使他心潮澎湃，他必须表达，他有能力表达，他在表达，他表达得好极了。他唱：

我的两眼睁开却充满委屈
看着你的样子
我心中更感到压抑
我想唱一首歌宽容这儿的一切
可是我的嗓子却发出了奇怪的声音
呵，呵，呵……

卞通和着崔健的音乐一起唱：呵，呵，呵……在他像崔健那样模仿嗓子突然失声时的“呵，呵，呵”时，碰到了正在上楼的邻居，后者诧异地看着他的脸，侧过身子让他先下。卞通想，我大概模仿得过于惟妙惟肖了。

街上的女人似乎都穿起了裙子，连那长着两条罗圈腿的姑娘也不例外。

忽然之间,外面就换了一副夏天的模样,让此刻还套了一件羊毛衫的卞通的脊背上猛然就冒出一层细汗,不是因为热,而是他一点准备都没有。记得自己刚休息下来的那会儿,大家还都穿着皮衣戴皮手套,怎么一眨眼就脱得只剩一件衬衣了。天气不会再变了吗?就这么定了吗?

当然先去小菜场,这是卞通这两个多月来每天下楼后的第一个去处,不为别的,就因为那儿人多。乱哄哄的菜场里没人会去注意那个面色苍白、眼神空洞的老青年。就在卞通准备离开菜场再去大街上转转的时候,他看到了一张似曾相识的脸。那个女孩正在挑西红柿,其实也不能说是挑,她只是机械地把西红柿们从农民伯伯的大筐放到自己的小竹篮里。她心不在焉地看着对方过秤,然后付了钱。

卞通一时没有认出她是谁,只是觉得面熟。在连老太太都不再抄着篮子上菜市场买菜的今天,一位妙龄女子居然拎着这玩意儿来买菜,有意思。对于有点意思的人,尤其是女人,他都会格外留意,并过目难忘。但她究竟是谁呢?卞通貌似无意地走到她跟前,后者极其淡漠地就像根本没看的地看了他一眼,然后像绕过一根柱子一样绕过他,走了。

她没有再买其他菜,提着一篮子西红柿出了菜场。卞通跟在她身后。他实在不明白这个有点意思的女孩买了一篮子西红柿打算做什么。得承认,卞通开始对她有点兴趣了。似曾相识的面容和她心不在焉的神情都让他好奇,那张没有任何化妆的脸上有着某种特别的、区别于这个城市成千上万张经过化妆或整容修改过的漂亮面孔的神情。

她竟然和卞通住在同一个居民区。当然,来这个菜场买菜的大部分都是附近两个新村的住户,然而,她正在往卞通住的那幢楼走去。卞通想,她该不会和我住同一幢楼吧,真要这样的话,那也太过凑巧了。卞通紧走了几步。

女孩过了卞通的那幢楼后,继续往前走。她右侧的肩膀因为右手拎了一整篮西红柿而向下倾斜着,并且越斜越厉害,可她就是不换手。最后,女孩在一条小河边停了下来。河对岸是另一个居民区。卞通在距她十米左右的地方站住，点了根烟，看着她。

女孩出神地盯着河面。过了一会儿，她背靠着一棵柳树坐了下来，篮子放在两腿之间，双手搭在篮柄上，面对河面嘴里念念有词起来。卞通把所有认识的女孩在脑子里过了一遍，他敢肯定，不认识拥有这么一张脸的某位女孩。但眼前这张脸分明他见过并留有印象，这他也能肯定。真是见鬼了。

犹豫再三，卞通还是走到了她的身边。后者显然被吓了一跳，身体下意识地往旁边闪了闪。这时，卞通看见她在流泪。

“你好！”卞通说。其实他已经开始后悔自己的鲁莽了，他毫不知趣地打扰了一位正一门心思在伤心的人。

女孩惊慌失措地试图站起来。

“对不起，我没有别的意思。”卞通一边向她摆手，一边往后退了几步，“你不用害怕，是这样的，我刚才在小菜场看见你，觉得眼熟，可一时却想不起在哪儿见过你，我肯定见过你的。请相信我，我真的没有别的意思。你能告诉我你是谁吗？你别误会，我真没有别的意思。”

她已经站了起来，弯腰去拿地上的篮子。突然之间，卞通知道她是谁了。她弯腰的时候，左胸口别着的一块黑孝布垂离了胸口。卞通之所以刚才一直没看到她戴着孝布，是因为她穿了一件黑青色的短袖羊毛衫。这也是他在五颜六色的菜场一眼注意到她的缘故。她肯定和卞通前几天在火葬场看到的遗像上的男孩有着某种血缘关系。两人长着一模一样的圆眼睛。

“我知道你是谁了，”卞通冲着她的背影大声说道，“对不起，请等一下，我知道是谁了。”

女孩没有理会他，顾自埋头向前疾走。

“我前几天看见过你，在火葬场。”卞通的声音有些激动，“就在前几天，对了，是清明节那天。”

女孩猛然站住，转过身来。

“你是我弟弟的朋友？”

“哦，他是你弟弟。不，我只是见过他的照片。你们俩长得真像。你那天后来晕倒了？”卞通仍然站在原地，两人中间就像隔着一条无法跨越的河，因而不得不站在两岸提高嗓门说话。

“你怎么会在那儿？”

“我正好路过，顺便进去看看。”

女孩好像没兴趣继续听他说下去了，只是出于礼貌没有抬脚就走。

“你也在彩香新村住？”卞通问。

她犹豫了一下，还是点了点头。

“我得走了。再见。”

卞通真想问问她为什么把孝布别在胸口，另外，买这么多西红柿做什么。

4.

卞通把所有有关西红柿的做法全都列在了一张纸上，其中有他自己发明的“全国山河一片红”，做法如下：将切成末的大蒜、切成丝的红辣椒加上花椒放入八成热的油里炒一下，待香味出来连油一起倒在切成片洒上盐、味精及葱花的西红柿上，拌匀即可。味道如何，卞通不知道，他只是不断地设想着西红柿的各种做法，并意外地从中体会到了不多的一点乐趣。

这样一个星期就过去了。卞通依旧在傍晚的时候下楼，先去小菜场转悠一圈，然后在大街上逛到两腿发酸，最后找个通宵营业的酒吧坐到天亮。每次从酒吧出来，被外面发青发灰的光线一照，卞通就觉得双眼紧张得睁不开，同时双腿和脑子都像灌了铅似的沉。这个时候，他无论如何也不相信自己能走回去。所以，他这一个星期的夜晚都是这样度过的，先用双脚走得尽

可能地远，最后再打车回去。

卞通再也没在小菜场碰见那位女孩，尽管每个傍晚下楼时他都预感今天要碰到了，要碰到了，可就是见不到。越是碰不到，卞通越是期望碰到。他想，这个有点特别的女孩总不至于特别到再也不出门了吧。

麦洁那儿也没有任何消息。她的婚期越来越近，按卞通对她的了解，她应该会来这儿道个别，顺便来场缠绵悱恻的告别演出。等吧。

数了一遍现款和存款后，卞通觉得心里踏实了一点。他去卫生间冲了个热水澡，刮了胡子，吹干头发，换上一件干净的长袖T恤。“现在干什么呢？”他站在衣橱镜前，问里面那个一脸困惑的男人。才下午四点二十分，离傍晚还有些时间。傍晚的来临似乎让卞通蠢蠢欲动，可我是春天里的一条虫子吗？

卞通又一五一十地数了一遍钱，他试图让自己数出快感来。事实上，他确实因此获得了快感。一开始小声的数数越来越响，数完最后一张钞票后，房间里仍旧回荡着他因抽烟过多而有些沙哑的嗓音。有点陌生。

卞通起身去客厅，打开音响，从唱盘里退出菲尔·科林斯的CD，送进一张J·S·巴哈的《平均律钢琴曲集》。前奏刚出来，他就揿了STOP，换了一张《热门舞厅音乐》，然后去厨房冲了一杯咖啡。没喝几口，他又觉得闹得慌，再一次揿了STOP。他认为自己大概还是想听安静一些的音乐。面对着一大堆唱片，卞通的手在里面翻了几翻又停了下来，也许什么也不听最安静了。那傍晚到来之前的这一段时间怎么打发呢？总不至于再数一遍钱吧。

5.

卞通还是带着崔健的声音去的小菜场。崔健的这首《红旗下的蛋》从1994年底进入卞通的生活后，就再也没有离开过。

菜场很大，分前后两截，前面是蔬菜水果区，后面属禽蛋肉类区，当中是诸如铰肉馅等便民摊位。卞通把音量开大一些。极容易地，他就把周围喧闹的市声拒之耳外。今天有八个卖西红柿的摊位，卞通一边煞有介事地问着价格，一边把摆在面上的西红柿都摸了摸，蛮新鲜的。正打算走，他看见了那件黑毛衣。黑毛衣也在看他，胸前别着的那块黑孝布似乎还在一动一动的。卞通关了音乐向她走去。

"你好！买菜呀。"卞通问。

她皱眉看了一眼卞通，然后点点头。她手中的篮子里放着两根碧绿的莴笋。

"怎么没买西红柿？"卞通笑着问。

"我弟弟爱吃西红柿。"她的神情一下子就黯然了下去。

"噢，对不起。"卞通把耳机从耳朵上拿下来，戴着这东西和别人说话显得不太礼貌。

"你还打算买什么菜？"

"我也不知道。无所谓，反正看见了就知道了，反正我一个人，吃什么都无所谓。"

"你一个人生活？"

"……以前还有我弟弟。"

"那你们父母呢？哦，对不起，我问得太多了。"

女孩低着头。卞通猜她的眼圈肯定红了。一种久违了的叫怜惜的情感迅速地包围了他。卞通从口袋里掏出烟，急不可耐地点上。

6.

倪一的酒量很好，好得叫卞通吃惊。两人喝了一瓶38度的洋河，你一杯，我一杯，毫不含糊。女孩子这么喝酒的，可不多见。可倪一说她并不是酒量好，只不过她敢喝。倪一就是那个穿黑羊毛衫的女孩。

卞通在菜场对她说，希望她能给他一个机会，好让他解释上一次为什么会冒冒失失地跟在她后面。谁知倪一说，无所谓，她并不介意。卞通说：“要是这样的话，我就更不好意思了，这顿饭我无论如何也要请了。”没有想到的是，倪一竟然就此答应了。她说：“无所谓，你要坚持，我就吃你一顿好了。”卞通说：“谢谢你的赏光。我真喜欢你的这种无所谓的态度。”他们挑了一家以经营河鲜为主的小饭店。这里的“雪笋川正塘”和“清蒸鲥鱼”做得相当地道。

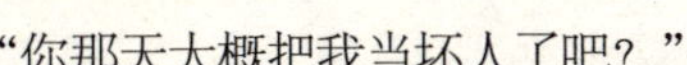

“你那天大概把我当坏人了吧？”

“可我现在也没认为你就不是坏人呀。”

喝了点酒，倪一显得有些活泼。喝完洋河，他们又要了两瓶啤酒。

“我一直有个问题想问你。”

“什么问题？”

“你为什么要把孝布别在胸口呢？”

“因为那是离心最近的地方。”

说完她拿起酒杯喝了一大口。倪一的酒量委实不错，喝了那么多酒也不见她有什么反应，眼睛依然又圆又大。

“你动动筷子呀。”卞通指了指桌上的菜们。

过了一会儿，倪一忽然抬起头。

“你大概不知道吧，你跟我弟弟克凡的样子有点像，真的，主要是——，神态，说话时的神态，还有走路的样子，还有，还有他以前也是整天戴着耳机，跟他说话他也不摘下来。你不知道，我们姐弟的感情——”

卞通把纸巾递给她。

“他后来出什么事了？也许我不该问，如果你不想说的话，我们可以换个话题。”

“是病。”

“什么病”

“原发性肝癌。”

“听说过这种病。”

“发现的时候已经是晚期了，已经没有办法了。谁也不会想到——，他太年轻了。”她用纸巾用力地摁了摁双眼，好像下定决心擦完后就不流泪了。

旁边一桌的两个客人不断地扭过头来好奇地看他们，卞通几次三番地拿眼睛瞪他们，他们就假装在看别处，不一会儿，眼光又扫过来了。倪一似乎根本没意识到在他们周围有那么两双讨厌的眼睛。

“他今年刚满十九岁。去年年底感觉不对劲，去医院做检查，前后——，前后半年的时间都不到。”说着她的眼泪又下来了，“到现在我都不相信这个事实。你不知道，我们和别的姐弟不一样，我们父母长期不在身边，我们俩真就是相依为命。”

卞通知道必须转移话题了。

“你知不知道那天我为什么会去火葬场？”卞通说着看了一眼正将纸巾摁在双眼的倪一，然后自问自答道，“因为我的猫死了，清明节前一天死的。第二天我把它装在一只手提袋里出了家门，打算到外面把它处理掉，具体怎么处理，我一开始并未想好。

“我出了新村，走完桐泾路，又走了一段红旗路，这时看到了一辆沿途拉客的中巴慢吞吞地开过来，于是我就上了这辆车。上车后我问售票员这车去哪儿，卖票的小伙子火气很大，他告诉我车是去火葬场的，说完一直瞪着我的脸，就像我这样——，可我知道，根本没有直接到那儿的公共汽车，我在十四中读的高中，对杨家桥那一带我最清楚了，从来没有过。你对杨家桥那一带熟吗？”

倪一点了点头，说：“不过，也不是太熟。”在这个城市里，杨家桥就是火葬场的代名词，路上两辆自行车相撞后，你很可能会听到这样的牢骚：

这么急，赶着去杨家桥烧呀。

“所以我知道车是开往杨家桥新村的。车到终点站的时候，我把纸袋留在了车座下。我是最后一个下的车，那卖票的小伙子其实发现了我的纸袋，当然，他肯定是以为我忘了。但他并没有提醒我，我一下车，他就催促司机快调头，快调头，车像赶着去救火似的开走了。”

卞通给倪一和自己的酒杯都满上，然后继续说。

“从杨家桥到火葬场的一路上，只要一听到汽车声，我就转过身去看，总觉得那辆车也许会返回来找我。而那天走杨家桥的车特别多，清明节嘛，都是去凤凰山公墓扫墓的，所以后来我干脆倒着走，然而一直走到火葬场也没见那辆车回来。”

“你和我弟弟一样喜欢恶作剧。”

又说到她弟弟了，说到她弟弟，倪一的眼圈又红了。卞通往她面前的小碟子里夹了筷鸭肫干。

“对了，你养过小动物吗？”卞通问。

“没养过。不过我很喜欢动物。”

“大概女孩子都喜欢小动物的。我妹妹就养了一只叫花花的波斯猫，她跟照顾自己孩子似的给它洗澡，抓痒，梳毛，从无怨言。我偶尔回家对她的花花凶了一点，跟打了她两巴掌似的还跟我急。更好玩的是，她找男朋友的附加条件是，要对方跟爱她一样爱她的猫。我教育她，怎么就不想着要人家孝顺我们的父母，而光想着那只拖油瓶的猫。这下她又跟我急了，说你懂什么呀，我要是结婚了，爸妈又不和我们住一起，花花才是我们的家庭成员呢。”

倪一扑哧一下笑出声来。她的圆眼睛和菱角嘴笑起来非常甜美。卞通还是第一次看见她笑，他真想告诉她，你笑起来蛮好看的。

“你妹妹现在结婚了吗？”倪一的胳膊肘支在桌子上，一只手托着腮看着卞通，非常孩子气。说到底，她还是个二十二岁的大孩子。

“现在还没有。倒是有两个看起来喜欢她的猫胜过喜欢她的男人经常去找她和她的猫玩。连我妈都看出来那两人别有用心。真要爱猫胜过爱她，干脆把她的猫偷走得了，那还省了一笔结婚的费用呢。”

“那你妹妹的态度呢？”

“她正举棋不定到底嫁给谁,就看那两位先生谁能在猫身上下更大的工夫了。”

7.

卞通把刚买来的《电脑爱好者》、《新周刊》和《新民晚报》扔在床上。他的床是一张单人席梦思床垫,靠墙放在高出房间地面四十五公分大概有五个平方那么大的平台上,算是生活区。平台靠床头的地方乱七八糟地放着烟缸、台灯、茶杯、酒瓶、打火机什么的，烟缸周围落满了烟灰。平台下是卞通的工作区，靠窗有一张写字台，电脑、打印机、用过和空白的稿纸、书报期刊以及一层有些日子的灰尘安安静静地躺在桌子上,不过,那儿看起来更乱。卞通去客厅打开音响,往唱盘里送了一张拉威尔的《左手钢琴协奏曲》，这是拉威尔为独臂的奥地利钢琴家维特根斯坦而作的，唱片的录音极其出色，其中科拉尔的钢琴独奏华丽明亮。然后，他给自己冲了一杯速溶咖啡，放在平台上，躺在床上开始翻看期刊。

新鲜的油墨味顿时扑面而来，卞通忍不住把《新周刊》贴在鼻尖闻了闻，接着又依次闻了《电脑爱好者》和《新民晚报》。他已经有两个多月没看任何铅字的东西了。这两个多月来，今天也是他第一次在清晨出门，屋外新鲜的空气竟然让他感到有些陌生和惊喜，他一路做着深呼吸走到小菜场。清晨的菜场好像和傍晚的菜场有点不一样，但究竟是哪儿不同呢，卞通一时还没有发现。他沿着摊位从头走到尾，又从尾走到头，然后站在菜场的一个入口处以一副迷惑不解的表情看了好大一会儿，这才发现变化原来出在买菜者身上，他们都还没有睡醒，得了传染病似的一个接一个地打着哈欠，并且那一张张睡眼惺忪的隔夜面孔映衬得菜蔬们愈发的新鲜和水灵。卞通顺便买了一些新鲜的蔬菜，又去旁边的小超市买了几样调味品，最后在邮亭买了几份期刊报纸。

躺在床上大致地翻看了一遍那些铅字后，卞通起身去卫生间，他打算把地板拖一拖。以前家里洗洗擦擦的活都是麦洁帮他做的。每次收拾干净，她都会在卞通耳边唠叨一阵（纯属习惯），卞通想麦洁她肯定觉得只要和他在一起，那么收拾屋子和唠唠叨叨同样都是她的权利和义务。卞通认为自己其实并不讨厌听这些唠叨，一两个星期听一回这种密度，他差不多能接受。不过，现在她既然已决定去收拾另一处屋子，那么卞通的屋子也就跟她没什么关系了，同时他也失去了聆听麦洁那一套内容基本雷同的唠叨的机会了。卞通想，眼下正把握着这个机会的那个男人真有福气呀。

卞通拖了地板，洗了日积月累下来的衣服和锅碗瓢盆，打开所有的窗户，换走淤闷了近三个月的浑浊空气，做完这一切，他给自己炒了一大盘菠菜肉丝面，他又累又饿。

8.

这一觉睡得非常踏实，醒来已是下午六点十分了，卞通看了两次手表，这一觉居然睡了四个半小时。近三个月来，卞通虽然大部分时间都躺在床上，但睡眠质量并不好。睡眠总是极浅，就像浮在水面的木头一样抓不住睡眠的根基。睡着了就开始不停地做各式各样荒诞不经的梦，每次醒来都能复述一遍，似乎他睡着的目的就是为了做梦。而醒来后身体却疲倦得要命，脑袋发木，好像也不转圈了。周而复始，成了恶性循环。

今天的睡眠令卞通吃惊，那些稀奇古怪的梦都到哪儿去了？是否就此一去不复返了？卞通问自己，这是一种什么征兆？预示了什么？此刻一种崭新的情绪缓缓地从心底升腾上来。卞通不相信这与昨天的那顿饭有关，一个年轻的女孩子不可能有这么大的能量。当然，她有点意思，但还不至于有意思到如此地步。不管怎样，今天的睡眠已经让他意外地感到精神气爽，但愿这是一个好的开始。卞通双手撑在平台上，一口气做了几十个俯卧撑，直做得微微有些出汗，然后去卫生间冲了个温水澡。

三

1.

劳动节迟迟疑疑地终于来了。卞通无数次地翻看着手机上里的短信，信息很多，就是没有麦洁的。虽然他一再地对自己说，所谓告别演出只是一种形式，他应该为麦洁已开始的新生活感到高兴，然而他暂时还是不能心平气和地接受麦洁不回头地离去。两年多的交往说长不长，说短也不短，怎么能结束得这么意外、这么干脆呢？

下午五点半，卞通打电话到麦洁的父母家，电话那头一个不知叫什么的家伙热情洋溢地告诉他，婚宴安排在楼外楼，六点开始，并提醒他，这会儿已经五点半了，要赶紧了。

从卞通家到楼外楼不算远，步行大概需要二十分钟左右。卞通临出门前从唱片架上找出那两张迈克尔·伯顿的CD，作为送给麦洁的结婚礼物。下楼走了没几步，卞通还是招手拦了一辆出租车。他忽然觉得如果步行肯定会半途变卦的，所以还是打车过去，趁自己还没有改主意之前，就站到麦洁和她的新郎官面前。他倒要看看究竟是怎么样的一个角色娶了麦洁。

车开到半路，碰到了一列车身都贴着“喜”字的车队，这些车哪一辆都比驾驶员开的这辆桑塔纳要高上一两个档次，浩浩荡荡地大概正向某个饭店进军。驾驶员撇着嘴说：“妈的，神气个屁。”在四岔路口绿灯换红灯的时

候，驾驶员趁车队中一辆黑色的奥迪稍一犹豫的间隙，见缝插针地插了进去。插进去以后他得意极了，手在方向盘上打着拍子，晃着脑袋哼起了小曲，并且扭过头来看了卞通一眼，说："妈的，车是好车，可技术太差，没办法，太差了。"

等前面的车启动后，卞通他们这辆车也跟了上去，并和前面那辆喜车保持着半个车身的距离，任凭后面那辆奥迪怎么按喇叭，它就是不让。驾驶员不知是替奥迪车司机的技术遗憾还是为自己的技术得意，反正一路上他一直笑眯眯地摇着头。忽然他嘿嘿地笑了，笑过之后不无暧昧地说："妈的，插在里面真快活，你说呢，老兄？"

楼外楼的门口站着三对穿着婚纱礼服的新人和他们各自的傧相，两对分列左右两边，一对突前。卞通想，在足球场上这该是前腰的位置。眼下麦洁和她的新郎就担当着此项重任。浓妆后的麦洁让卞通有一种正站在舞台上的感觉，但光彩照人。她手捧一束鲜花，不停地向来贺喜的亲朋好友表示谢意。紧挨着她站的那个男人应该就是她的新郎了，卞通趁司机找零钱的时候，仔细看了看他，客观地说，真是仪表堂堂。卞通忽然对司机一摆手："不要找了，你把车往前面开一百米，我再下车。另外，这两张CD送给你吧。""为什么？""因为，因为你的车开得实在太好了。"

2.

在大公园旁边的天使阳台酒吧喝了两小瓶百威啤酒又磨蹭了半天后，卞通跟谁赌气似的把钱重重地拍在桌子上，然后大步流星地离开了酒吧。对于自己傍晚时在饭店门口的举动他已经很生气了，卞通对自己说："你想去大公园去看看那个喜欢脸红的孙力就去好了，都走到大公园门口了，真是的，你到底在怕什么？你什么时候做事变得这么犹豫不决？"

再有半个小时，大公园就该关门了，卞通点了根烟站在一只熊猫状的垃圾筒旁边，崔健正在他的耳边极其压抑地唱着那首《宽容》。这首歌卞通四年前第一次听就喜欢上了。当时他正在北京进修，并意外地爱上了一位赤手空拳从西北某个小镇去北京打天下居然还打出点名堂来的女子。可后者就像一条泥鳅一样，以卞通那会儿的功力，根本把握不住她。无数个夜晚，他就站在东八里庄她租的小屋前，大冬天呀，他穿着军大衣，来回跺着脚，像西直门那儿连夜排队等买卧铺火车票的。那样的夜晚，在寒风中陪伴他的就是这首《宽容》。遗憾的是，他最终也没能等回她，后者在一个大雪天，带着一个至今让朋友们众说纷纭的悬念跳进了密云水库。

前面不远处那张前一段他常坐的椅子上，一对恋人正忘情地在拥抱。这儿是整个公园晚上最黑的地方，所以这儿的人总是最多。

抽完一根烟，卞通又点了一根，等这根抽完，就该打铃了。而麦洁和她的新郎也该入洞房了，不知上床之前麦洁会不会要求她的新郎官放点音乐。麦洁说，那叫背景音乐，迈克尔·伯顿性感的嗓音最能让人春心萌动了。卞通想，我真应该鼓起勇气，将那两张CD送到麦洁手上，给他们的新婚之夜增加点麦洁喜欢的气氛。

那对恋人的拥抱真是没完没了，有那么一会儿，卞通甚至认为他们有可能睡着了。抽完手中的烟，卞通打算再去天使阳台酒吧坐坐，既然那个爱脸红的孙力不出现，那就一个人打发这个夜晚吧，其实也习惯了。和以前需要高频率地动嘴动笔的生活相比，卞通的嘴和手这几多月可算是清闲透了，除了曾和倪一有过一次也不能算长的交谈之外，它们几乎一直休息着。这时，那对恋人站了起来，朝卞通这边走过来。卞通抬腕看了一下表，时间不早了，顶多再有两分钟，铃就该响起来了。他瞄准熊猫张开着的大嘴，熟稔地用食指和拇指将烟头弹了进去，然后不经意地看了一眼正好走到他身边的那对恋人。天哪，竟是两个男人。此时两人中较矮的那位突然慌乱地低下头，并松开了另一个人的手。

走过去一段后，高一些的那位又回过头来看了看还愣在原地的卞通。由于一点思想准备也没有，卞通一下子有点缓不过劲来，只觉得浑身一阵一阵地起鸡皮疙瘩。不过了一会儿，他定下神来，对自已说："这没什么，其实我早就预感到了，这也是我一直没再来大公园的原因，不是吗？"

3.

连着两天，天都阴沉沉的，一副随时要下雨的样子，气温也骤然下降了十来度，昨天中午突然刮起了大风，卞通站在打开的窗口猛然觉得季节正在就此倒退回冬天。可今天醒来一切又变了回来，懒洋洋的太阳和温暖的小风，他跑到阳台上往下看，几张老熟脸正围着一张小矮桌在搓麻将，他们是附近几栋楼里退了休也没余热可发挥的老家伙，只要天气好，他们总是尽可能地在屋外多待一会儿，晒晒他们的老胳膊老腿。每当在床上躺累了，卞通就去阳台上站一会儿，看着他们貌似轻松实则很在乎输赢地搓麻，他就觉得更累了，所以还不如去床上躺着。

睁眼躺着的这种状态其实离休息已经很远了，他不停地翻身，不断地爬起来换唱片。最后他索性关了音响，回到床上，将枕巾蒙在脸上。卞通猛然间有一种日子过不下去了的感觉，虽然他知道一切还没有糟到那种地步，但他也不打算劝自己放弃由此产生的某些荒唐的念头。

按照他的朋友王成的"一切事物的存在都是有理由和需要理由"的逻辑，卞通似乎不应该存在，因为他没有任何存在的理由。既然没有理由，那为什么还要存在着呢？卞通的脑子极其混乱，他记得自己三岁的时候曾经得过脑膜炎。

有时候，他真怀疑自己这么迫切地寻找存在的理由的真正目的，也就是动机后面的动因，其实是在为自己寻找一个既可以说服自己又可以说服别人的不必再存在的理由。

足够冷静的时候，卞通也会安慰自己，一些不可少的过程正在过程当中，会过去的。他又安慰自己，没有这些过程，我们无法在日后回忆。过于简单的一步到位，是难以让人相信其真实性和可靠性的。我们内心的单薄、虚弱有时就是靠着一些繁琐、冗长的细节才逐渐丰满、强壮起来的。现在的生活只是他人生中最暗淡无光的一段日子，会过去的。就要过去了。

4.

手机响了，是王成。从卞通开始给自己放假，他就拔了家里的电话线，也不接手机。王成是卞通为数不多的圈外的朋友。而所谓圈内的朋友，就是一些以所谓的理想为名义聚集在一起说废话的所谓文化人。他们都是些能说会道的家伙，目空一切，但却极少真正做成点什么。卞通拿起音响遥控器，暂停了音乐。他有点想念这位办事认真、做人认真、大概在床上也很认真的朋友。

王成在电话那头用他的大嗓门首先叫了起来："怎么回事？不接电话，不回短信，晚上来找过你几次，家里也没有人，你到底在搞什么鬼？还以为你在这个世界上消失了呢。"

"不好意思，不好意思呀。"

"听你们报社的同事说，你被老蔡头炒了，怎么回事呀？"

"准确地说，是我炒了他，"卞通纠正道，"妈的，这老家伙太嚣张了。"

"那你以后准备怎么办？"王成就是这么一个实在的人，他不会关心你在想什么，他只关心你在做什么。

"我也不知道，"卞通实事求是地告诉他，"也可能去职业讨饭吧。"

除了卞通的父母，王成是为数不多关心卞通生存问题的朋友。他来卞通这儿会打开冰箱看看里面都有些什么食物，然后下楼去买回些他认为缺的东西。他在关心卞通生活的时候总是让后者不由自主地想到他亲爱的老妈。

“暂时还不急着去找工作，以后再说吧。哎，你打电话有什么事吗？”

“我少说也给你打了五十个电话了，我打算再打五十个，要是你还不接，我就买只花圈上你们家。”

“你这个想法真好。”

“你晚上有事吗？没事过来吃饭吧。”

“事倒是没有，不过我看算了吧，还是你过来比较好。”

卞通不喜欢他这位朋友的老婆，当然，首先是她不喜欢卞通。每次去王成的家，他老婆都紧张兮兮地看着他们的一举一动。她时刻提防着卞通把自己的老公带坏了。可以想象，私下里她不知劝过王成多少回，不要和那小子来往。王成老是夸他老婆菜做得好，然而卞通在他们家从来没有吃到过一顿让他觉得可口的饭菜，一次也没有。卞通完全有理由认为，她是在用难吃的饭菜拒绝他的下次来访。值得庆幸的是，王成不怕他老婆。他仍然常常邀卞通去他家喝酒。卞通大多数时候都欣然前往，他就是要看看她那副虎视眈眈样，她以为她的饭菜让卞通不舒服了，其实，最不舒服的还是她自己。

王成也曾经追求过卞通的妹妹小铃。卞通一再叮嘱他，对小铃好的同时别忘了对花花也要献献殷勤。可他就是太实在了，心里对谁好讨厌谁都放在脸上。他从一开始就讨厌那只猫，说它叫起来像太监，眼神阴险，一肚子诡计的样子。结果当然是没戏了。不过这样也好，小铃这丫头，王成不一定能像对付他现在的老婆那样吃得住她。他现在的老婆是个皮肤粗糙、个子矮矮、很能干的广东姑娘，好像是她先对王成有的意思。卞通认为他这位朋友众多的优点中有一点非常难得，那就是他不太挑剔。他认为老婆的全部含义就是做饭、生孩子以及和他过正常的夫妻生活，这些，这个广东姑娘全都能给他，所以，他对眼下的生活很满意。

5.

王成提着一马甲袋东西进门后，直接去了厨房。他把带来的熟菜分别倒在盘子里，一边回过头来看跟在他后面的卞通的脸色。

“脸怎么这么白？好像还有点泛黄，这一段在搞什么鬼？我看你身上的阴气太重了。”

“是吗？可我这一段一直守身如玉，连一只雌蚂蚁也没踩过。”

两人在客厅的沙发坐定之后，卞通习惯性地拿起了音响遥控器。帮帮忙，王成抬手做了个交警阻止车辆前行的动作。他不喜欢卞通唱片架上所有的CD，他认为那些全都是噪音。他喜欢“送你离开，千里之外”。他喜欢的卞通这儿没有，不过没关系，他们可以喝酒。

卞通拌了一道“全国山河一片红”，味道不错。味道竟然不错。他没有告诉王成这菜的名字，要不后者会认真地问为什么取这么一个听起来更像是一句口号的名字。对于不知道的事情，王成总是表现得非常谦虚和好问。因为在他的认识当中，一切事物的存在都是有理由和需要理由的。

“谁教你做这道菜的？味道蛮好的嘛。”王成不会做菜，因此他对买熟菜很精通。他能隔着橱窗玻璃分辨出已烘烤成金黄颜色的鸡的公母，至于在一堆牛肉块中指出哪是腱花，哪是腿核，对他而言，小菜一碟。

“自己想出来的。”

“怎么给你想出来的？”

“一想就想出来了。”

这样，针对这盘西红柿，王成就没什么好问的了。接下来，他告诉了卞通一些卞通个人空间以外的事：邬卫荣和杜琳这对朋友们公认的模范夫妻竟突然不声不响地离婚了；三子新买了一套日本的天龙音响；何其去二院割包皮正撞上也去割包皮的张立川，现在所有的熟人都知道这两个小子去割包皮的事了。当然也讨论了卞通今后的生存问题。讨论的结果是没有结果。今天卞通只是想和一个不擅长高谈阔论的朋友一起喝喝酒，不过这会儿他已经有点后悔了。

两天之后，卞通又接到王成的电话。后者自作主张地给卞通联系了份去经济电台当记者的工作。

“我这一段不想出去工作，主要是没有工作的热情，我已经习惯了眼下的生活，暂时不想改变。”

“可你不能一直这么生活下去，年轻轻的，居然主动下岗。你已经无所事事地休息了四个月，够长的了。”

“我说了我现在不想工作。”

“给一句话吧，去还是不去？”

“明天再说吧。”

四

1.

干的几乎就是老本行，采访那些一不小心被作为典型树起来的先进人物，或者手势颇多、拿腔拿调的领导同志，要不就是开始耀眼但星途叵测的文艺小明星。小明星们在接受采访时通常有比较丰富的表情和略显夸张的反应，让卞通不由自主地起鸡皮疙瘩。然而，他还是尽心尽力地在把这份工作做好。首先，这是朋友介绍的，不能塌朋友的台；再有，卞通一贯的工作信条是：把自己那份该做的工作做得比别人出色（取自卞通喜欢的歌手窦唯的一句歌词）。当然，做回这份工作，意味着又要被别人差东差西，支来唤去，但薪水比以前多了一些，这是他唯一能自我安慰的。

工作之余，卞通就逛逛电器行、唱片行、和一些工作中结识的女子约会。生活大致就是这样了，你不能要求太高。在电器行，卞通看到几款新音响，让他心动。

让卞通高兴的是，他买到了一张寻觅已久的斯托考夫斯基指挥的《狂想曲》。没人会怀疑斯托考夫斯基是本世纪最具天才和创造力的指挥家，但是他极端个性化的做派也使他遭到了众多的议论。他最与众不同的地方就是在舞台上从来不用指挥棒，有着常人难以想象的表现欲。他在舞台上指挥时，一定要有盏聚光灯清晰地打出他的身影，以让观众对他留下深刻的印象。这使许多乐评家送给他了一个“指挥台上的演员”的雅号。

斯托考夫斯基还对声光效果极其注重，尤其在音响上，如果乐队不能使他满意，很简单，他会将原曲进行修改，直到合乎要求为止。这种“坏习惯”当时常惹来卫道士的大惊小怪。

另外，斯氏对于录音的要求也很高。为使乐队听来有高低层次，他专门设计过一个阶梯式舞台，并常对录音师指手画脚。总之，很有自己的一套。

由于斯托考夫斯基的时代正是乐坛另一大师托斯卡尼尼君临天下的时代，他或许无法称帝，但他的才华和大胆创新的成就却是不能否认的。

这张CD是斯氏1960年和1961年留下的录音，里面收录的是李斯特的《匈牙利狂想曲》、埃乃斯库的《罗马尼亚狂想曲》、斯美塔那的《被出卖的新娘》、瓦格纳的《唐毫舍序曲》和《特里斯坦和伊索尔德》中的部分乐章，从中可以听到斯氏添加的异常瑰丽华美的管弦色彩和那戏剧性丰富、对比强烈、弥漫出欢愉气氛的诠释。

2.

傍晚时分的散步再也没有过。卞通现在的工作从某种意义上说，就是在人群里走来走去，然后从一堆人中挑出一个或几个有特色的人，和他们说话，并且通过电波传达给那些爱听或不爱听的听众。

有时喝酒，尤其是和女性喝酒的时候，卞通会想到那个颇有些酒量的倪一。她的圆眼睛在流泪和不流泪时都有点味道。他习惯用有没有“味道”来评点人，特别是女人。“味道”是个外延丰富的词，可以指滋味、气味，还可以引申到意味、趣味和心得体会。有没有味道是要去感觉的，对卞通来说，有了味道才会有感觉。反过来说，凭感觉来感觉有无味道。

和卞通交往的女子中，麦洁身上有着大部分女人都有的味道，但几乎没有什么特别的味道。所谓特别的味道就是能一下子区别于人群的、既不容易被社会同化更不会被人群淹没的个性。而那个像泥鳅一样滑溜的西北女子，毫无疑问是最有味道的，这也是卞通一夜一夜守在她小屋前，等她出现的原因之一。那时候，对卞通而言，和她在一起的诱惑大过其他一切诱惑。后来，在她的追悼会上，卞通知道了一些真相。她并不是其亲口告诉卞通的二十八岁，而是三十三岁。这没什么。还有，她已婚，有个六岁的儿子。她的丈夫是个右手有六根手指的仓库保管员。这也不重要。卞通认为，这些其实都是组成她特殊味道的一部分。

至于倪一，他们还说不上深交。自从喝过那次酒后，卞通再也没见过她。可她的圆眼睛、完全没有脂粉的脸蛋和孩子气的神态给卞通留下了深刻的印象。还有，她的名字也有点意思。

3.

五月底，卞通去了一趟北京，采访一位正走红中国文坛，弄不好还会走红世界文坛的作家。他出生于划属卞通他们市的一个县的农村，在那儿长到十七岁，但他的作者简介从来只写到市为止。卞通在动身之前先和他电话联系了一下，对方用带着浓重家乡口音的普通话告诉卞通，他最近，包括以后很长的一段时间内都会非常非常忙。当然，他最后又说，对于家乡记者的采访，自己还是会想办法尽可能抽出时间来的。

应该说，那位作家极为配合卞通的采访，他居然亲手写了一篇采访报道，交给卞通后又请卞通吃了一顿饭。这样，三天的采访计划，卞通半天就完成了。北京户外的灰尘和阳光依然和两年前一样铺天盖地，卞通眯着眼站在街头，厌烦油然而生。他一刻也待不下去了，匆匆从火车站广场的票贩子手上买了一张黑市票，踏上了归途。

承蒙那位老乡作家的合作，卞通有了两天的空闲，他打算趁机把家整理一下。黄梅天已经来了，该晒该洗的衣物如再不做处理，到了秋天根本无法穿。在叠那套报喜鸟牌西服时，卞通想到了那只死去的老猫，想到猫连带着就想到了中巴车、火葬场和倪一。自从那次喝酒后，他再也没见过倪一。他倒是给她留了手机号，但她从未打过。也不知道她怎么样了。如果没有她弟弟的死，她现在应该正是快乐的年龄，谈谈恋爱做做美梦。她甚至还能过过“六一”儿童节，只要她愿意。

明天就是六月一日了，儿童节也是卞通为数不多喜欢的节日之一。他忽然很想见见倪一，要是她愿意的话，他们可以共度儿童节。

4.

在倪一家的楼下，卞通遇到了一个正在极其可爱地威胁自己父母的小男孩。答应不答应？小家伙穿了一身新衣服，背带裤的膝盖上有两只吐着舌头的小黄狗。他双手神气地插在裤兜里，仰脸提醒父母，你们别忘了，今天是儿童节。

儿童节真是个让儿童们扬眉吐气的日子，卞通一边上楼一边想，我要是早几年结婚，孩子也该有这么大了。说到结婚，儿童节倒是个不错的日子，只是跟谁结婚呢？倪一吗？这时，突然有个浪漫的念头划过脑际，如果等一会儿我向倪一求婚，而她又同意的话，我就和她结婚。

上到三楼，卞通就彻底否定了刚才的那个想法，实在过于荒唐了。他已经过了可以随心所欲荒唐的年龄了。敲了半天302室的门，301室的门倒打开了。卞通立即认出她就是上回在火葬场感叹“作孽”的胖老太太。嘿，她还是那么胖。

“没人，他们家没人。”

“阿婆，请问倪一住这儿吗？”

“不在，不在，都不在了，克凡去了，倪一也去了，作孽，作孽呀……”

下到底楼的时候，MP3里正唱到最后一首《彼岸》：

今天是某年　某月　某日

我们共同面对同样的现实

这里是世界　中国的某地

我们共同高唱一首歌曲

啦啦啦啦

……

卞通伸到口袋里面的右手摸到了一张折叠着的纸条，掏出展开一看，是干洗店的取衣单

NO. 106

西服（全毛、灰色）一套（报喜鸟牌）

5月28日（上午）送

6月1日（下午）取

卞通记得报喜鸟西服的广告词是这样的：报喜鸟西服，喜报千万家。

看我，在看我

一

“你好像黑了。”

“是吗？”高远下意识地摸了摸自己的脸颊，同时用一种将信将疑的表情看着对方的眼睛，仿佛想要从对方的神情中判断出话语的可信度。

“没错，是黑了。”超市老板娘的语气和表情都十分肯定，见高远看着他，她叫住正在往货架上货的小金，要她作证，“你说，他是不是黑了？”

小金只扭过脸来看了高远一眼，又转过去接着上她的货。老板娘问：“是不是黑了？是不是黑了？”小金极不情愿并且声音很轻地说了一句：“我哪里知道他黑没黑啊。”高远感觉小金的脸红了。

老板娘还在盯着小金问：“你再看看，再看看，反正我觉得他黑了。”

高远掏出钱包付钱。他以前是不用钱包的，钱随手就塞在裤兜里，要用的时候就一把掏出来。他没什么钱，也基本不刷卡，所以钱包那玩意儿对他来说是个累赘。当然现在不一样了，一个作家，或者说一个搞艺术的人，言行举止是应该和普通人不一样的。具体不一样在哪儿，高远也说不上来，反正要让别人看着不一般。

高远是在上个礼拜二成为一个作家的。他至今还清楚地记得当时的情景，就是在这家叫理想的小超市，就是在这个收银台前，就是这个老板娘，一边刷价钱一边有一搭没一搭地和他聊着："没上班啊？"高远说："哦。""搬来有一阵了吧？"高远说："是啊。""老是白天看见你，你白天不用上班？哎，你是做什么的？"那时候小金就在旁边，正在给收银机换纸卷。高远第一次来这里买东西就是她收的钱。这是个沉默寡言的女孩，老是埋着头干活，偶尔抬起头看人一眼又迅速地低下头去。在高远张口回答的时候感觉她瞄了他一眼，似乎她对这个问题也很好奇。等高远把目光转到她身上时，她已经低下头去了。高远脑子一热，回答说："我是一个作家。"说话间他感觉有一股温热的电流嗖地通过自己的身体，并迅速扩散开来，随即身上起了一层鸡皮疙瘩。几乎与此同时，小金的目光落在了他脸上。

事后，高远反复回忆着那天在超市的情景，"作家"那两个字从他嘴里蹦出来实在有些突兀，全无征兆，声音不大，却有着某种特殊的能量和威力。他记得当时超市里还有两个顾客，听到后也都把目光转向了他。

那天高远仓皇从超市出来的时候对自己说："你疯了吗，怎么会说自己是个作家呢？你到底想干吗？"这么问了自己几遍，他又觉得有些委屈，自己什么也不想干，只是不想让别人知道自己是个待岗工人。一个正当年的人待岗在家，不外乎这几种可能性，没有受过好的教育，或者能力有问题，再有就是生性懒惰，不愿工作。待岗两个月了，高远至今没调整好心态，这么说无非是想给自己的无所事事披上一件好看的外衣。是啊，就是这样的。

随后的几天里，高远都没好意思再去理想超市，经过它门口时，他也是低着头一副急匆匆赶着去办事的样子。但是他没事可干，一个待岗工人能有什么可干的呢？

从小到大，高远都是那种特别普通的孩子，对这样的孩子，父母和家长既不用特别担心也不会寄予过高的希望。高远出生在一个普通的家庭，智力普通，长相普通，身高普通，成绩普通，考上了一所普通的高中后理所当然地没有考上大学。没读过大学当然找工作也就困难一些，没有一份好的工作找女朋友当然也就更难一些。虽然高远目前生活中有一个女朋友，可就像高远对她不怎么满意一样，后者也对他也很不上劲。他俩之于对方都是鸡肋，同时又都是对方没有选择的选择。

一个普通的人有一个普通的人生是一件再正常不过的事，高远也从未想过改变。这三十一年来，他所做的就是顺其自然。

不过，高远有个不普通的哥哥，在差不多让父母操碎了心之后，这家伙成了一个作家。这真是个让人目瞪口呆的结果。他从小作文写得不怎么样，而且在大学里学的是机械制造，跟文学完全不挨边，怎么就成了一个作家了呢？这真让高远想不通。

哥哥的成功让高远对作家这个职业有了新的看法，它并不像高远原先以为的那么神秘和复杂，不就是待在家里，愁眉苦脸地一坐就是大半天，把房间弄得烟雾腾腾的，把家里人熏得直流眼泪。他读过几篇哥哥的文章，依他看，哥哥所谓的写作就是用文学这个借口发牢骚。而哥哥眼下的生活则是和不同的女人周旋，实在周旋不过来了，就拍拍屁股一走了之，然后他们的父母就像救火队员似的跑到哥哥家去说服挽留他的妻女。父母去之后，嫂子也拍拍屁股回娘家，留下祖孙三个人继续把日子过下去。

这几乎已经成了高远家的一个惯例，父母以安抚嫂子的名义去哥哥家住一段时间，给高远和他的女朋友腾出一个空间。高远想，在父母心里也许希望自己能尽早生米煮成熟饭，至少他母亲是这样想的。如此这般，似乎高远的婚姻就有着落了。

可是高远的女朋友小孔并不领情，她认为这是高远和父母联合起来搞的一个阴谋。她经常用尖酸刻薄的话语打击高远好不容易聚集起来的热情。最过分的一次，她居然对高远说：“作为一个结婚的对象，你只有性别是符

合我要求的。”高远一下子被说懵了，辗转反侧了大半夜才想出一句回应的话。他立即拨通了小孔家的电话，是她父亲老孔接的，高远异常严肃地说有一件重要的事要和他女儿谈。老孔紧张起来，一再问，是什么事。高远颇为不耐烦地说，别问那么多了，让小孔接电话吧。说实话，那会儿高远认定这是最后一次往她家打电话了，因此也就没什么好顾忌的了。

那个电话后，小孔对高远的态度有所转变，似乎那个电话让她认清了自己的真实状况。那就是高远在电话中最后扔给她的四个字：彼此彼此。

“中午又是方便面？”超市老板娘把找的零头递给高远，笑吟吟地看着后者。老板娘长着一口洁白整齐的牙齿，出现在她暗淡无光的脸上就像是个意外。每次她一笑，高远就忍不住去看她的牙。他怀疑那是假牙。

“这个方便。我一个人，图个省事。”

今天高远本来是可以不来超市的，确实没什么需要买的。早起他上了会儿网，看了会儿电视，给两个同样也在待岗的同事打电话，互相用粗话发了一通牢骚。无聊之极，他又往哥哥家打了个电话。母亲接的，劈头就问小孔怎么样，好像吃准了小孔住在高远这儿。说了两分钟，母亲突然让高远把电话挂了，说她打过来。高远赶紧说没什么要说的了，就这样吧。可母亲很快就打了过来，又闲扯了足有二十分钟。挂了电话，高远拿起钥匙就出了门，似乎他在之前所做的只是为了证明在家待着确实没意思。

“最近写什么大作了，大作家？”

“没写什么，没写什么，天太热，而且最近看世界杯呢。”

“那以前的也行啊，拿几篇给我们看看嘛。你不是答应过我们的吗？要不然告诉我们哪儿能买到，我们自己去买。新华书店有吗？那儿应该有吧？你不知道我们小金可爱看书啦。”

小金的脸红了。她的脸又红了。高远从未见过一个人像小金这么爱脸红的。她是见谁都脸红，还是面对他高远才这样的？

“好的，下次吧。”

说起来得怪自己，为了更贴近自己眼下作家的身份，前几天，高远跑了一趟新华书店。高中毕业后，他再也没去过那里。平常除了《足球报》，他连家里订的晚报都懒得翻。一阵眼花缭乱之后，高远挑了两本书名拗口不出意外的话他一辈子都不会去读的书。书拿在手里，高远感觉不自在，就像一个习惯光脚在泥地里走的人突然穿着鞋上了水泥路。在去超市的路上，高远变换了几次姿势，最后觉得这件道具还是夹在腋下里显得比较随意。那天一进超市，坐在收银台后面算账的老板娘一眼就看到他腋下的书，不无欣喜地站起来，指着问：“这是你写的书吗？”高远感觉洗涤用品的货架那儿探出了大半个脑袋，很快又缩了回去。他连忙解释是刚在书店买的，是别人写的书。老板娘哦了一声，有些失望，坐下继续算她的账。高远把书放在收银台，进去拿了两包方便面。走出来时，他看见老板娘懒洋洋地趴在收银台上无聊地用圆珠笔的上端拨拉开上面那本书，用一种看不懂的表情看着下面那本的书名，站在她身边的小金则歪着脑袋从侧面在看书脊上的书名，却并不伸手去拿。见高远过来，老板娘来了精神，提出要拜读高远的大作。高远当然很是意外，支支吾吾的。她随即补充道，看完就还你的，说到做到。高远还能说什么呢。不过，在那一刻，高远依稀看到了谎言被戳穿的尴尬以及小金失望、不屑的眼光。

高远已经拎着东西出来了，听见老板娘在后面喊道：“我们可等着喽，要不让小金跟你回去拿吧？”高远只当没听见，加快步子往家走去。

高远搬到尚东小区也就两个来月，房子名义上是父母买的，其实有一多半的房款是哥哥出的。一个人有能力了，在物质上对家庭的贡献大了，在这个家里说话也就有了分量。

就在十年前，高远偶尔还会用一个兄长的语气劝导上哥哥几句，而父母对这个惹是生非的长子更是持一种管不了也不想管的态度。那会儿哥哥回家很少能看到好脸色，父母总觉得不定哪一天这个孩子就会惹出大祸的。他们和哥哥说话惯用的就是那种恨铁不成钢的口气。而对高远，父母的态度则要温和得多，因为根本就不指望他出人头地，哪怕他现在待岗在家，他们也认为是可以接受的。在父母眼里，高远是平庸的，没什么能力的，时不时地还需要拉扯上一把，总之是一个无大害也无大用的人。

走到单元门口不过五分钟，高远已经是大汗淋漓。外面一点风也没有，灼热的阳光裹挟着接近饱和的湿度使得空气像是一种有温度和重量的黏稠的气体。高远伸手抹了一把额头的汗，嘴里骂了一句："这鬼天气！"

打开电子门锁，高远刚跨进一只脚，后面有个声音："请等一等。"高远回过头去，是住在他对门的邻居，一个四十来岁的男人，装修房子期间打过几个照面，搬过来后反倒很少见。那人一头大汗，烟灰色的T恤胸口洇湿了一大片，稀疏不多的几绺头发耷拉在脑门上，看上去有些狼狈。这家伙跟在自己身后，怎么悄无声息地一点动静都没有？

道过谢之后，那人径直往电梯处走去。他后背的衣服湿了更大的一片，和皮肤粘在一起就像是贴了一块狗皮膏药。

"天真够热的。"高远说。

"是啊，够热的。"

不知为什么，高远就是觉得他回答得一点都不由衷，仅仅是出于礼貌才应了这么一句。

在电梯口停下后，高远注意到他手里拎着满满当当两大袋，居然全是碗面，康师傅红烧牛肉面，和高远喜欢的一个口味。再一看，塑料袋外面印着"理想超市"的字样，难道他也刚从理想超市出来？自己怎么没看见他？那人见高远在看他手里的塑料袋，稍稍抬了抬手，说："买了点东西，刚才看见你了，在超市里。”

“哦，是吗？我没看见你。”高远有些心虚，老板娘刚才说的话他听见了吗？这人离自己的真实生活是如此之近，也许早就从爱搭讪的父亲那里知道了自己的真实情况。如果他问自己是不是一个作家，那我就否认，说是开玩笑的，玩笑而已。

然而那人只是礼节性地笑了笑，然后微仰着头看着电梯门楣上的数字，神情专注，仿佛看那些闪烁变换的数字是一件很有乐趣的事。难道他根本没有听见老板娘那破锣嗓子，或者听到了却一点也不好奇？再或者他明知是个谎言，只是不愿戳穿他罢了。

电梯下到五楼后就停在了那里，不下来，就是不下来。那人眉头紧锁，神情越来越严肃，一动不动地保持着仰脖凝视的姿势，连眼睛都不带眨的，好像是在和那个“5”字较劲。汗从他的额头滚落下来，经过脸颊，短暂地在下巴处停留，最后滴在胸口。它们是那么源源不断，就像是一支训练有素的运输部队，而此人却浑然不觉。

忽然，他就朝安全通道口走去，没和高远打招呼。他刚走，电梯就下来了。高远想叫住他，但楼道里的脚步声重重的，跟谁赌气似的。

电梯里首先出来的是一条苏格兰牧羊犬，然后才是人，最后出来的一个男人看见高远，眼睛一亮，嘴里嗳了一声，随即热情洋溢地冲着高远招呼道：“你好！”这是个六十来岁的瘦子，不只是瘦，而是干瘪，并且皮肤枯黄，像一条被风干了的咸鱼。

高远完全不记得认识这个人，也不记得曾经见过他。在电梯门就要关上的时候，那人竟然伸手扒住门，就像超人一样。

“你就是那个作家吧？”

“什么？”

“我是听超市老板娘说的，真没想到啊，这么年轻，荣幸，荣幸，能问

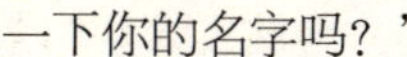

一下你的名字吗？”

“名字？”

“是啊，能问一下你的大名吗？”

“那个——，我叫，高瞻。”

“高瞻？啊，久仰，久仰。”那人好像有点意外，但更多的是惊喜，“是那个写《扣你一脑门屎》的高瞻吗？”

高远不清楚哥哥是否写过这么一个东西，也不知道这个世界上是否还另有一个叫“高瞻”的作家，但在对方瞳孔放大的注视下，此刻他好像只能点头默认。

“对了，前两天的晚报上我还读到过一篇你的文章，是说七夕情人节的，题目叫什么什么的谎言。”他眨巴着眼睛努力想把那“什么什么”给想出来。

电梯门又一次要合上，瘦子两手各撑住一侧的门，愣是不让它们合上，同时眼巴巴地看着高远，希望后者能把那个“什么什么”的空给填上，但高远实在帮不上他的忙。

搁下东西后，高远直奔卫生间冲了个澡。水没有加热，但也不冷。入夏以来，高远每天冲澡的次数不下于五次。这几天更是时不时地冲一下，和小便的频率近似。高远讨厌出汗，可又不喜欢长时间地待在空调房里。他有神经性头痛的毛病，吹不得冷风。

水流声中，依稀有门铃声。高远关了水龙头，侧耳听。是他家的门铃声。大概是因为芯片受潮了，那首《生日快乐》听起来怪里怪气的，就像一个五音不全的孩子却扯着嗓子极其认真地在歌唱，十分搞笑。而小孔说高远家的门铃像是猫在叫春，太淫荡了。

高远猛然想到了小金，她真的被老板娘派上门来拿书了？他蹑手蹑脚走到门口，凑在猫眼一看，是刚才在电梯遇见的那个干鱼一样的男人。可是他来干什么呢？高远退回到卫生间，边擦身子边问："谁啊？"

"高作家，我是五楼的，刚才我们在电梯口见过的。"

"有事吗？"

"请开下门，好吗？"

高远从洗衣篮里捡出刚扔进去的衣服，抖了两下，领口和后背有点潮，将就着穿一下吧。

"对不起啊，打扰了，"高远刚把门打开，一张皱纹纵横的笑脸就塞了进来，"你在搞创作，是吧？不好意思，不好意思。"

"有事吗？"

"没事，没什么事，当然，这样说也不准确，还是有一点事的，一点小事，"说着他伸出小拇指比画了一下，"但是不知道你现在忙不忙。"

"还行，怎么啦？"

"很冒昧啊，那个，"他搓着双手，欲言又止，"那个，是这样的，我想和你聊聊，聊聊我的经历，不知道你有没有兴趣。当然，还得看你有没有时间。"他干瘦的老脸上泛着羞涩的红晕，好像为自己的请求感到难为情。

高远这才意识到此时自己的身份是作家，人家是来找那个叫"高瞻"的作家的。

"我知道你很忙的，时间宝贵，不瞒你说，前几天听说小区里住着一个作家我就想来找你，想给你提供一些素材。写作不是需要素材的吗？再一想，又觉得太冒昧，刚才正好见着了，打过招呼就算是认识了。对了，你这会儿不忙吧？"不等高远回答，他变戏法似的手里多出一张名片，双手递了过来。

高远直担心蚊子飞进来，打断道："要不进来说吧。"

老张一口断定自己这大半辈子的经历绝对能写本书。不，本身就是一本书，而且还不是一本平庸的书，其中的曲折、浪漫、惊险有着浓郁的传奇色彩。

老张出身贫寒，靠着个人的奋斗来到了城市，从一个被使来唤去的小学徒做起，一步一步成长为一个国家干部。上世纪八十年代初期，他成了一家烟酒糖批发部的经理，同时脑筋活络的他还私下里倒腾着计划经济中的紧俏商品，所以他曾经有过钱。

说到"钱"这个字时，老张加重了语气。高远不好判断"有过钱"是个什么样的概念，不过他能感觉出"钱"这个东西让老张爱恨交加，并且言下之意是，现在没有钱了。

谈到目前的生活，老张的表情暗淡了许多。两个儿女成家后除了逢年过节，极少回来，偶尔打个电话，不是让帮着去学校接孩子，就是水电费到期忘交了。他们想到父母的时候基本上都是有活儿要给父母派。

高远尽量装出一副认真在听还挺感兴趣的样子。不是说作家要多倾听民众疾苦吗？虽然他暂时还不习惯在理想超市之外，在小金和老板娘的眼光之外当一个作家，但得承认，这样的感觉相当不错。一个人主动把他的经历一五一十地告诉你，你可以背着手随意在他的人生里东走走西瞧瞧，像一个视察工作的领导，遇到不明白的随时可以提问。你有疑问表示你认真在听，表示你对此重视。

坐在高远对面的老张时不时地会停下来强调上一遍，希望高远在写的时候不要用他的原名，免得麻烦。说得次数多了，高远不得不安慰他，不会写原名的，放心，如果真要写的话，所有的人物都会改姓换名的。老张说他的这些故事连他老婆也只知其中的一二，他不告诉她是不想让这个没见过世面因而思想狭隘的娘们有不必要的猜疑。尽管高远没见过那个女人，但可以想象得到，她只是和老张的躯体过了半辈子。

老张浓彩重墨说到的是这么一个女人，她出现在他人生最辉煌的阶段，那时候他有钱，有精力，有身体，还有在计划经济下散发着特殊魅力的那么一点权力。她或许真心喜欢过老张，老张也为此尽其所能帮助了她。可她羽翼丰满后离开了老张，带走了他的感情、他的钱，改变了他的世界观。这经历和伤痛老张无处诉说，他耿耿于怀，他希望通过某种途径报复或者教育她一下，不过前提是不能影响自己的生活。他希望他的这段经历能变成文字，让大家读到，能引起舆论的反应，从而达到在道德层面上谴责她的目的。

高远把左脚翘到右腿上，身子又往沙发里陷了一些。他认为此刻自己手里应该夹支烟，哪怕不抽让它慢慢燃着呢。他环顾客厅四周，父亲连一个烟屁股也没留下。

二

下午六点半，高远下楼，去小区的车库取他的自行车，然后骑车去他常去的那家网吧玩上半宿CS。他家的那台老奔四也就凑合上个网。平日里父亲看不得他在家玩游戏，认为那纯粹是件费眼费电费精神的无聊之事。

接连三天，高远都在车库前那条假模假样的仿古回廊上见到老张。黄昏时分，地表聚集了整个白天的热量，要是没有风，那这时待在户外简直是在蒸桑拿。老张坐在回廊的水泥边栏上，手执一把纸扇，不紧不慢地摇着，看见高远过来，他就像偶遇一样迎上来，脸上堆着讨好的笑容，问："忙完了？"高远怀疑他坐在那里不是一时半会儿的了，或者干脆就是为了遇上高远才候在那儿的。

为了证实自己的判断，今天高远比平时晚了半个小时下楼。果不其然，老张在回廊里踱着步，纸扇摇动的频率快了许多。高远忽然有些感动，自己曾经像这样在放学的路上等过暗恋的女同学，也因为忘带钥匙在家门口蹲过一下午，还拿着彩票怀揣着发横财的白日梦守在电视前等待摇奖，当然他的等待无一例外地都以失望告终。但是，被人等，这还是头一次。

“写了一天很累吧？”

“哦，还行，习惯了，就是腰这儿有点僵硬。”高远说着用拳头在自己腰上捶了两下。拿拳头顶着腰眼是哥哥的习惯性动作，他总是说自己的腰像是被掏空了似的僵硬酸疼。

“哎哟，这个问题可不能不当回事，腰可是男人的命啊。我知道有个地方按摩不错。别误会，不是异性按摩，是盲人按摩诊所，里面有个按摩师是我儿子的中学同学，不，不，我儿子不是盲人，那孩子本来也不是盲人，一次意外眼睛瞎了，所以去学了这门手艺。现在他是那儿的什么首领，不对，不对，让我想想，哦，叫做首席按摩师，首席按摩师。诊所门口就挂着他的照片，他可是那儿的招牌。”

“我这是老毛病，歇会儿就过来了。”

“就因为是老毛病，更不能马虎。我带你去，不太远，就算你今天不按，认识以后，自己单独也可以去。怎么，很忙吗？”

“是，有些忙。”

“怎么，开始写了吗？”

“写什么？”高远不解地迎着老张热切的眼光。

“我的故事，我给你提供的那些素材呀。”

“哦，那个，我正在构思。”

“对，得构思，作家动笔之前都要构思的。”

今晚的战果可谓辉煌。走出网吧，已经是凌晨四点了。高远感觉胃里空荡荡的，再有就是两条腿，尤其是小腿肚子涨得难受。他在网吧待了将近十个小时。尽管不是最长的纪录，但也够长的了。高远站在门口定了定神，然后才骑上车往家去。

天色灰蒙蒙的，依稀有了一点要亮起来的意思。街道两侧的店面都关着门。高远骑得很慢，他希望能在沿途找到一个已经营业或者快要营业的早点铺。这个点回家比较尴尬，不往肚里垫点儿东西恐怕一时半会儿难以睡着。

一路上，除了被两个同样骑自行车的人超过，高远再没看见别的人，街道因此显得比白天宽敞。往常他一般在一点前结束战斗。说实话，像他这个年龄还耗在网吧里的不多，混在一帮还在发育的小青年中间，他自己都觉得不好意思。有的孩子玩累了在椅子上或一边的沙发里蜷一会儿，然后接着玩，一点没事。高远不行，打十个小时基本是一个极限，否则第二天身体就该给他颜色看了。

骑到小区门口，也没找到一家有营业迹象的早点铺，高远下车来，把车支好，打算再等等，顺便活动活动身子骨。

小区里有一个人在往外走。这人低着头，走得很慢，每走一步似乎都很犹豫。在将明未明的天色里，整个人像是罩上了一件雾气蒙蒙的外衣，变得飘忽而不确定，只有当他走进路灯光里，模样才清晰起来。

高远微张着嘴，一只手下意识地抓住车把。在这个寂静的凌晨，在昏暗的灯光下，对面缓步走来的这人平添了一层虚幻鬼魅之意。

又走近一些后，高远才看清那人确实是他对门的邻居。这时那人刚好抬起头，他的眼神掠过高远的脸，掠过高远身后的夜色，然后继续低下头去。高远不能肯定对方是没看见他还是看见了只当没看见。

到小区门口，那人动作轻缓地推开虚掩着的边门，跨出一只脚的同时，抬头看了一下前面。高远就站在离他不足二十米远的地方，脸冲着他，等待两人的眼光交接上。凌晨四点多，遇上一个认识的人，怎么也得打个招呼吧。然而那人很快又把头低了下去，似乎他抬头只是衔接动作的一个环节，相当于鲸鱼探出水面换了口气。

不管怎样，他们是邻居，而且是对门邻居，没几天前还打过招呼，总也算是认识了吧，怎么能如此冷漠呢？高远朝他走了两步，在擦肩而过的那一瞬间，高远说：“你好。”

对方被吓得一哆嗦，惊愕地扭过脸来，看了足有两秒钟才认出高远来，被动地回了一句：“哦，是你。”

“起这么早？”

“嗯。”声音很闷，更像是一个表达不满情绪的鼻音，不等高远做出反应，他匆匆走了。

高远心里来气，怎么可以如此漠视他的存在和热情，也太不近常理了吧。他妈的，什么人啊，眼睛长在屁股上了，人模狗样的，以为自己是谁啊。高远骂骂咧咧的，但还是觉得不解气，因为明知这些话对方听不见，于是他提高嗓音冲着那个急急远去的背影继续骂道：“大清早的，赶这么急，去报丧啊，看你那一脸倒霉样吧，眼屎还在眼窝里呢，我看你是还没睡下吧？”

那人一下子停了下来，缓缓转过身来，站在原地，看着高远，也不说话，就那么用一种吃惊的表情看着他。

高远正说得来劲，就算是出于自尊也不能立马停下，不过声音低了下来，就像是在自言自语：“出门也不先洗把脸，擦擦眼屎……”但那人骤然严肃的表情让他把剩下的话咽了回去。

那人警惕地四下看了看，紧走几步回到高远跟前，压低嗓音：“你怎么知道我还没睡？”

高远被问愣住了，随口说道：“看你这张隔夜面孔就不像是刚睡醒的。”

对方似乎没能理解高远话中的意思，侧过脸去皱眉想了想，猛然抬起头，逼视着高远的眼睛：“你还知道些什么？”

高远不由紧张起来，但他还是用一种玩笑的口吻回答道："知道什么，知道你晚上没睡干坏事去了。"

"那你知道我干了什么坏事？"那人挑衅似的把脸凑到高远脸前。

"什么坏事，当然不是一般的坏事，"在对方咄咄逼人的注视下，高远心里一阵发紧，脊背蹿出一层冷汗，他打岔道，"行啦，不开玩笑了，我要回去睡觉了。"

高远说着踢开自行车的脚撑推了车要走，然而那人一把按住车笼头。

就这一会儿的工夫，街上有人走动起来。一辆农用三轮车动静很大地从高远他们身边经过，车开过去后又倒了回来，停在他们跟前，并不熄火。车上装的是蔬菜，用塑料布盖着。驾驶座上并排坐着一对男女，男的精瘦，戴着一副眼镜，女的脸盘又扁又大，其面积几乎是旁边那张脸的两倍。车上的两人互相探询地交换了一下眼神，然后好奇地毫不掩饰地看着这两个面色严峻、沉默不语、各把着一头车把的男人。

中午，高远是被门铃声吵醒的。他想，真该尽快把这门铃拆了。铃声执著地响着，由此高远也可以肯定门外的人不是小孔，依她的脾气，早就踹门了。

高远翻了个身，把枕头压在脑袋上试图再次睡过去。不知怎的，脑子里突然就出现了对门那个男人的样子，他从床上惊坐起来，由于动作过于剧烈，右胳膊肘上的伤口碰到了凉席，疼得他直倒吸凉气。

难道是他？高远下床，捂着受伤的胳膊肘走到卧室门口，侧耳屏息听着外面的动静。有说话声，像是好几个人，其中隐约还有老张的声音。

重新回到床上躺下后，高远听见自己的心脏剧烈的跳动声，它在整个房间扩散开来，它的动静已经盖过了外面持续不停的门铃声。

那个男人实在太反常了，凌晨时分，诡异的行为，激烈、狂躁的反应，

不是脑子有问题就是昨晚真的干了什么坏事。早晨那会儿要不是那对菜农夫妇的出现，那家伙指不定会有更激烈的举动。当时两个人各抓住车把的一端，高远清楚地感觉到有一股力量通过车把传递过来，同时，他被迫也不断往车把上加着劲，以此来保持自行车的平衡。他们就像两个比试内功的武林高手，表面上不动声色，暗地里已是风起云涌。

怎么就松开了车把？高远没想明白，反正那人突然转身就走了，自行车当即朝那一侧倾斜过去，高远随之倒了下去。亏得他反应还算快，一只手首先撑到了地面，避免了整个身体直接撞在翘起的车把上，不过右胳膊肘还是在地上磕了一下。农妇惊叫了一声，和高远倒地的动作相比，略显滞后。等高远龇牙咧嘴地从地上爬起来，那家伙已经跑出去好一段了。他跑得是那么快，仿佛受到了巨大的惊吓。

下午，在老张的陪同下，来了两个居委会的人。他们说吃午饭的时候曾经来过一趟，此次来访的目的是想邀请高远参加社区智力竞赛的评选。他们是从老张那儿得知这个社区里住着一位作家。他们认为这是社区的光荣，也是社区的资源。高远当然坚决地推辞，而那三位则更为坚决地坚持。

送走他们之后，高远萌发了暂时逃离这儿的想法，他觉得这样下去事情将变得不可收拾。他再一次依稀看到了谎言被戳穿时的尴尬以及小金失望、不屑的眼光。

三

在燠热中醒来，高远感觉身体挨着凉席的部位又热又黏。屋里一片黑，凭感觉至少应该有十点钟了。高远伸手轻轻触摸了一下胳膊肘上贴了三条创可贴的部位，然后才小心翼翼地用左手撑着上半身坐起来一点。他摸索着找到床头柜上的手机，想看一下时间。但是看过时间后干什么呢？

手机就拿在高远的手里，他并不急着看。他觉得其实自己并不需要知道时间。钟表上的时间对他来说没有任何指导性的意义。这两个月，他基本上是按照自己的生理需求在支配时间，饿了吃，困了睡，像动物一样。

手机屏幕的亮光刺得高远眼睛生疼，他不得不闭上眼。过了片刻，他慢慢从床上起来，坐在床沿，光脚踏在地板上，垂着脑袋，对自己说，又把一天糊弄过去了。

外面的防盗门被拍得震天响。像是小孔的作风。这个时间她来做什么？自从上一次，高远强行和她亲热未得逞之后，小孔就刻意避免和他独处一室，特别是晚上，她说不想把自己就这么不明不白地交给高远。

开门前，高远习惯性地往猫眼张了一张，首先看见的是一团黑，盯着看了片刻，才看出来那是小孔的头，正对着猫眼在晃动。

"我知道你在里面，快开门。"说着又是一阵捶打。

高远知道她又喝多了。当然她不喝多也不会主动来他这儿。

门打开后，高远熟悉的那个小孔绵软地倚靠着门框，耷拉着脑袋，手袋垂在地上。

"怎么不先打个电话来？"

"打电话，为什么要打电话？怎么，我妨碍你的好事了？里面有别的女人？"小孔喷着酒气，眯缝着双眼，一脸的讥讽。

高远打心底里面讨厌酒鬼，尤其是女人，把自己喝得东倒西歪、语无伦次的样子更让他难以接受。他伸手去扶小孔，被后者的胳膊格开了。

"你为什么不给我打电话？这一段你到底在干什么？"她似乎并不打算进去。

"进来再说吧。"

"你先回答我。"

"什么也没干，我还能干什么？"

“是吗？”她斜眼瞟着高远，“我怎么觉得你最近很忙啊，连一个电话也没有，以前你有事没事老给我打电话，这是怎么啦？”

“你轻点，这都几点了，进来再说吧。”

“有别的女人了？怎么，真有别的女人了？”但她脸上分明是一副“你小子怎么可能有别的女人”的神情。

“你不是不喜欢我烦你吗？”

对面邻居的门打开了，灯光从里面倾泻出来，一下子把过道里黑暗的地方给照亮了。对门的男人站在门口，冷冷地看着这边，也不说话。高远扯了一把小孔，后者被那个男人的样子给镇住了，悻悻地跟着高远进了屋子。

高远想，自己以前真是太迁就她了，语言和行为都缺乏力度，所以在和她交往的过程中始终处于下风。再想到上一次那个电话，自己说了一些难听话后挫伤了她的锐气，反倒让她改变了态度。他妈的，真是个贱骨头，对她好，她就蹬鼻子上脸；真要不把她当回事，她又反过来往他这儿贴。

给小孔倒了一杯水后，高远转身去厨房给自己泡方便面。没一会儿，从客厅传来了电视的声音，音量开得很大，并且越来越大。过了一会儿，声音低了下去，没一分钟，又响了起来，响到几乎让人没法忍受的程度。

高远故意不用大火，磨蹭着多在厨房待会儿。俩人凑在一起通常所做的就一件事，吵嘴。而酒后的小孔更是来劲，情绪高亢，声音尖亮。

中午也是方便面。一个有的是时间的人却整天以方便面度日，这说明什么问题？直到把面做好倒进碗里，高远能给出的答案就是：混得不好呗。这么一想，不免有些伤感。

“你在干什么？”

高远转过身去，看见小孔倚着厨房的门框，手里端着自己刚才给她倒的那杯水，神情里除了她惯有的不耐烦，还有怪怨。他的心情随之坏了起来。

"泡面，没看见吗？"高远说着用手里筷子敲了一下碗沿，"在泡面。"

"泡面就泡面呗，你喊什么喊？"小孔的声音陡然提了起来。

"我哪里喊了，是你在喊。"

高远阴沉着个脸端上面碗往客厅去，站在门口的小孔挡住了大半个门，毫无避让之意。高远只得侧着身子过，可经过时还是擦到了她的肩膀，滚烫的面汤洒了出来。高远快速把碗放到客厅茶几上，然后跳着脚去抽纸擦手。

"你是饿过头了，还是吃错药了？"小孔气咻咻地跟过来，冲着高远嚷道，"从我没进门你就铁青着个脸，真不知道是哪个筋搭错了。"

"你他妈的才搭错筋了呢！"高远粗暴地打断了她的话，"半夜三更地跑来耍酒疯，也不知道在哪儿灌的黄汤，和哪个王八蛋灌的。"

小孔怔在那儿。高远也没想到自己的语气会这么恶劣，他想说句补救的话，可一下子调整不过来，于是他只能继续阴沉着个脸，走到电风扇那儿，调了一下风口的角度，然后拖过一只矮脚凳，一屁股坐下。

眼前的这碗面冒着热气，高远感觉一点食欲也没有，但他还是抓起筷子，赌气似的捞起一大筷子就往嘴里塞。面烫极了，他差一点吐出来，在嘴里盘了几下后，坚持咽了下去，接着泪水被逼了出来。

小孔从高远身后绕到他面前，把水杯重重地顿在茶几上，水洒了出来，高远碗里的面汤也被震得晃荡了一下。他擦了一下眼睛，抬起头，迎接他的是小孔挑衅的眼光。她站在他对面，风扇的风正好被她身体挡住了。从高远这个角度看过去，手叉着腰的小孔凭空高大了许多。

"走开，别挡着风。"

小孔既不让开也不吭声。高远对自己说，不要管她，更不要去看她的眼睛，低头吃面。从中午那碗面下肚到现在已经十个小时过去了，他胃里早就空了。

屋子里除了风扇叶子转动时和空气相摩擦的声音，就是胡噜胡噜吃面的声音。高远尽量想吃出狼吞虎咽无比美味的样子，可事实上，嘴里的面越来越难以下咽，同时动作也越来越僵硬，最后他颓然地把筷子插在了面里。

“你能不能不要挡在这里？”

小孔一点反应也没有，仍旧站桩似的戳在那里。高远急眼了，叫道：“你他妈的到底想干什么？”没想到小孔用更大的嗓门回敬道：“他妈的，他妈的，你嘴巴里能不能放干净点？”

高远努力克制着情绪，过了片刻，他用缓和一些的语气说道：“这么晚了，我不想和你吵。”

“好像我愿意跟你吵似的。”

“说吧，你过来干什么？”

“不干什么，恰好路过，好久没见，上来看看你。”

高远等了两秒钟，问：“还有呢？”

“没有了。你觉得我还会有什么事？”

“我觉得……”高远停顿了一下，他提醒自己不要说难听话，没必要的，但不说出来又心里发堵，再有，小孔那张怒气冲冲的脸，那个俯视的角度，那种审视的眼光，那副习惯性的训斥的口吻，都让他倍感压抑和窝火。高远站起来，梗着脖子，语气很冲地说道：“我觉得你是来找茬的，来找不痛快的。”

“笑话，你是我肚子里的蛔虫，我自己都没想到的事你却知道，真是笑话。”

“别否认了，你我心里都清楚是怎么回事，你根本就看不上我，我没钱，没势，现在连工作也没有了，我顶多也就是你一个垫背的，无聊了，心烦了，找我来解解闷，发发邪火，不是吗？”说着说着高远的声音又高了起来，而小孔反倒平静了下来，这会儿看上去一点也不像一个喝多了的人。也许她今天压根就没喝多。

外面传来开门的声音，接着又重重地关上了。高远下意识地看了一眼墙上的钟，差五分十二点。他重又坐下，拿起筷子搅拌了几下碗里的面。面已经涨开了，稠稠厚厚的一碗，看起来比没吃前还多。

此刻的小孔竟然面带微笑，就像看一个无理取闹的孩子那样地看着他。高远更来气了，控制不住地咆哮起来：“你他妈的笑什么？有什么可笑的。”

高远浑身燥热难当，走到电风扇前，脸对着风扇，把风速开到最大挡。过了一会儿，他顾自摇着头，说：“算啦，今天太晚了，还是别说了，什么都不要说了，你回去吧。”

可小孔似乎打定主意就是不接他的茬，高远感觉自己用力打出去的每一拳最后都落在了棉花堆里。更让他受不了的是，小孔还做出一副看西洋景的样子，饶有兴趣地看着他，好像他是一只正在做表演的滑稽可笑的大猩猩。

“你要不走，那我走。”

高远回卧室拿着裤子出来，小孔还在原来的地方站着，看不出有要走的意思。他套上裤子，从门口鞋柜上拿上钥匙，打开门，走了出去。

下到底楼，高远才发现既没拿自行车的钥匙也没带钱。他抬头望了望十一楼自家亮着灯的窗口，现在只能寄希望于小孔尽早下来了。

沿着附近相邻的几幢楼走了两圈之后，高远发现了一个可以观察到他所住的那个单元楼梯口的制高点，也就是老张常守在那儿逮他的那个回廊。回廊下面是一个用土堆出来的斜坡，坡上稀稀拉拉种着几棵柳树。往东三十来米，有一只高远从来没见它喷过水的喷泉。这一块差不多是小区的中心地带。设计者的初衷是想给这个小区增加点园林的意味，但这个没有陪衬和点缀的水泥回廊显得生硬、局促而且突兀，是个败笔。

外面一点风也没有，乘凉的人无凉可乘也都回去睡了。高远刚在边栏上坐定，蚊子们就不失时机地拥了上来。他只得走动起来，即使这样，个把胆大的蚊子还是伺机往他身上凑。高远不得不连胳膊也摆动起来，不时还晃一下脑袋。

高远先是看见一个骤然亮起来又暗下去的红点，随后意识到那是一支燃着的香烟。在烟头的明灭间，高远看清楚斜坡下有个人也仰着脑袋在看他。高远想，那人一定又害怕又好奇，夜深人静的，竟然有个黑影在黑漆漆的回廊上来回晃动着。高远坚持着又走了几个来回，四肢运动的幅度明显地小了，然后顺着斜坡走下去，绕到他家那幢楼的后面。

他卧室的窗口黑着，高远记不起来刚才有没有开灯。在相邻的两幢楼之间有个牌局，战斗正酣。四个男人就着昏黄的路灯，一条长凳，两端各有一人骑坐着，中间就是他们的牌桌，另外两人坐在小马扎上。高远走过去看了一看，打的是双升，来钱的，不过看样子赌得并不大。有个胖家伙每甩出一张牌嘴里就跟着很有气势地骂上一句："我操！"一副豁出去了的样子。而坐在他下首的人在出牌的同时毫不含糊地接上一句："来操吧。"

高远又回到楼的正面，他家客厅的灯依然亮着。小区有两个出口，南北各一个，十二点后，北门一般就关了，要想出入小区，只能走南门。他担心就在自己绕到后面去的那会儿小孔已经下来了，所以他朝南门的方向走去。

一眼看过去，通往南门的小径上连个鬼也没有。高远在想，是不是到常去的那个网吧待上一宿，让老板赊一回账应该没问题。但想到步行着过去要将近半个小时，又觉得实在太远了。他刚折回到斜坡前，就听到回廊那儿传来吧嗒一声。他本能地止住了脚步。

回廊的中段有个人，似乎是坐着的。黑暗中，高远不能确定这人就是老张。他往上走了走，怕吓着老张，先咳了一声，然后才问："是你吗，老张？"

那人站起身来。高远立即意识到自己认错人了，这个人明显地比老张胖，也高一些。那人突然就打着了打火机，在他看清高远的脸的同时，高远也看清了他，是住他对门的那个男人。

打火机灭了。恐惧瞬间扼住了高远的心脏，他的第一反应就是赶紧离开，面前这个男人传递给他的是某种危险的气息，至少这人不那么正常。

高远转身要走，那人没头没脑地问了一句："你也睡不着？"嗓音低沉，透着平静，仿佛在这个时间这个地点遇见高远是他预料中的事。不知为什么，这异常冷静的和昨天凌晨判若两人的说话语气反倒让高远更加紧张。

"怎么，这就回去了？"

"哦。"

"抽根烟再走吧。"

那人朝高远这儿过来。实在太黑了，高远只是凭感觉意识到对方的手伸了过来，他没有去接，说："我不会。"

"是吗？你这个年龄不抽烟的倒是少见。"

这次打火机打了好几下才打着，高远注意到火光后面那张脸的神情颇为怪异，似乎非常疲惫，同时又极为亢奋。那人深深地吸了一口烟，高远站在离他有三米远的地方都能听到他用力吸时发出的声音。高远盯着烟卷上那个燃着了的红点，眼睁睁看着它往后退，往后退，在烟卷的三分之一处才停住，紧接着又是一路后退。高远从未见过有人吸烟吸得这么猛的，三两口就把一根烟抽完了。

"你真的不抽烟？"说话间他好像又摸出一根，没有马上点着，而是叼在嘴里，他的声音听起来有些含混不清，"你是后来戒了，还是从来就不抽？"

"没抽过。"

"要不要来根试试？"

他又把手伸了过来，说："抽一根吧，没关系的。"

“我不想抽。”

对方大概觉察出高远没有想要交谈的意思，点上烟顾自抽了起来。这一根烟，他抽得慢多了，虽然频率还是挺快的，然而每次只下去一点点，给人感觉他仅仅是在机械地重复。有了前面的让烟，高远觉得应该打个招呼再走，可对方没做出任何反应。

高远打算从另一侧的斜坡走下去，就要走到回廊尽头的时候，那个男人在他身后说了一句：“哥们，再待一会儿吧。”高远停下来，迟疑了一下，慢慢转过身去。

两人隔了有三十来米远，高远站在原地，并不想走过去。

“我已经有三天三夜没合眼了，你相信吗？”不等高远回答，他接着说道，“睡不着，怎么样都睡不着，吃了安眠药也睡不着。什么？看医生？不用看医生，我自己就是医生，问题出在哪儿我很清楚。”

高远有些诧异，自己并没有建议他去看医生，自己只是站在这儿，什么话也没说。

“其实我们每个人都是医生，不是吗？心情不好的时候，身体有个小毛小病的时候，不都是自己解决的吗？

高远努力睁大眼睛，然而只能看到对方一个大概的轮廓。

“兄弟，你说婚姻是个什么东西？”

“什么？”

“婚姻是个什么东西？婚姻就是把本来有浓度有强度的男女之情变成淡淡的，淡到最后成了似有若无的亲情。就是这样的，这是我十二年婚姻生活的心得体会。其实这也没什么不好，大家都是这样在生活，可我就是不能心平气和地去接受。我不能忍受我的妻子用那种就像看家里一件家具的眼神看我，空空洞洞的，眼神里什么也没有。曾经灼热的目光现在变得连温暖也谈不上，冷淡、冷漠、冷酷，让人心寒。这样的两个人，每天在一个锅里吃饭，在一张床上睡觉，想想都觉得荒唐。”

高远愕然地看着边说边朝自己这边走过来的这团黑影，他在说什么？他想干什么？高远的一只脚下意识地往后退了半步。

“可事实上，我的妻子并不在乎我看她的眼神，也不在乎我是怎么看待和她之间的关系，排在她心目中第一位的是女儿，然后是她的父母、她的工作，最后才是我。”

快要走到高远跟前时，他又转身走了回去。

“好吧，我承认，是我主动勾引那女孩的，她年轻、单纯、活泼、虽然极力装出一副很有经验、对男女之间的交往很有把握的样子，但我一眼就看出她没什么恋爱经验。几乎没有什么过程我就陷了进去，我是心甘情愿陷进去的，甚至可以说是有意识陷进去的。和她交往后，我真切地感受到她是在用全身心和我谈恋爱，她的眼神，她注视我时的那种一往情深的眼神让我十分感动，我甚至产生了在她的注视下死去的冲动。有一阵子我脑子里只有一个念头，怎么才能脱身出来和她在一起。在一起，和她在一起。

“对啊，可以离婚。离婚，我想了千百次，但开不了这个口。我的顾忌太多，我们有孩子，双方的老人亲友，都没法交代。离婚这个话题从来都没涉及过，平时因为各自工作都忙，我们连吵架的机会都很少，在一起说的话不是有关孩子的就是双方老人的。人到了这个岁数，上有老，下有小，自己就变得不那么重要了。”

他走到回廊那头后又返了回来。高远看不见他的脸，只是觉得他的语气焦虑了起来。

“我每年都有十八天的假期，孩子放寒假的时候，我安排妻子和孩子去了一趟云南。这是我妻子向往已久的一个地方。早一个多月，我就主动提出等孩子放寒假，我们一家三口去做一次旅行。当然，我心里清楚到时候我是不会去的。我有我的计划。

“是我跑去旅行社给她们娘俩报的名，在买保险的时候，我脑子里忽然冒出一个念头，要是旅途中出意外的话，那么很多问题也就迎刃而解了。这个念头只是一闪而过，太恶毒了。我也因为我的恶毒自责了许久。我爱我的孩子，说实话，我的妻子是个还算不错的女人，虽然生活时间久了，没有感觉了，但她是个好女人。对这个家，对孩子，对工作，都是尽心尽力的。

“可后来真的出事了，她们的车在去思茅的途中翻车了。她们出事的时候，我和那个女孩在一起，我带着她去了普陀山。那几天，我总隐隐觉得有些不安，感觉要出事，转念一想，又觉得这多半是因为自己内心愧疚才生出的不安。”

沉吟片刻，他用一种平缓但沉重的语气继续道：

“事情过去半年了，这半年我没睡过一个安稳觉。以前我的睡眠很好，只觉得不够睡，出事后，我没法上班了，整天待在家里，白天还好点，晚上整宿整宿地失眠，还掉头发，一大把一大把地掉。你看我，看我，现在像什么了，真是人不人，鬼不鬼的。

“有时我也安慰自己，她们的死和我曾经那么想过没有直接关系。但我确实这么想过，而且是我给她们报的名，而我安排她们去旅游是为了自己能偷情。她们的死和我脱不了干系，是我害死了她们。”

第二天早上冲澡，搓到身上痒痒的红包时，高远猛然想到了昨晚的事。他们站在黑暗中说了有二十分钟，仿佛那儿有个气场，走出去，有些话就没法说了。

洗着洗着，高远又想起昨晚自己几乎没说话，他只是站在原地，自始至终都是那人独自一人在说，而且还说得特别有条理，好像事先准备过似的。随着语速的急缓，那人从回廊这头走到那头。而高远为猖獗的蚊子所扰，不停地活动着身体，就算这样，还是被叮了许多包。

那人越说越动情，几次因为声音哽咽而不得不停下来调整一下情绪。高远虽然看不到他的表情，但得承认，他的表达非常有感染力。说到后来，那人完全进入了一种对自己内心毫不留情的审判状态，语气激烈，措辞严厉。高远真是听傻了，他认为这个走来走去的男人已经把他这个听众给忘了，对方需要的只是不停地说下去，说下去。再后来，高远实在忍受不了蚊子的叮咬，悄悄地走掉了。

四

事情搞大了。

也就在那次智力竞赛之后，差不多整个小区里的居民都知道在自己身边住着一位作家。有几次高远正在小区里走着，突然就被人拦住，询问他是否就是那个作家。还有带着孩子登门拜访的，希望高作家能拔冗指导一下孩子的作文。

大家眼光中普遍闪烁着尊敬、好奇，甚至崇拜，这是高远经验之外的，他的家人、同事从来没那样看过他。尤其是小孔，总是斜着眼，不屑，厌烦，要不就是瞪着她的小眼睛，用充满火药味的目光射灭他本就不多的热情。

高远所在的这个社区活动异常丰富。居委会主任是个才从大学毕业的小伙子，刚踏入社会，蓄积着满腔热情的他拼着命想把原来在学校的那一套搬到这儿来。

年轻的居委会主任把社区里的那帮老头老太太指挥得团团转，这还不够，隔三差五地还搞上一次活动，而每次活动必定通知高远。高远觉得自己正被某种巨大的惯性推搡着，忽然就忙碌起来，有了受人尊敬的社会身份，尽管仅局限于社区，多了不少社会活动，当然还是局限于社区。

再有那个老张，就像一滴不起眼的水珠，悄无声息地就渗透进了高远的生活。如果这一天没在楼下见到老张，那么晚上后者铁定会上楼来拜访。老张似乎也发现了高作家并不如自己一开始以为的那么忙，这让他更有理由一而再，再而三地打扰高远。

每回来高远这里，老张总是先扯一阵国际时事，评论一番国家的政策，然后话锋一转，回到自己身上。对于高远至今没有动笔，他稍显不悦，也因此更加期待。反正他每次都会想方设法添加上一点新的作料，不过在高远听来还是些炒冷饭的内容。高远已经丧失了最初的热情。他冷淡的反应刺激到了老张，后者一咬牙，一跺脚，爆出了个惊天大料，一再被老张称作负心者的女人居然就是理想超市的老板娘。

按照老张的分析，这个女人开这家超市的资金全是从他那里搜刮去的。离开老张后，她结过一次婚，不过那是一次倒贴钱的婚姻。六年前，离婚后的她找到了老张。叙旧当然是免不了的，一度，老张乐观地看到了重续前缘的前景。不过完事后她说出了自己的想法，打算让老张帮忙找点事做。

她能做什么？没有学历，没有资金，没有技能，没有年龄优势。老张还在苦思冥想，她那边开口说，早想好了，我看开一家小超市比较合适。她主动提出把超市开在老张家附近。就这一个建议让老张把压箱底的老本都掏了出来。可结果呢？现在除了去她那儿聊上几句天，别说是上床了，就连拿包盐都得一分不少地付钱。

更让老张觉得窝囊的是，店开出来后，他才发现老板娘还有个相好的。那个男人和老板娘年龄相当，时不常地来店里晃一下，一副游手好闲的样子。另外，理想超市的名字也和那个男人有关，他的名字就叫李想。俩人根本不避讳老张。从那个男人看他眼神中，老张觉得自己和老板娘的关系对方是知道的，甚至有可能从他身上套钱开超市的主意就是那个男人出的。

高远认为老张在说的过程中大概已经后悔了，所以在随后的几天里，针对自己的爆料，老张一边进行着补充说明，一边拐弯抹角地暗示高远，这是他这大半辈子最大的秘密，也是最耻辱的一件事，高远千万要保守秘密，尤其是老板娘那边，在书写出来之前，不能让她有所觉察。

一个老男人六十多年的人生进一步在高远的脑海里立体丰富起来，其中的戏剧性让高远觉得那确实像是一部小说。我要真是一个作家就好了，高远想。

现在好了，老张连底都给抖搂了出来，接下来就看高远的了。反正老张那边已经开始设想这本书的种种细节了，字数、封面、装帧。他老人家甚至拿了一本叫《受活》的书来找高远，用一种深思熟虑后才得出结论的口吻对高远说，我想，我的书以后差不多就是这个样子。

高远翻到《受活》的最后一页，天哪，整本书有三百七十一页，三十万字，定价五十五元。

往下的谈话就变得更加具体，因为具体显得更加虚幻和荒诞。有一天下午，午睡起来还处于臆症状态的高远猛然意识到，坐在他对面的老张已经在畅想此书发表后的社会影响了，各种媒体就此展开了大讨论，读者们纷纷站出来谴责这个忘恩负义的女人，一时间，舆论的压力让这对狗男女恨不能挖个地洞钻进去。

妈的，事情真的搞大了。

也许可以这样，高远这两天在想，把老张的故事转述给哥哥，他要感兴趣的话把这写出来，不管写得长短，也算是对老张有个交代。

哥哥的电话老也打不通，不是关机，就是处于呼叫转移状态。好不容易回个电话，一听没什么事，二话不说就把电话挂了。

母亲那边倒是三天两头来电话，问问高远的情况、小孔的情况，主要是小孔的思想动态，两人有没有具体的实质性的交谈和想法。要不就是又托了一个什么伯伯，帮着高远找工作。母亲并无怨言，反过来还安慰高远，不要急，工作早晚都会有的，工作有了着落，老婆的事自然也会落到实处。似乎她和父亲早就料到会有这么一天，六十多岁的人了，还得替子女操找工作和找对象的心。

高远的两个同事嚷嚷着要合伙开家小饭馆，想拉他入伙。高远说，只要不让我出钱，时间和精力我有的是。那两个家伙立即变了口气，这样的人满大街都是，还找你干什么。

偶尔，高远也买份晚报，看看上面的招工信息。当然，他也知道那些条件高的，自己够不上，条件低的，自己看不上，门槛低却吹得天花乱坠的都是骗人的。对报上的用工信息，他并不抱希望，也就是看看而已。

连着几天，高远都没见到对门那个男人，他家也没任何动静，晚上窗口一直黑着，结合着那晚他怪异的行为，高远有种不祥的预感，对门出事了。

情急之下，高远跑到居委会把自己的担心说了出来。但得到的回答却令他大为吃惊，这个男人是个单身汉，没老婆，当然更没什么孩子，房子也不是他的，是租住的。另外，他的名字叫薛未。他们马上按照出租屋登记表上的电话给他打了过去，电话一下就通了，薛未说他人在青岛，好好的，一切正常。

再次见到薛未是在一个多月后。

因为昨晚睡得比较早，上午七点刚过，高远就醒了。下了一晚上的雨，气温陡然降了有七八度。但这是一个假象，高远对自己说，就像小孔那头的态度，这几天忽然有了不小的改变，对他服帖起来，每天主动会给他打个电话，问问在做什么，吃了没有，吃的什么，末了，还冷不丁说上两句肉麻的话，让高远直起鸡皮疙瘩，同时感觉她的转变是有所预谋的。

在小区门口的点心铺吃过早点后，高远没有马上回家。气温还算适宜，他有了去菜场随便逛上一圈的闲心。就在菜场门口，他看见从里面出来的薛未。后者也看见他了，一脸的轻松、愉快。面孔还是那张面孔，可和高远记忆中的那个男人就是不一样。

“你好，哥们！”薛未的神情和语调都相当欢快，“好久不见了。”

“你回来了？”

“昨天刚回来的，家里连根菜毛也没有，来买点菜。”

“是吗？没想到会在这个时间碰见你。”

“我也觉得在白天见到你有些不适应，好像我们就是应该在晚上才会见面的那种人。”说着他笑了起来。高远并不觉得这有什么可笑的，可他居然笑个不停。

“去外地给病人做手术了？”

“手术？哦，没有，没有，我不是医生，我怎么会是医生呢。”这一次他笑得更厉害了，并且还指着高远，“你真有意思，真的把我当成医生了。”

“那么你的老婆孩子呢？”

高远阴沉的脸色让他一点一点止住了笑：“是这样的，哥们，这里面有误会，不是你想的那样的，我不是存心要骗你的，没那个意思。”

高远打断道：“你的老婆孩子呢？”

“我没有老婆，也没孩子，”他伸过一只手来搂着高远的肩膀，把高远往墙根那边带了带，“你听我解释，这里面没有任何不良动机，这一点我可以和你保证。我是一个编剧，就是写电视剧的，前一阵在写一个本子，三十集，搞了三个月，不停地改，改，改，人都快疯掉了，可是投资方还是不满意，好不容易投资方满意了，导演那头又这个那个的，又让我改，改。说实话，那一阵，我整个人都有点神经了，满脑子都是那个剧里的场景和对话。”

“那你为什么要对着我来演这些？”

“没什么特别的原因，真的没什么特别的原因，我也是看你闲着没事，所以就……”

“你凭什么说我闲着没事？”

“怎么，难道不是吗？”

“那好，我告诉你，我很忙，非常忙。”

薛未还想说什么，高远已经离开了，他走得是那样急，就像逃跑似的。

“走这么急啊，大作家。”

经过理想超市，高远连头也没抬，他的心情糟糕极了。可是老板娘扯着嗓子冲着他大声喊道：“大作家，我说大作家。”高远不得不停了下来。

“叫我吗？”

“还能是叫谁呢？”老板娘用那种嗔怪的眼神瞟了高远一眼。见他没反应，她走了过来。到跟前，她用一种完全没必要的夸张的语调惊叹道：“哎哟，你好像白了嘛。”

老板娘一惊一乍的腔调立即引来了几个路人的眼光。高远的心情更坏了，又不能发作，板着个脸站在那儿。老板娘伸长脖子冲着店里喊：“小金，小金。”

小金出现在店门口，脸红红的，轻声问：“叫我吗？”

“你看，他是不是比前一段白了？”

“好像——，是吧。”小金的目光仓促地从高远脸上扫过。她还是那副样子，胆怯、无措，还有她的眼神，躲闪、慌张，令高远怦然心动。

“怎么样，我说的没错吧，”老板娘邀功似的看着高远，并且还用肩膀蹭了一下他的胳膊，“小金也觉得你白了。”

高远觉得别扭，往一边让了让。小金也看到了那个小动作，脸更红了，把脸偏向一边。

“最近一直在搞创作吧？看你的脸色就知道，老也不出来。在写什么呢？透露一下。”

高远定睛打量老板娘，年龄不会超过四十五岁，身材略微有些发福，不过身段还在，头发做得有型有样的，定型水应该没少喷。干瘦的老张要是站在她旁边，怎么看都不像那么回事。高远想好了，她假如和自己提要书的事，那他就和她谈谈老张。

“怎么，我脸上有花？”她笑得很有风情，露出一口白牙。

老板娘突然一拍自己的后脑勺：“对了，小金，书，去把那本书拿过来嘛。”转而又对高远解释：“小金买了一本你的书，给签个名吧。老不见你来，再见不到，真的要上门去找你了。”说着不容高远反对，把他推进了超市。

书拿来了，小金同时递了一支笔给高远。书名叫《那儿》，作者高瞻。那是哥哥前几年出的一本书，高远曾经翻过两页，没读进去。

“写什么？”高远的手心在出汗，脑子里一片空白。

“写什么都行。”

“我看还是算了吧。”

“随便写，随便写，写段话，再签个名，就像你平时给别人签的那样就行。”

以前高远在单位，每次交接班时也要在交班记录上签名的，可现在人家让签的是“高瞻”这个名字。那个“瞻”字笔画繁多，高远没有把握能写对，他对着封面看了又看。

“怎么，有问题吗？”

“哦，像是盗版的。”

“我是在新华书店买的。”

高远盯着那个“瞻”字，在心里默记着它的笔画结构。

湿漉漉地从卫生间出来，高远直接进自己的卧室把电脑打开。哥哥结婚前和高远合住一个小房间，不足十平方米，东西两头各放一张小床，床中间刚够搁下一张书桌。因为哥哥的书读得比高远好，所以前者用起那张书桌来显得理直气壮。经常是这样，高远一觉醒来，哥哥还趴在书桌那儿，有时候嘴里念念有词的。可以说，灯光下的那个背影已经深入高远的记忆。

高远扭过脸去看身后衣橱镜里自己的后背，修长，单薄，两侧的肩胛骨由于双手撑着桌沿而向外突出，往下，在尾骨处有一颗黄豆大的黑痣。印象中，哥哥在同样的部位也有这么一颗痣。

如果是高瞻，那么接下来会怎么样呢？高远打开一个新文档，想想，又去把窗帘拉严实了。对了，还有一个不容忽视的细节，哥哥夏天写东西时习惯把鞋脱了直接踩在地板上。

光脚在显示屏前站了片刻，高远总觉得还有哪儿不太对劲，四下看看，对了，烟，得有烟雾。他去父母房间翻找了半天，最后翻出一盒檀香来，是母亲给祖宗过节时用的。

现在有那么一点意思了，昏暗，烟雾弥漫。高远的手搭在键盘上，面对空无一字的文档，他感受到了某种新鲜而且饱满的情绪，隐约还夹杂着一丝神圣。一切准备就绪，但是，写点什么呢？

别敲我的门，我不在

一

盖兰拿起电话的时候，安天正在里屋喊，我不在："说我不在。"盖兰问："喂，哪一位？"对方大概说让安天接电话。盖兰回过头来，只见安天正站在房门口，一个劲儿地冲她摆手。她迟疑了一下，还是将话筒放在了茶几上。安天慢吞吞地走到电话机前，点了根烟，看着它，使劲地看着它。大约两分钟后，才将话筒放到耳边，听了听，在确信是嘟嘟的忙音后，安天把话筒放了回去，并把电话拔了。

做完这一切，安天竟然有点气喘吁吁。他又点了一根烟，然后在椅子上坐定。他知道不是行动而是决定本身让他气喘吁吁的。他已不比前几年，那会儿某个念头跳出来，总会让他感到莫名的激动，继而毫不犹豫地就投入行动。而如今，念头再也不像以前那么时不时地往外冒了，即使冒出来了，他也是权衡利弊、考虑再三，唯恐在哪一节上考虑欠妥，造成不良的后果。

因为闷热，安天昨晚几乎一夜没有睡着。盖兰不断地翻身，不断地抱怨应该装台空调，她说这简直不是人过的日子。虽然安天不能完全同意她的说法，但他真的觉得抱歉极了。盖兰大老远从城东有空调的家跑到城西来，他能给她的却只是闷热。这既不是他的初衷，也不是她的。安天已经睡到了床铺的边沿，一抬脚就能碰到地板。迷迷糊糊中，他听见摊开四肢躺在身边的盖兰在算出伏的日子：“今天是头伏的第七天，还有二十三天才能出伏，天哪，这二十几天可怎么过呀？”听盖兰这么一说，安天原本就黏糊糊的身上又冒出了一身汗。同时，他也觉得，这日子确实是没法过了。凌晨时分，电风扇里送了一夜的热风终于有了点凉意。这是一个信号。收到这个信号的人也因此好歹停止折腾了大半夜的辗转反侧。

醒来的时候已是上午九点。安天没有马上起床，他一边考虑要不要和这会儿正在厨房为他准备早餐的盖兰一起将昨晚因炎热而搁浅的节目演完，一边静静地感受着就要逝去的那一点点凉意。可是透过百叶窗洒进来的点点光斑却提醒安天，此刻室内的凉意只是个假象，炎热的一天又开始了。等盖兰湿着手从厨房出来，安天也没能说服自己粉墨登场。相比之下，他认为自己也许对早餐更有胃口。

二

送走盖兰后，安天重又在床上躺下。盖兰这会儿正急匆匆地穿过整个城市，去邻居家把四岁的女儿接回家。每逢星期六晚，她就把孩子寄放在隔壁邻居家。邻居们都知道她要去单位值班。同时，他们也很清楚，那只是个幌子。不过，一个离婚的女人带着个孩子确实也不容易，邻居们很乐意能在盖兰忙不过来的时候帮她搭上一把手。暗暗地，他们也在等待盖兰哪一天将她这一年多来加班的成绩带回家。盖兰打算过几天把孩子送回老家去，这样，她就能和安天过一个清凉、不受打扰的夏天了。可是，安天并不赞同她这种盲目的做法，他反复提醒后者，三思而后行。坦率地说，安天更能接受目前这种相处方式，各有各的生活和交际圈子，每星期六聚在一起聊些不关痛痒的话题，继而实实在在地干点事。俩人刚认识的时候，盖兰告诉他，她已经被男人伤透了心，所以对于婚姻这种形式，她在很长一段时间内都难以提起兴致。现在安天知道了，她所说的“男人”其实是特指她的第一任丈夫，而对其他男人，包括安天，她还是充满信心的。

早晨那个电话，不出意外的话，应该是安天的老同学高光打来的。后者是一家化工公司自备电厂的运行工。自从进厂后一直上两两班，就是两个早班，两个中班，两个夜班，接着休息两天，以此循环。近两个多月来，安天每天都能接到他的电话。这位老兄每天到单位后，换上工作服，走进控制室，然后为自己泡一杯酽酽的绿茶，再然后就是坐到控制台那部该死的电话机前开始打电话。不同的时期，他都有相对固定的通话对象。而这两个多月来，安天有幸成了那个颇需要点耐心的对象。因为高光碰到了一个相当棘手的问题，而他现在的处境他认为只有老同学安天能充分理解并给予帮助。

问题就出在高光的“王祖贤”老婆身上。高光素来就是以那个早些年因一首《我是一匹来自北方的狼》出名的齐秦自居，也是以齐秦为一切行为的榜样的。当歌星齐秦与影星王祖贤的那段没有结果的恋情渐已被人淡忘的时候，安天听说，高光终于找到了他的王祖贤。高中时代，安天也是齐秦的歌迷，所以他和高光理所当然地成了朋友，交换磁带，交换小道消息，交换听歌的感受。当然，高光要比安天痴迷得多也疯狂得多。齐秦的衣着打扮、嗜好忌讳，高光都能如数家珍，而齐秦的歌，则每一首他都能以和前者同样犹豫的表情和苍凉的嗓音娓娓唱来。高中毕业之后，换了环境，换了心情，更重要的是新歌手不断被包装出台，眼花缭乱中，安天接受了几位，同时也放弃了几位。而这两年，安天已很少听歌，他有的是要花时间去做的更为现实的事情。并且他觉得，那个走马灯似的歌坛从来都是属于那些多愁善感、精力无限的少男少女的。

五年后重见高光，安天认为自己其实就是见到了当年的齐秦。一头烫

过的长卷发，在脑后松松垮垮地扎了一把，中性的紧身蓝T恤，窄腿紧身牛仔裤，脚上一双高筒大头靴，高光伸给安天的那只右手上，安天数了一下，戴了五只款式各异但都足够奇特的戒指。需要说明的是，其中食指上戴了两只。安天猜，那只手一定很重。看得出来，对于老同学的重逢，高光很开心，一开心，他就露出了一个齐秦式的迷人的笑，并略显羞涩地舔了舔嘴唇。

由于高光的极力推荐，安天又一次注意起那个叫齐秦的家伙的音乐了。不过，得承认，再也找不回七八年前那种想一头扎进去、随之莫名可笑地痛一回吼一回的冲动了。就是没有了。而高光显然还有，这真让安天羡慕。但也不是以前的摇头晃脑和声嘶力竭，换成一种有气无力的无可奈何。安天诧异于这种变化，于是定下心来再听听齐秦的歌，没错，这正是齐秦现今的风格。高光把握得准确极了。

在高光结婚之前，安天只见过他的“王祖贤”一次，确实很有王祖贤早期清汤挂面、纯情楚楚的味道。真不知高光是从哪个角落里把她找出来的。在安天稍显夸张地惊叹了一番高光的艳福之后，后者就小心谨慎地把他的“王祖贤”雪藏了起来。有此遭遇的老同学聚在一起说起这事，都表示可以接受但不能理解。大家一致认为对于一个成熟的男人来说，玛丽莲·梦露型的女人其实更有吸引力。

三

盖兰大概就是安天这一时期的梦露。尽管她没有梦露的丰乳肥臀，但她人前的娴静、温柔、善解人意和人后发挥得淋漓尽致的游龙戏凤都极合安天的胃口。而她天性中那份母性的光辉更一度让安天心醉神迷，流连忘返。她有过一次不成功的婚姻，但那次失败的婚姻并没有从根本上摧毁她对男人的信心，她依然兴致勃勃地在生活，同时不很积极地寻找着下一任丈夫。经过一段时间的考察，安天猜自己有可能已成为她心目中既定的预备丈夫。

春天过后，盖兰越来越频繁地出入于安天的家，一来，就把袖管一卷，里里外外、动作利索地帮他把家收拾一番，俨然一副女主人的样子。五月份的最后一天，她抱着一只打算明天送给女儿做儿童节礼物的洋娃娃，来到安天家，一边梳理着娃娃的头发，一边貌似无意地打听起安天的个人收入。安天当时委实吓了一跳。这是一个信号，就像你总忍不住要打喷嚏，那就是在提醒你，你有可能感冒了。安天觉得自己有理由认为，盖兰表面上是关心他的收入，实质上是在衡量他在今后她一厢情愿的家庭生活中到底能负起多大的经济责任。

安天很想告诉盖兰，到目前为止，他还没有做好当一名丈夫的思想准备，最终，他会让她失望的。按时回家、不得无故在外闲逛、上班以外的时间出门得有充分的理由，这些都是一个丈夫应尽的义务、应负的责任。婚姻，在安天看来更像是一种纪律严明的集体生活。虽然成员简单，但你生活的中心内容，不出意外的话，死活就是她了。一起吃饭，吃一样的饭菜；一起睡觉，睡同一张床；一起过性生活，过几十年如一日程序相同、感受却越来越差的性生活；生一个孩子，叫她妈妈，叫你爸爸。就是这么回事。从幼儿园开始，安天已经连续不断地过了二十来年的集体生活，所以，他希望至少这几年自己能过一种相对自由也简单得多的个人生活。他认为自己这个愿望并不算过分。要命的是，盖兰并不能领会他的意思。她满有把握地认为他眼下乱糟糟的单身生活急需一位像她这样擅长家务、理财有方、床上功夫也拿得出手的女子为伴。

今天早上安天蹲在那儿拔电话线的时候，盖兰一个劲儿地问："干什么？你拔电话干什么？"安天认为终于抓住了重申自己愿望的关键，他说："我要开始一种新的生活，眼下的生活我厌倦透了，我需要一个人静下心来，想一想我需要的到底是怎样一种生活。”盖兰频频点头，显然她又一次曲解了安天的意思。她说：“我也觉得你该换一种适合你的正常的生活。”

十点钟的时候，安天从床上爬起来，去厨房将盖兰为他准备的早餐——两只煎鸡蛋吃掉。吃下去以后，安天倒觉得自己有了点胃口。他四处找了找，能马上下肚的只有一根垂头丧气的黄瓜。看着它，刚才空出来的那点胃口一下子又填满了。如果点上煤气动手再做两只同样的煎鸡蛋，虽然不算费事，可那火焰，那油烟，就足以让安天没了胃口。说到底，安天知道，还是饿得轻。

就在安天拎着那根和他一样垂头丧气的黄瓜，打算把它扔到厨房门边的垃圾筒去的时候，对面阳台上一颗小脑袋往外探了一下，接着一个女孩动作敏捷地跳了出来。她手里拿着一件粉红色的东西，正滴着水，身上只穿了一件紧身小背心。安天下意识地往门背后躲了躲。看她那样子，下面兴许只穿了一条小裤头。但是，她手中晾的就是一条三角裤，那个形状，那个尺寸，让人想入非非。而女孩显然已经看见了安天，晾完后转身进去的一刹那，她冲安天这边笑了笑。另外，天哪，她下面什么也没穿。

反正不是她疯了就是我疯了。回到房间坐在床上，安天一边喘气一边对自己说。上天作证，我确实看见她下面白晃晃的一片，就在她返身走进去的一刹那，阳光下，那一片白刺得安天眼睛生疼。在床上呆呆地坐了一会儿后，安天重又走到厨房。对面阳台上那条粉红色的三角裤正不紧不慢地滴着水，它的尺寸就是刚才那白晃晃一片的尺寸。不会错的。

四

高光要安天帮他一起动脑子的问题其实很简单，那就是要不要和他的“王祖贤”离婚。结婚两年来，王祖贤对自己丈夫的评语是两个字：幼稚。

她已经越来越反感后者那一身不伦不类、醒目扎眼的打扮，尤其是那一头长卷发，有时候半夜醒来，会有一种是和一个女人睡在一起的感觉。她已经由内心发展到在公开场合否定自己当初的选择。此态度一经公开，随即有几位男士在一旁跃跃欲试起来，高光的地位岌岌可危。“王祖贤”一改以往清纯玉女的形象，用高光的话来说，开始在外面招蜂引蝶。安天的老同学为此苦恼极了。“王祖贤”发下话来了，如果他不改头换面，脱下那一身不男不女的装束，她就没法把这种夫妻关系维持下去了。眼下，高光面临着是改头换面、委曲求全地把夫妻关系维持下去，还是像齐秦的歌中所唱的那样：放任分离。

可安天不这么认为。安天在电话中提醒已有点语无伦次的高光：“这些都只是事情的表面，一个人对另一个形象乃至肉体的厌恶，往往源于更深刻的原因。你得去事物背后发现原因，背后，懂吗？”半信半疑的高光放下电话后立即投入到了实地侦察之中。两天之后，原因找到了，正如安天所言，原因确实是在背后。有个高个子男人一直活跃在高光身后，高光前脚去上班，这位老兄后脚就一步跨上了他们的席梦思。如此这般，已有些日头。看来邻居们也早有所察觉，而做丈夫的却一直被蒙在鼓里。你得承认，这种事，最后一个知道的总是倒霉的当事人。高光在电话那头压低嗓音，不无沮丧地问：“你说怎么办？你说怎么办？”是安天的提醒，促使他发现了他不想或者说不愿意面对的事实，所以，顺理成章地，安天该对这件事负责到底。

如果说安天起先还对这件由偷情引发的事件有点兴趣的话，那么随着高光那个动不动就是一两个小时的热线电话的开通，安天已越来越不可忍受。不就是那个离还是不离的问题吗，安天对此至少已反反复复重申过二十遍自己的看法，一开始是围绕着“离”这个主题，但当事人依依不舍的态度让安天随后又抛出了那个“不离”的主张，可高光还是犹豫不决。难道还有第三种解决的方法吗？连安天都能感觉出自己语气中的不耐烦。

“……没有，我想没有了。”

“那你就在这两种中选择一种。问题其实很简单。不是吗？”安天换了一种相对缓和一点的语气。不管怎样，他的老同学正处于难以自拔的沮丧、愤怒等等混合情绪之中，安天希望自己能够设身处地地多理解对方一些。

“是，很简单，可是——”

“你看这样好不好，现在摆在你面前的就两条路，我们先走一条试试，要觉得走不通，就换另一条。反正就两条路。你看怎么样？”

“那好吧。”

“那先走离婚这条路。”

“不，”高光在电话那头叫了起来，“先走另一条。”

“那好，我们就先说说不离这条路。其实这条路更简单，关键是你能不能既往不咎、心平气和地只当什么事也没发生。当然还有一个大前提，那就是她能不能保证从此断绝和那男人的来往。”

“这条路我反复想过了，即使他们以后真的断绝来往，我也不能当他妈的什么事也没发生。一想到他们曾经……我就，我就他妈的心里难受。”

“这样的话，就只能走另一条路了。好在你们没有孩子，只要你同意，她同意，再把家庭财产一分，就行了。你说呢？”说实在的，安天认为这后一条路更适合他的老同学。你看，齐秦当初和王祖贤的事并没成，事实上，即使成了，安天估计齐秦也不会与之结婚。说到底，像齐秦这匹来自北方的狼，只会以一个孤独者的形象出现，并在精神上和生活上作着永远的流浪。只会是这样。一个携妻抱子的齐秦的形象，谁也接受不了。

但是安天的老同学再一次在电话那头叫了起来：“不行，这下可不就便宜了他们，没这么简单。”

“那你说怎么办？就这两条路，你都不肯走，那你倒说说看，有什么办法？”

“我也不知道。我也不知道。我要知道就好了。”

问题又回到了原始状态。每次都这样，一两个小时说下来等于没说。当然，高光不断地向安天发布一些最新的消息：“王祖贤”搬回娘家住了；“王祖贤”趁他上班回家拿了点衣物；她又回了趟家……两个多月下来，高光谈论他那桩危在旦夕的婚姻的口气越来越轻松，似乎他已通过电话线巧妙地、不留痕迹地把他身上的那些烦恼一点一点嫁接给了他的老同学。与此同时，安天的情绪则越来越烦躁。他莫名其妙地就摊上了一桩其实与自己毫不相干的家庭纠纷，想摆脱，还不行。安天被迫熟悉了高光每两天一换的班头，逢到后者上早班，要是八点半安天的电话还不响，他就该急了，同时也别指望能干成其他事。而如果一旦铃声响起却不接，那它就会不停地响下去，响下去，毫无疑问的。有几次，安天实在忍不住，对着话筒大吼：“去你妈的，你的那些破事跟我有什么关系，凭什么我要对你的破事指手画脚。”电话那头一下子没了声音，长时间没有声音，让安天觉得自己的话太重，声音也太大了，弄不好已把对方骂死了，至少也是被吼晕了过去。可是，第二天，在电话铃声该响的时候，又响了起来，声音怯怯的，甚至能让你感觉到对方在赔着小心。然而问题还是那个老问题。该死的问题。

安天也知道，拔掉电话接头并不能真正解决问题，但至少今天，他不想就那个该死问题再说上点什么了，天已经够热的了。

五

下午一点多，电扇意外地停了下来。安天极不情愿地从一场相当凉快也相当抒情的春梦中醒来，他明白，一醒来就得面对那个面目狰狞的夏日了。风扇停止运转后，屋里静得出奇。安天盯着风扇的百叶看了一会儿，它为什么不转了呢？它有什么理由拒绝在该它卖力工作的夏天停止运转呢？但

任你怎么看，它就是不转。也许它和高光一样，也碰到问题了。最后，安天不得不从床上爬起来，检查了一遍电扇。开关指在“常通”的位置，速度的按钮按在二挡，安天又打开了床头柜的灯，不亮。妈的，十有八九是停电了。安天从抽屉里找出电笔，然后打开门，去走廊的电表上测了一下，果然没电。

事情好像只会是这样，那就是让你死心，彻底地死心，然后你就不得不重新为自己寻找一条出路。安天清楚自己的生活一直有问题，而且还不是一个两个，可这些年来，他总是掩耳盗铃般自欺欺人地装作没看见，试图绕开它们。他和盖兰的关系就是那一大堆问题中的一个。明摆着，盖兰最终想要的是婚姻，而他暂时又无力支付她。所以这种关系是必须尽快解决的，误人误己都不道德。而他却期期艾艾地下不了决心，拖一天是一天。另外，高光的问题也和他一样，如果高光眼下只有一条路可走，不走这条给定的路就得死，那他也就没这么多烦恼了。

室外一点风也没有，而且骄阳四射。骑了不到五分钟，安天已经是汗流浃背了。此刻他彻底地否定了自己十分钟前的那个想法：去外边找点凉快。他急匆匆地套上衣服，急匆匆地锁门下楼，急匆匆地跨上自行车，难道就是为了在毫无遮拦的太阳底下出汗？这太可笑了。

路上行人很少，能不出门的就不出门了。必须出门的也会尽量避开这么个毒日当头的时间。因此，越骑，安天越觉得自己的想法蠢透了。他所住的这个新村比较偏僻，在早两年，这儿还是被城里人称作农村，至少也是郊外的那么一个地方。除了几家简陋的小商店和一个无人管理的农贸市场，没有一处其他生活辅助设施。周围倒是有几幢正在施工之中的大楼，据说分别是邮局、购物中心和电影院，不过要真正投入使用，恐怕还得等几年。本来安天打算骑到市里面，找家电影院，在空调里舒舒服服地看上一场电影。但长途漫漫，从这儿骑到市里面，少说也要四十分钟。

安天及时地刹住了车，并调转车头。这一带房子是建了一些，还会再建更多，但绿化工作至今尚未起步，足够宽的马路两边连根草也看不见。烈日当头，安天想如果我的头顶上放一只鸡蛋，这会儿肯定也已经熟了。这个想法一出现，安天就觉得要热晕过去了，禁不住伸手摸了摸头顶。是够烫手的。

隔着老远，安天就看见前面新村拐角处站着个老头。后者手搭凉棚，也正往安天这个方向张望。安天见过这个人。十分钟前，他从车棚推车出来时，那老头正探头探脑地站在车棚门口，手中拿着一只黑色人造革手提包，大概是安天当时急匆匆的样子让他欲言又止。

安天又往前踩了几下，老头忽然展开双臂挥舞起来，嘴里激动地喊着："同志！同志！"安天刹住了车，并朝身后看了看，没有其他人。这么说，我就是他的同志了？老头激动地看着安天，就像是在人迹罕见的沙漠中终于见到了一个活人。他又黑又瘦，满是皱纹的老脸上淌着汗水。可他身上那件脏兮兮的灰色长袖衬衣的第一粒扣子却有板有眼地扣着。他激动地看着安天，就这么看着。

"干什么？"安天没有下车，一只脚踮在地上。老头递过来一张纸："我向你打听个事。"他眼巴巴地看着安天。安天打开纸条，上面用圆珠笔写着："南苑新村9幢东单元601室。"一手还算漂亮的仿宋体。可是，南苑新村没有9幢呀。安天把纸条按原样折叠好，递还老头。

"没有？"老头惊叫了起来，但随即他又用低得多的声音沮丧地说，"他们也都说没有，没有，但怎么会没有的呢？"他近乎绝望地看着安天，似乎后者今天不给他一个明确的、可以接受的答案，他就只有死在安天面前了。

"这是谁给你的地址？"

安天伸手抹了一把脸上的汗，并下车将车推到前面两幢楼之间的一小块阴影里。老头也跟了过来："我儿子，这是我儿子新买的房子。花了八万多，是我东拼西借才凑齐的钱。上个月刚买的。可是他们都说这个新村只有八幢楼房，那我儿子的房子到哪儿去了呢？到哪儿去了呢？”对此，安天确实不能给那满脸是汗的老头一个明确的回答，尽管他很想。他也许可以就此作出十个以上的推断和假设，但正确的答案，只有让老头那该死的儿子来回答。

在最尽头那两幢楼之间的阴影里坐着八九个老头老太太和他们年幼的孙子孙女。这八幢楼还没住满，估计也就搬来了四分之一的住户。看来，这个新村现有的老家伙们基本上都已到齐了。他们拿着扇子，搬着凳子，走到室外来打发这个没有电的下午。他们居然还凑了桌麻将，两个老头两个老太太。两个老头的年龄看起来要大一些，不过，四个人脸上都是一副和他们年龄极不相称的跃跃欲试。安天站在四个人后面用一副行家里手的表情轮流看了一会儿，没看出任何趣味。得承认，安天对麻将一窍不通。

在阴影里定下心来，还是能感到有丝丝小风的。安天想，我是不是也上楼去搬张凳子，或者干脆就在那块看起来还算平坦的石头上坐下来，和那帮行将枯朽的老家伙一起把这个下午打发掉。回到我的8幢东单元601室，我又能干什么呢？

坐了一会儿，安天明显地感觉到自己被孤立了。老头和老太太说话，老太太和老头说话，他们又分别和自己或别人的孙子孙女说话，但他们就是不和安天说话。老实说，安天并不想和他们说话，他只想在这个还算凉快的地方待上一个下午。然而那帮老家伙不断地用一种异样的充满警惕的目光观察着安天。有一个剪着一只可爱的童花头的小家伙在笑嘻嘻地向安天跑来的中途被其中一个老太太厉声呵斥了回去。

安天站起身来，拍了拍屁股，他试图说服自己回到他的屋里去。在这帮老家伙眼里，他这个年龄是正该发愤图强、埋头苦干的时候，而在阴影里边凉快边搓麻将是他们这些已为革命卖了大半辈子命的老同志的权利。他们不能接受一个没有白头发也没有老人斑的年轻人提前游手好闲。不能接受。

六

走到八号楼东单元楼梯口的时候，安天的脑子忽然灵光一闪，闪过之后，他的心脏一阵猛烈加速地跳动。他意外地为此刻的自己找到了另一个去处。对，去敲敲对面那幢楼，也就是六号楼东单元601室的门，见见上午那位其臀部给安天留下深刻印象的女孩的庐山真面目。她当然不会光着屁股来开门，也许开门的不一定就是她，但只要她出现，从她的表情上，安天就能判断出自己上午看见的是不是真的。上到三楼，安天给自己假定要找的那人取了个“陈军”的名字。他告诉自己，我是要去找那个叫陈军的人才去敲601室的门的。陈军当然不会从601室里走出来给他开门，事实上，天知道那个陈军是何许人也，反正找错人是常有的事。

601室的防盗门敞开着，安天敲了敲紫红山的木门，等了一会儿，里面没有反应。他把眼睛凑到门上那只猫耳眼上，好像什么也看不清。他闭了闭眼，再看。等看清楚时，他吓得倒退了一步。里面也有一只眼睛在向外张望。出于礼貌，或者干脆就是为了表明自己不是个坏人，他又敲了敲门。“别敲我的门，我不在。”一个听起来应该相当年轻的女人的声音从里面传了出来。“别敲我的门，我不在。”

天已经完全暗了下来，电还没有来。安天摊开四肢躺在床上，眼睛一眨不眨地盯着床边的电扇。好几次，他都觉得下一秒钟它就会转动起来的，但它就是不转。天花板上有一个黑点，安天起先以为是一只苍蝇，但很长时间它都没有动过一下。安天很想爬起来，站到椅子上去看个清楚。可看清楚了又怎么样，他问自己。它真要飞动起来，你只会觉得更讨厌。

大约六点钟的时候，门被敲响了。安天的第一反应是高光找上门来了，

然后又觉得可能是盖兰，这两个人他都不想见，不但这两个人，其实任何他认识的和认识他的人，他都不想见。他只想一动不动地躺在这儿，看看电风扇，看看天花板上那个来路不明的小黑点，等待它们在某一时刻终于运动起来。但是那个敲门者非常有耐心，他不屈不挠地敲着，敲着，似乎认定了屋里有人。安天终于忍无可忍，腾地从床上坐了起来，冲着大门的方向大吼了一声："别敲我的门，我不在。"门外一个苍老的声音马上接口道："我知道你在里面，我的儿，我终于找到你了。"

给我手纸

岑晟掐灭手中的烟，合上膝上的书，伸手去拉纸的时候摸到了一个纸芯，卷纸用完了。岑晟冲着门外喊了一声：“哎——”有水流声从和卫生间一墙之隔的厨房传出，刘逸梅大概正在收拾厨房。岑晟又喊了一声：“哎——”水流声停了，但仅停了一下，又响起了。

“哎，在干什么呢？”

“老是哎哎哎的，我没有名字？”刘逸梅这一次反应之迅速口气之冲让岑晟摸不着头脑。水流声没有了。外面一点声音也没有。刘逸梅似乎正在等待着岑晟的回应，然后根据他反应的强度决定她的反应。

“怎么啦，这么大的火。手纸用完了。”

“我没有名字？”刘逸梅很较劲地追问着。

“有名字，当然有名字，刘逸梅同志，请帮我拿卷纸，谢谢！”

“我最烦你这种口气了，像什么似的。”

“怎么啦，我什么口气？”

“你自己清楚。”

岑晟茫然地看着卫生间的门。隔壁的水流声猛然响了起来，哗哗的，显然开到了最大。

卫生间大概有五个平方，完全是按刘逸梅的意思装修的。她上厕所有阅读的习惯，所以在马桶的右侧做了个搁物架，可以放书和杂志。岑晟也慢慢养成了边拉边翻两页的习惯，他甚至建议在搁物架上方装一盏可伸缩的阅读灯，刚说出口就被刘逸梅否决了。也许她也有此想法，但因为岑晟提出了，所以她必须否定掉。经常是这样的，刘逸梅貌似诚恳地就某件事征求他的意见，然而只要岑晟说出来，无一例外地会被否定掉。岑晟不得不认为，否定他的想法、否定他的意愿、乃至否定他这个人能给刘逸梅带来快感。所以到后来，岑晟干脆什么也不说。有一次刘逸梅急了，不罢不休地盯着问，非让岑晟拿出个意见来。岑晟就说："我不讲是因为不想让你否定掉。"刘逸梅冷笑一声，说："你就这么在乎我的态度？"岑晟说："我不是在乎你的态度，只是觉得很无聊。"刘逸梅说："觉得无聊了？呵，还是搞婚外恋比较有意思啊。"再往下就没法说，一说就是一场争吵。

两年前决定买这套房子的时候正是岑晟恋爱谈得昏天黑地之际，但不是和刘逸梅，而是跟这套房子的售楼小姐汪菁。差一点，就差一点把婚离了。离婚的过程进展得异常地顺利，刘逸梅似乎对此早有心理准备，她连一句多余的话也没有，爽快得让岑晟觉得她好像一直以来就在等着这么一个结局。他们有商有量地草拟好了离婚协议，还是刘逸梅打印的，一式三份。约好去民政所的当天下午，刘逸梅的单位打来电话，让他火速去急救中心。刘逸梅在该吃午饭的时间吃下了一百片安定，并且用一把吉列牌刀片割了手腕。打电话的那个人一再强调：是两只。但她显然并不想死，所以选择了在办公室。岑晟赶到的时候，刘逸梅已经被抢救了过来，脸色苍白，双眼紧闭，两只搁在被子外面的手腕上醒目地包着纱布。岑晟在病床边站了一会儿，被刘逸梅单位的领导拉到病房外的过道上谈了一会儿，回到病房又在床边坐了一会儿。刘逸梅把脸扭向另一侧，始终没有睁开眼。她正在心里宣判岑晟在和她的婚姻里是有罪的。就在岑晟坐立不安时，刘逸梅娘家的人风风火火地赶到了，冲着岑晟劈头盖脸就是一通质问，他们从来就不喜欢这个女婿，出了这事，岑晟就更没好日子过了。

那天从急救中心往外走的时候，岑晟清楚地意识到这场婚姻还得维持下去，因为他已经被判有罪，所以他得戴罪服刑下去。

再回到婚姻生活中的刘逸梅完全是一副债主的嘴脸，而岑晟当然就是那个欠债的人。两人都没有再提离婚的事，岑晟不知道刘逸梅是怎么想的，反正在他心里他们已经离过一次了，至少在精神上是这样。

厨房的水声停了，看来收拾完了。岑晟闭眼运气，就在刘逸梅的脚步声经过卫生间的时候，他憋足劲喊了一声："刘逸梅。"

脚步停了下来，就在卫生间门口，停了有两秒钟，然后朝客厅方向去了。

"你他妈什么意思？"岑晟扯开嗓门吼道。

"没什么意思。"传进卫生间的刘逸梅的声音不阴不阳的。

"那你把纸给我。"

"你嚷什么嚷，不会好好说话。"

"你他妈到底想干什么？"

岑晟把刚才掐灭的烟屁股又从烟缸里捡了出来，点上。他注意到自己的手在微微地颤抖。妈的，权利这个东西真是能异化人，一个掌握了手纸权的人竟然就能这么趾高气扬的。脚步声又折回到了卫生间门口，刘逸梅一字一顿、声平气和地说道："他妈的，他妈的，请你嘴里放干净点。"

"有本事你就永远不要给我纸。"岑晟几乎是在咆哮了。

"好，别的本事我没有，这个本事我有。"刘逸梅声音温顺地接受了岑晟的建议。

岑晟抓起一本书朝门上扔了过去。

卫生间搁物架上方的墙壁上有一部电话，米黄色的，和卫生间用的瓷砖一个颜色。岑晟一直认为在卫生间装一部分机更像是一种装饰，而非需要，反正他从未在卫生间接到过电话。经常在卫生间接到电话的会是怎样一些人呢？岑晟想，一种人是有洁癖，待在卫生间的时间比待在房间里的时间还多，要不然就是常年受便秘之苦、坐马桶比坐凳子的时间还长的家伙。这时电话铃响了。看着话筒顶上不断闪烁的指示灯，岑晟想，应该加上一种人，那就是方便后发现手纸用完了却没人给递手纸只能干坐在马桶上的。

电话是程功打来的，一位年纪轻轻却备受便秘折磨的诗人。他和岑晟同岁，小时候住在同一条巷子，毕业于同一个中学，曾经喜欢过同一个女孩。程功从小就是一副苦大仇深的样子，很少笑，到了十来岁，更是经常做忧国忧民状，后来去外地念了几年大学，回来摇身一变成了诗人。朋友们私下里猜测，他的那些诗十有八九是在便秘的时候使劲分泌出来的，所以臭不可闻，所以狗屁不通。朋友们一致认为，那句“愤怒出诗人”应该改成“便秘出诗人”。大家一度就程功是先得了便秘还是先写诗争论不休，这实在是没多大意义，不管怎样，程功现在确实是又便秘又写诗。程功并不避讳说自己便秘，但他绝对听不得别人把便秘和写诗联系在一起。近两年，岑晟很少和程功见面，因为他实在不愿意看见后者那副饱受摧残的样子。

程功兴冲冲地问岑晟在做什么。岑晟说什么也没做，在马桶上坐着。程功问大清早的在马桶上坐着干什么。岑晟说：“妈的，在马桶上还能干什么？当然是拉屎了。”

“哦，是这样的。”程功似乎终于恍然大悟。

“这么早打电话来干什么？难道你也是在马桶上？”

“嘿嘿。”

“怎么样？还顺利？”

“意犹未尽，意犹未尽。”

“妈的，拉屎还用成语，汉字就是被你这样的人用臭的。”

程功顿时就有些不高兴。尽管岑晟看不见对方的脸，可他感觉到了。但程功没有马上发作，只是用淡了许多的口气问道：“最近过得怎么样？”他正在伺机反击岑晟一把。

“不怎么样，还那样，老样子。”

“最近见那个汪菁了吗？”

“没有。提她干什么？”

“还有联系吗？”

“没有。”

“我昨天见她了。”程功卖关子似的停了下来，他在等岑晟往下问，但岑晟就是不问。岑晟知道就是不问他也会往下说的。

“就在我们以前常去的那家饭馆，汪菁和一个男人也在那儿吃饭，那亲热劲儿。我还故意过去和她打了个招呼，她倒挺大方的，就像什么也没发生过一样，还给我介绍那男人，说是她的男朋友。什么男朋友，肯定又是她的一个客户，等把合同签了，定金付了，就没戏了，你看好了，肯定是这样的。”

“行啦，这和你有什么关系，我不想听。”

“不管你愿不愿意听，我最后都要说一句话，这句话我以前就跟你说过，今天我还要再说一遍——”

“你知道你为什么便秘吗？”岑晟打断道，“那是因为你操闲心操得太多了。”

当汪菁的声音传过来的时候，岑晟像被小伏电流击打了似的，浑身一颤。难道我还爱着她？

“是我，岑晟。”

电话那头好像愣了一下，然后就挂断了。岑晟再打过去，被告知机主关机了。印象中，汪菁是从来都不关机的，她的公司要求销售人员必须让客户随时都能联系到他们。岑晟记得有几次两人在亲热的时候汪菁的手机响了，汪菁都是先接一下，然后把电话关了，等完事了再打过去。她跟客户是这样解释的，刚才电话没电了。

岑晟慢慢把电话挂回墙上。他想把精力集中到他眼下的问题上来，他眼下的问题是已经在马桶上坐了半个小时了，他眼下迫切需要的是手纸，可他眼前出现的却是一张床，上面有一个面容不清的男人，当然还有汪菁。岑晟和汪菁已经有一年没联系了。发生了刘逸梅企图自杀的事后，岑晟曾经找她谈过，希望汪菁理解他的难处，希望汪菁再给他一些时间，但汪菁面无表情地给了岑晟四个字："你真自私。"

大约两分钟后，电话铃响了，岑晟想也没想拿起电话就说："怎么，电话又没电了？"

"是呀，你怎么知道的？"

"现在又有电了？"

"真的是没电了，我现在是用座机给你打的。"

"是吗？"

"我没有骗你。"汪菁听出了岑晟的话外之音，有些不悦，"真是的，我没必要骗你。"

"是啊，我现在又不是你的客户。"

"我不知道你打电话来想说什么，如果是为了找我的不愉快的，我看我们还是不要说了。"但是汪菁并没有马上挂电话。

"好吧，就当我没打过这个电话。"

话筒是已经挂回去了，但岑晟的思绪还停留在刚才的对话上，他的身体别扭地朝右拧着，手举过头顶，搭在话筒上，他在想自己为什么会给汪菁打电话。

电话铃随即又响了。当然还是汪菁，嗓门很大，而且在哭，间或夹杂着吸鼻涕的声音。她一个劲儿地质问岑晟凭什么那么对她，那么久都没联系了，突然打个电话来，说一通莫名其妙的话，然后把电话挂了，到底是什么意思？岑晟只能道歉，说自己也不知道这是怎么了，可能是刚才想给别人打电话的，结果错拨了号，总之，他不该打这个电话的。汪菁不无矫情地说："可是你已经打了。"岑晟说："那你只当没接到过我的电话，只当是做了个梦。好了，我现在就把电话挂了。"

岑晟慌乱的回答反倒让汪菁冷静了下来，她哼了一声，说："拨错了号，你自己相信你自己的解释吗？"

"你到底想怎样？"

"我不想怎样，事实上，我早就不想怎样了，今天这个电话是你先打的，我知道你这个人的，不会无缘无故地打电话的，肯定是有什么事："对了，是听程功说什么了吧？于是受刺激了，觉得还是丢了的马大，觉得——"

"行啦。"岑晟粗暴地打断了她。

有那么一会儿，岑晟觉得汪菁已经把电话挂了，他拿话筒的那只手有些僵硬，发麻的双腿似乎已经离他而去了，坐在马桶上的仅仅是他的上半身，紧贴着耳朵的听筒让他感觉硌得难受，但他坚持保持着那样的姿势。他低头看见了自己褪到膝盖处的裤子，裤腰上面一截裸露的大腿，腿上的汗毛微微竖着，还有轻微的鸡皮疙瘩。

这时汪菁吸了一下鼻涕，问："你还记得你两年前的话吗？"

"什么话？"岑晟机械地问了一句。

"你说要我给你一年时间，就一年时间，你肯定会把婚离了的，你还记得吗？"

“我是说过这话。”

“那么，这话现在还有效吗？”

“我不明白你的意思，而且我现在回答你还有意义吗？”

“我只是想知道答案。”

“算了，现在说什么都没有意义了。”

“那你为什么要给我打电话？”

“我已经道过歉了，挂了电话我再也不会给你打了，而且我保证以后也不会打错了。”

“你以为不打电话不联络一切就都了结了？”

汪菁又一次哭了起来，异常地伤心，而且毫不掩饰，她开始回忆和岑晟的交往，她付出的情感，她付出的青春岁月，她付出了能付出的一切，而岑晟是怎么待她的呢？这样的回忆让她除了伤感又生出了愤恨，她越说越来气，居然破口大骂起来，她骂岑晟是个懦夫，骂他人面兽心，骂到后来，岑晟觉得她骂的这个人和自己已经没有关系了，就连在骂的这个人他也不认识。他拿着话筒没有挂断，仅仅是因为他知道就算挂断了汪菁还会再打来的。

不知为什么，岑晟就是觉得此刻汪菁的眼泪、难过和极端的情绪都只是一种姿态，或者说，只是她在这一瞬间情感的爆发，这一刻是真实的，但不乏夸张和渲染。事实上，她并不十分难过，她现在越来越激烈的情绪完全是被自己调动起来的，而她这样做无非是想安慰他岑晟过去的一切都是真的，而今她依然还在乎着，哪怕她有了新的男友，开始了新的生活，她还是怀念和岑晟曾经的这一段情感。想到这里，岑晟心里一惊，他被自己的想法吓着了，我怎么会这样想，我这个人怎么竟然冷漠到了如此的地步。太不应该了。

外面一点声音也没有，岑晟无从判断刘逸梅在干什么。他觉得整个上午都快要过去了，可汪菁还在电话那头哭哭啼啼的。反正他已经打定主意不再说什么了。他握电话的那只手僵硬得没有了感觉，手里的话筒随时都有可能滑落。他几次想换个手，可他就是跟自己较劲似的还那么握着。他认为这是他该承受的。

有一只蜈蚣正沿着浴缸底部缓慢爬行着，它知道自己要去哪里吗？岑晟和自己打赌，等蜈蚣爬过浴缸的二分之一长，汪菁就会停止哭诉的。他盯着那只小东西。他使劲地盯着。

为什么要给汪菁打电话？难道真如汪菁所说是被程功的话刺激了？他曾经爱过这个女孩，这没错，切头去尾，无论如何，过程是真实的，双方都倾心投入了。当然，在形式上如今他和汪菁是没有联系了，然而在内心，在情感上，和汪菁有关的一切仍然让他不能割舍。岑晟突然想到，他两年前的那次折腾和他现在的处境是何其的相似啊，简单地说，就是至今没有擦干净。他想起了父亲经常唠叨他的话，做事别光顾头不顾尾，由着性子来，净让父母跟在你后面替你擦屁股，擦了一次又一次，你现在成家了，做事可要动脑子，再别办那种拉了屎不擦屁股的事。

汪菁终于冷静了下来，她用正常了的声音向岑晟道了歉，她说她一会儿要去见一个客户，所以得挂电话了，不过她并没有马上挂，好像还有话要说，但又很难说出口。犹豫再三，她才分外迟疑地说了出来，她说："如果从现在开始，我再给你一年时间，你会把婚离了吗？"

"做梦去吧，你这个不要脸的东西。"

这声音来得实在是太突兀太意外了，岑晟禁不住一哆嗦。他听出了这是刘逸梅的声音，然而他一时还转不过这个弯来。那声音尖锐并且歇斯底里的一句话似乎就把汪菁刚才说了半天的话全给淹没了，真是奇怪，自己明明是在和汪菁通话的。

卫生间的门被推开了，走廊里的自然光一下子投射了进来，刘逸梅一手搭在门把上，一手撑着门框，怒不可遏地直视着岑晟。岑晟下意识地去拉裤子。他觉得刘逸梅的目光像把刀，毫不手软地冲他刺过来，挑破了他的衣服，挑破了他的皮肤，他的脂肪和肌肉组织裸露了出来，并且四散开去，他的五脏六腑以及他的灵魂被翻检了出来。岑晟再也坐不下去了，他猛然站起身，提起裤子推开挡在门口的刘逸梅往外跑去。他一口气冲到了楼下，他也不知道这是要去哪儿，只是一味向前跑着，跑着。他的奔跑引来了路人好奇的目光，他管不了那么多了，他只有一个念头，尽快离开这儿，这时他听见了一个稚嫩的童音：这个叔叔没擦屁股。

刘逸梅挡在门口，什么也不说，就那样看着他。她就是要让岑晟无地自容。一个男人坐在马桶上，手里握着电话，电话线那头是旧情人，而老婆就站在跟前，鄙视、怨恨地看着你，这是怎么回事？这算怎么回事？这个早晨过的。岑晟低下头去，在刘逸梅脚跟前躺着一本他发火时扔的书，《新居室》，挺括的铜版纸泛着光泽。

岑晟想说，不管怎样，先把手纸给我。他缓缓抬起头，从他这个角度看过去，刘逸梅显得高大壮实，并且因此有了某种不容置疑的威严。你已经无路可逃，岑晟对自己说，告饶吧。

“给我手纸。”

刘逸梅没有动，依然那样看着他，只是脸上多了一丝迷惑。

“给我手纸。”

“给我手纸。”

刘逸梅的目光好像柔和了一些，脸上渐渐有了好奇，她甚至稍稍探下了身子。她听不懂吗？岑晟张着嘴，他觉得自己已经使出了浑身的力气，可愣是发不出声音来。